ullstein

Das Buch

Henrietta, 59, Chefredakteurin einer Frauenzeitschrift, glücklich verheiratet, ist Pragmatikerin pur. Ihr Leben in der schönen Hamburger Stadtvilla meistert sie mit Rationalität und Zynismus. Sie hat nicht nur ihre Figur, Frisur und ihre Garderobe im Griff, sondern auch ihren Job. Sie liebt Konsum in Form von ausgedehnten Shoppingtouren und Luxus in Gestalt von 5-Sterne-Hotels. Seit zwei Jahren hat sie außerdem ihre reizende Enkelin Emma. Emmas zweiter Geburtstag soll auf Sylt gefeiert werden, wo Henriettas Tochter Alexandra als Yogalehrerin arbeitet. Henrietta freut sich auf das Fest – trotz der Anwesenheit von Ulla, Emmas anderer Großmutter, die das komplette Gegenteil von Henrietta ist.

Ulla ist überzeugte Veganerin, Single und immer voll auf dem Eso-Trip. Sie »wertet« nicht und passt akribisch auf, dass sie keine Wörter mit negativer Energie benutzt. Ulla lebt bewusst, ist die Achtsamkeit in Person und findet Henriettas Lebenswandel nichts anderes als rücksichtslos.

Als Alexandra plötzlich dringend in die USA muss, sitzen die beiden unterschiedlichen Großmütter allein mit ihrer Enkelin auf Sylt und müssen wohl oder übel miteinander klarkommen: Bio kontra Business, Eso kontra Ellenbogen.

Fragt sich nur, wie lange das gutgeht …

Die Autorin

Claudia Thesenfitz hat lange festangestellt bei *Tempo*, der *Szene Hamburg* und *petra* gearbeitet, bevor sie sich 2001 als freie Autorin und Journalistin selbständig machte. Sie schreibt für alle großen Frauenzeitschriften und Magazine (*emotion*, *Brigitte*, *petra*, *maxi*, *Für Sie*, *Cosmopolitan*, *Gala* u. v. m.) und hat unter anderem die Autobiographien von und mit Nena (2005, Lübbe), Dieter Wedel (2008, Lübbe) und Uwe Ochsenknecht (2013, Lübbe) geschrieben.

Von Claudia Thesenfitz ist in unserem Hause bereits erschienen:
Sylt oder Selters

Claudia Thesenfitz

Meer Liebe auf Sylt

Ein Glücksroman

Ullstein

Besuchen Sie uns im Internet:
www.ullstein-taschenbuch.de

Wir danken für die freundliche Abdruckgenehmigung:
– Bettina Wegner für den Abdruck
des Songtextes »Sind so kleine Hände«
– dem Verlag Friedrich Oetinger
für den Abdruck des Zitats von
Astrid Lindgren auf Seite 17:

FSC
www.fsc.org
MIX
Papier aus verantwortungsvollen Quellen
FSC® C083411

Originalausgabe im Ullstein Taschenbuch
1. Auflage März 2017

Umschlaggestaltung: zero-media.net, München
Titelabbildung: © FinePic®, München (Himmel);
© Dougal Waters/getty images (Frau);
© Heinz Wohner/LOOK-foto/getty images (Landschaft)
Satz: Jung Crossmedia Publishing GmbH, Lahnau
Gesetzt aus der ITC Berkeley Oldstyle
Druck und Bindearbeiten: CPI books GmbH, Leck, Germany
ISBN 978-3-548-28847-5

Für Lini-Bini

Nix is gelber – als gelb selber!

Dass es knallte – genau, das war es! Jana hatte Angst davor, dass es plötzlich knallte. Dass die Turbinen ausfielen, das Triebwerk kaputtging – und das Flugzeug wie ein Stein zu Boden sauste.

Stocksteif saß sie in ihrem Sitz und umklammerte die Armlehnen mit den Händen derart panisch, dass ihre Fingerknöchel weiß hervortraten. Sie konzentrierte sich so stark, wie sie nur konnte. Wie schon in anderen Situationen glaubte sie, die Ereignisse durch Telepathie verändern zu können. Wenn es möglich war, durch reine Willensanstrengung Gabeln zu verbiegen, müsste es doch auch möglich sein, Luftströmungen zu glätten, Motoren am Funktionieren und Piloten wach zu halten. Sie war fest davon überzeugt, dass, wenn sie nicht mehr in höchster Anspannung aufpasste, das Schicksal sofort zuschlagen würde.

Hinter, vor und neben ihr lachten, lasen oder schliefen die anderen Passagiere und waren total entspannt. Und ahnten nicht, was für ein Glück sie hatten, dass einzig dank Janas mentaler Kraftanstrengung ein Unglück vermieden wurde.

Jana saß in einer Air-Berlin-Maschine nach Mallorca. Mit 850 Stundenkilometern sauste das Flugzeug auf die Baleareninsel zu, auf der ein großer Auftrag auf sie wartete. Aktuell befanden sie sich 5000 Meter über dem Mittelmeer, und es waren noch exakt 11 Minuten bis zur Landung.

Der Pilot hatte bereits den Sinkflug eingeleitet, und die Maschine rüttelte sich durch die Luftschichten. »Wir haben Turbulenzen, es könnte etwas ruckelig werden«, hatte der Pilot die Passagiere zuvor wissen lassen und gebeten, dass man sich anschnallen möge.

Jana stand der Schweiß auf der Stirn. Jetzt kam es drauf an – galten doch gerade die Start- und Landesituationen beim Fliegen als am gefährlichsten. Kerzengerade saß sie in ihrem Sitz und konzentrierte sich so sehr, dass sie Kopfschmerzen bekam. Der Bankertyp neben ihr (hellblaues Hemd, Anzughose, Rolex) tippte ungerührt auf sein Laptop ein. Sie hätte ihn würgen können. Wie sollte sie effektiv ihre Mentalkräfte einsetzen, wenn direkt neben ihr so ein ignorantes Störfeld saß. Das fand das Universum bestimmt nicht gut …

Die Maschine schüttelte und schwankte, die Insel kam in Sicht, ein beigegrauer Fladen im dunkelblauen Meer. Sie befanden sich im Landeanflug, und die Flughöhe betrug nur noch 800 Meter. Strände, Hügel, Felder, Olivenbäume, Fincas und Straßen kamen immer näher. Nun würde ein Absturz vielleicht nicht mehr so schlimm sein, beruhigte sich Jana. Sie waren ja schon fast wieder auf dem Boden.

Mit einem Ruck setzte das Flugzeug auf, und der Pilot schaltete den Umkehrschub ein. Die riesigen Turbinen bremsten mit voller Kraft, und die Geschwindigkeit reduzierte sich von 400 auf 20 km/h, bis das Flugzeug schließlich im Schritttempo über die Landebahn rollte.

Puh!

Geschafft!

Schweißüberströmt, aber zutiefst dankbar, heil wieder auf Mutter Erde angekommen zu sein, streckte Jana ihre verkrampften Beine aus und löste ihre Hände von den Lehnen. Ein absolut irrationales, zutiefst dankbares Glücksgefühl durchströmte sie: Sie hatte überlebt!

Das Zeichen zum Öffnen der Sicherheitsgurte blinkte auf, die Passagiere erhoben sich und wühlten lachend in den Gepäckfächern. Jana war erstaunt über die Undankbarkeit ihrer Mitreisenden. Sie war wirklich nicht eitel, aber sie hatte schon erwartet, dass sie an ihrem Sitz Schlange stehen und sich überschwänglich bei ihr bedanken würden. Schließlich verdankten sie einzig Janas Konzentration ihr unerwartetes Überleben ...

Diese lästige Flugangst! Zu gerne würde Jana mal wieder so unbeschwert und angstfrei eine Reise durch die Luft genießen wie früher, als sie sich als Kind im Auto immer auf die Hutablage über der Rückbank gelegt hatte und sofort eingeschlafen war. Kein Nachdenken darüber, ob ihr Papa auch sicher fuhr. Es gab nur das Hier und Jetzt – und keine Ängste.

Egal, jetzt war sie hier und hatte die nächsten Tage perfekt zu funktionieren: Ein paar der Leinwände ihres kleinen Berliner Foto-Hintergrund-Verleihs waren für ein großes Shooting gebucht worden, und Jana musste nicht nur die schweren Rollen zur Location schaffen, sondern das ganze Projekt überwachen, damit alles reibungslos ablief. Eine tolle berufliche Chance, denn einen so großen Auftrag hatte sie schon lange nicht mehr reinbekommen.

»Wer eine Jogginghose trägt, hat die Kontrolle über sein Leben verloren.« (KARL LAGERFELD)

Henrietta

Es war nicht so, dass Henrietta für Bernd keine Gefühle mehr hatte. Aber nach 29 Ehejahren hatten sie sich irgendwie familiär verformt. Bernd war wie ein Bruder für sie, wie ein alter Freund.

Sie küsste ihn jetzt schon seit mehreren Sekunden – aber sie fühlte nichts. Gar nichts! Kein Prickeln, keine Lust, kein Begehren – nichts! Nein, sie hatte definitiv nicht das Bedürfnis, mit ihm zu schlafen.

Enttäuscht von sich selbst löste Henrietta ihre Lippen von seinen, lehnte den Kopf an seine Schulter und legte ihm die Hand auf den Bauch. Bernd strich ihr übers Haar.

»Möchtest du auch ein Glas Rotwein?«, fragte er.

»Gerne, Schatz!«

Bernd stand auf und ging in die Küche. Henrietta schaute ihm nach. Bernd mit seinem grauen Bart und dem kleinen Bäuchlein …

Seufzend setzte sie sich auf und ordnete ihr Haar. Ihr Sexleben, das immer seltener stattfand, war zu einem gutbürgerlichen Gericht verkommen. Rouladen mit Rotkraut statt scharfes Thaicurry, Wiener Schnitzel statt Crispy Sushi Roll: solide, zuverlässig, vertraut – aber etwas fad. Nicht besonders raffiniert, ohne aufregende Geschmackserlebnisse oder überraschende Aromen.

Sie konnte gar nicht genau sagen, wann Bernd für sie

vom Lover zu einer Art Sitzsack mutiert war. Schleichend, aber stetig war Henriettas Libido eingeschlafen. Vielleicht lag es an ihrem Alter, den Wechseljahren, den versiegenden Hormonen. Die Lust ging ab 45 ja angeblich zurück. Wie oder warum auch immer – mit ihren 59 Jahren fühlte Henrietta sich definitiv zu alt und erschöpft, um nächtelang schweißüberströmt durch die Laken zu turnen. Da zog sie ein gutes Buch und ein paar Stunden soliden Tiefschlaf eindeutig vor.

Zufrieden griff sie zum Weinglas, das Bernd vor ihr auf den Tisch gestellt hatte, bevor er hinter seiner Zeitung verschwunden war.

Ihr eheliches Sexleben war im Grunde nur noch anstrengend – und irgendwie albern. Sie versuchten höflich, zumindest ein Fünkchen der Leidenschaft der frühen Jahre wieder hochzukochen, und wussten doch beide, dass es unmöglich war, das erloschene Feuer wieder zum Lodern zu bringen.

Doch diesen Umstand nahm Henrietta in Kauf, denn ansonsten war ihr Leben ein Traum:

Sie war Chefredakteurin der großen Frauenzeitschrift »Birgit« und bewohnte eine wunderschöne Villa mit blühendem Garten am Stadtrand von Hamburg. Bernd war ein erschütternd erfolgloser Bildhauer, aber vermögend: Er hatte die Villa mit in die Ehe gebracht – und war Henrietta treu ergeben.

Ihre älteste Tochter Jana, 39, hatte sich als Verleiherin von Foto-Hintergründen einen Namen gemacht, und ihr Nesthäkchen Alexandra, 27, war seit zwei Jahren verheiratet. Emma, Alexandras kleine engelslockige Tochter, war Henriettas erste Enkelin – und absolut entzückend!

Henrietta und Bernd waren gut situiert, aber der Weg

auf die Sonnenseite des Lebens war zumindest für Henrietta nicht immer einfach gewesen: Der lange, zähe Kampf ganz nach oben in die Redaktionsspitze und die Doppelbelastung als berufstätige Mutter hatten ihren Tribut gefordert. Genau wie ein Bergsteiger, der nach einem gefährlichen, kräftezehrenden Aufstieg ohne Sauerstoff endlich am Gipfel angekommen war, fühlte sie sich müde – und hatte Angst vor dem Abstieg.

Wichtig war es deshalb, möglichst lange an der Spitze zu bleiben – und dafür setzte sie ihre beeindruckende berufliche Erfahrung ein: Anzeigenkunden beglücken, Mitarbeiter motivieren und im Zaum halten und ab und an ein Gewinnspiel, das die Leserinnen ans Blatt band.

Als Lohn ihrer beruflichen Leistung profitierte Henrietta gerne von den Annehmlichkeiten, die mit ihrer Position verbunden waren. Ihr Gehalt war üppig, und sie liebte teure Stiefeletten, luxuriösen Schmuck, Seidentücher und edles Parfum. Vor allem aber liebte sie die Aufenthalte in First-Class-Hotels und die Fernreisen nach Ko Samui oder auf die Malediven, die ihr die Kosmetikkonzerne, in der Hoffnung auf Erwähnung ihrer Produkte, großzügig finanzierten.

Sie war Ehrenmitglied in einem exklusiven Wellnessclub und gönnte sich zur Entspannung regelmäßig aufwendige Massagen und kostenintensive Beautybehandlungen.

An mindestens zwei Tagen pro Woche saß sie im Flieger, auf dem Weg zu Meetings, Preisverleihungen, Anzeigenkunden oder Shootings.

Sie hatte ein ausgefülltes, erfolgreiches Leben und war stolz darauf.

Wenn nur dieses blöde Fest nicht wäre! Warum musste

Alexandra Emmas zweiten Geburtstag auch ausgerechnet in Kampen feiern?

Dickköpfig hatte ihre Tochter darauf bestanden, Emmas Ehrentag auf Sylt zu zelebrieren, weil sie dort zwei Monate lang Yogaseminare gab und dafür ein Ferienhaus angemietet hatte. Marcus, Alexandras Mann, konnte an Emmas Geburtstag nicht teilnehmen, weil er sich mitten in einem steilen Karrieresprung als Jurist befand, wofür er ein halbes Jahr nach New York musste.

Zähneknirschend hatte Henrietta zugesagt. Zähneknirschend, weil sie dort auf Ulla treffen würde – Marcus' Mutter.

Ulla, die sich noch vor Marcus' Geburt von dessen Vater getrennt hatte, war die letzten zehn Jahre kreuz und quer um die Welt gereist und voll auf dem Esotrip. Sie »wertete« nicht und passte akribisch auf, dass sie keine Wörter mit negativer Energie (wie »wunderbar«, denn das bedeutete ihrer Meinung nach »bar jeder Wunder«) verwendete. Andauernd fühlte Ulla irgendetwas nicht, empfand sich als »da nicht abgeholt« und spürte bei allem, was sie tat, sagte, aß, kennenlernte oder kaufte, erst mal »in sich hinein«.

Seit ewigen Zeiten war sie »ganz bewusst« alleinstehend, weil dieses »Beziehungsding« keinen Sinn für sie machte. Ihrer Meinung nach wurden Frauen da nur zu preiswerten Putzfrauen oder ausgenutzten Sexobjekten degradiert. Henrietta fragte sich im Stillen, welcher Mann Ulla gegenüber wohl jemals eine sexuelle Anziehung verspürt haben mochte. Denn Ulla war konsequent ganzkörperbehaart, absichtlich ungeschminkt, hatte ihre (natürlich ungefärbten) grauen Haare zum praktischen Kurzhaarschnitt kastriert, trug orthopädisch-sinnvolle Schuhe und hatte eine krokodilartige Gesichtshaut, die aussah wie das Leder von Henriettas Filofax. Zusammengefasst: Ulla war unsexy as hell oder um es mit den Worten von Bernd zu sagen: »Unbumsbar«.

Schon die Hochzeitsfeier vor zwei Jahren, bei der Ulla es sich nicht hatte nehmen lassen, eine verquaste Rede über die Spießigkeit von Hochzeiten und das frauenfeindliche Ehesystem zu halten, wäre beinahe in einer Katastrophe geendet, weil Henrietta Ulla danach scharf zurechtgewiesen hatte, woraufhin diese einen theatralischen Heulkrampf erlitt, der damit endete, dass sie sich mit ausgestreckten Armen bäuchlings auf den Rasen legte, um sich wieder »zu erden«. Dort blieb sie dann fast die gesamte Feier über liegen und tauchte erst kurz vor Mitternacht mit verschmutztem Kleid und Erdklumpen im Gesicht wieder auf, um zu verkünden, dass es jetzt »auch mal um sie« gehen müsse.

Und nun sollte Henrietta mit dieser furchtbaren, ungepflegten Frau ein ganzes Wochenende im selben Haus verbringen? Ihr nerviges Esogefasel, die ekligen Kräutertees und die selbstgezüchteten Kefirkulturen ertragen, die sie zum Frühstück zu sich nahm? Ihre Vorträge über die Ausbeutung der Frauen über sich ergehen – und sich mit Vorwürfen über »traumatisierende Erziehungsfehler« überhäufen lassen, die sie Ullas Meinung nach an Alexandra und Jana begangen hatte?

Mit einer Laune nahe des Gefrierpunktes rappelte Henrietta sich vom Sofa auf, gab Bernd einen Kuss auf die Wange und ging in ihr Ankleidezimmer, um einen ihrer zahlreichen Rimowa-»Special Edition«-Koffer zu packen.

Es war ja nur ein Wochenende. Das würde sie schon irgendwie überstehen.

»Und dann muss man ja auch noch Zeit haben, einfach dazusitzen und vor sich hin zu schauen.«

(ASTRID LINDGREN)

Ulla

Ein weißes Blatt Papier. Ulla versuchte krampfhaft, wie ein weißes Blatt Papier zu sein. Unbeschrieben und rein. Aber wie ging das bloß …?

Sie hatte ihr Chi nicht im Griff. Das war ihr in letzter Zeit schon öfter passiert. Aber jetzt bloß nicht in die Ärgerfalle tappen. Wut war etwas für spirituelle Anfänger – und das war sie nun wirklich nicht! Es half sicherlich, wenn sie energetisch Verbindung zu Emma aufnahm – Kinder hatten schließlich noch den direkten Draht zum Universum.

Emma, die erste und bislang einzige Tochter ihres Sohnes Marcus, deren zweiter Geburtstag an diesem Wochenende gefeiert werden sollte.

Sicher, es war karmisch schwierig, dass der Geburtstag ausgerechnet in der Kapitalistenhochburg Kampen zelebriert werden sollte. Aber wer außer ihr, Ulla, konnte Emma auf den richtigen Weg bringen? Den der Erkenntnis? Wer konnte sie vor dem Einfluss dieser armen, verirrten Seele Henrietta retten, die sich auf diesem Planeten sicherlich nicht zum letzten Mal inkarniert hatte. Es war schade, dass Henrietta sich derart falschen Werten verschrieben hatte und spirituell so gar nicht ansprechbar war. Ihre Welt bestand nur aus Besitz- und Karrieredenken – etwas, das Ulla schon lange hinter sich gelassen hatte. Aber vielleicht würde sie ja an diesem Wochenende Kontakt zu Henriettas verschütteten Seelenanteilen aufnehmen können. Das Weiche war auf lange Sicht immer effektiver als das Harte. Warum sonst schaffte es das Meer, ganze Felsen rundzuspülen?

Mit einem von Weisheit getragenen Lächeln schnürte Ulla ihre veganen Kunstlederschuhe und stopfte noch ein paar Hanfriegel, Tofuaufstrich, Mandelmilch und Algentabletten in ihren bereits gepackten Rucksack.

Gleich würde sie von der Mitfahrzentrale abgeholt werden.

Jana

Immer noch innerlich jubelnd über ihr überraschendes Überleben, stand Jana zwanzig Minuten später vor dem Laufband und wartete auf ihr Gepäck.

Wie kostbar einem das Leben doch plötzlich erschien, wenn man gerade noch gefürchtet hatte, es zu verlieren. Alles war auf einmal herrlich: die Wartehalle, das Gepäckband, die Menschen, der Geruch in der Luft, die quirlige Betriebsamkeit – sogar das kühle Neonlicht.

Über ihre unverhoffte Rettung geradezu buddhistisch milde gestimmt, schaute Jana sich die Leute am Gepäckband an: Familien mit Kindern, ältere Damen, Models, die auf ihr Handy starrten, knackige Surferboys in T-Shirt und Shorts. Waren die denn alle angstfrei? Unbeschwert? Ganz im Moment lebend? Ohne Sorgen und Furcht? War sie die Einzige, deren Herz ab und an von eisiger Panik umklammert wurde?

Janas Koffer kam. Sie wuchtete ihn vom Band und rollte ihn neben sich her zum Leihautoschalter.

Gefühlte zwei Stunden später war sie Kurzzeit-Besitzerin eines Vans, erkämpfte sich erst einen Gepäckwagen und danach ihre zehn sorgsam verpackten Hintergrundrollen bei der Sperrgepäckausgabe.

Sie fand den blauen Bus sofort auf dem angegebenen Parkplatz, lud ihre Rollen ein und machte sich auf den

Weg einmal quer über die Insel nach Cala Sant Vincenç, wo sie in einem kleinen Hotel direkt am Strand ein Zimmer gebucht hatte.

Die Sonne ging gerade unter und tauchte die Felder, Olivenbaumplantagen und Fincas in wunderschönes, orangefarbenes Licht. Jana schaltete das Radio ein und fand, dass der Song »All Summer long« von Kid Rock mit seinen markanten Gitarrenriffs extrem gut zu ihrer Stimmung passte.

Henrietta

»Dadadada – dadadada – daahh!!!!« Aus den Bang-&-Olufsen-Lautsprechern ihres Autos erklang Mozarts Klavierkonzert Nr. 21 C-Dur, während der Sylt Shuttle sie durch die aufgepeitschte, schaumig brandende Nordsee trug.

Henrietta saß in ihrem GLE-Mercedes und war wie immer tief befriedigt, dass sie auf dem Shuttle oben stand. Wenn sie ganz ehrlich war, hatte sie sich den SUV nur deswegen gekauft. Im Porsche war sie lästigerweise stets nach unten gewunken worden.

Sie nahm einen Schluck aus ihrer Mineralwasserflasche und gönnte sich dazu eine Reiswaffel ohne Salz. Eigentlich hätte sie gerne bei McDonald's gehalten, aber das hatte sie sich eisern verkniffen, seit sie heute Morgen im Badezimmerspiegel eine ebenso schonungslose wie deprimierende Bestandsaufnahme ihres nackten Körpers vorgenommen hatte.

Noch nass vom Duschen, hatte sie sich vor dem Ganzkörperspiegel gedreht, und die dicke Frau, die ihr von dort entgegenblickte, hatte ihr nicht besonders gut gefallen. Missbilligend hatte sie auf ihre Fettpölsterchen, die Cellulitekrater und prallen Rundungen geschaut. Obwohl sie nun schon fast 60 war, litt sie insgeheim immer noch darunter, dass ihr Körper mehr einer Figur von Niki de Saint Phalle ähnelte als den Bleistiftsilhouetten der magersüchtigen Bohnenstangen, die durch die Redaktionsflure liefen.

Es gab nichts zu beschönigen: Lebte sie im Wasser, wäre sie eine Robbe und kein Aal. Ihr Fettpanzer klebte an ihr wie ein Neoprenanzug. Apropos Neopren und Wasser: Sie hatte mal gehört, dass ein schwedischer Fischer nur deswegen den Untergang seines Bootes und acht Stunden Schwimmen im eisigen Nordmeer überlebt hatte, weil seinen Körper eine ideale wärmespeichernde, kälteabweisende Fettschicht umgab. Im Falle einer plötzlichen Flutung der Redaktionsräume würde sie also länger überleben als ihre dürren Kolleginnen. Ein ziemlich schaler Trost.

Ihr Leben lang hatte Henrietta unter ihrer kräftigen Figur gelitten (Pferd wurde sie damals in der Schule gerufen), aber dank raffinierter Kleidung hatte sie ihre Silhouette mit den Jahren in den Griff bekommen.

Sie war nicht dünn und würde es in diesem Leben vermutlich auch nie sein – aber sie hatte sich auch nicht gehen lassen. Um ihr Gewicht immerhin zu halten, verbrachte sie zermürbende Stunden auf dem Cross-Trainer, in denen sie sich die angefutterten Pfunde wieder abtrainierte.

Henrietta hatte mit ihrem Körper zwar keinen Frieden geschlossen, aber akzeptiert, dass seine Üppigkeit zu ihrem Markenzeichen geworden war: Ihre körperliche Präsenz unterstrich ihre respekteinflößende Position als Chefredakteurin, die sie sich hart erkämpft hatte. Keine Frage: Sie hatte es geschafft! Sie hatte das Beste aus sich gemacht. Die dicke Jette aus einem kleinen Vorort von Hannover hatte sich tatsächlich zur Karrierefrau gemausert – als Einzige aus ihrer Klasse.

Als stämmig klassifizierte man Vollweiber wie sie, die eigentlich nur aussahen wie ganz normale Frauen und nicht wie Marathonläuferinnen im Hungerstreik. Der Preis, den Henrietta für eine Model-Figur hätte zahlen müssen, war ihr immer zu hoch gewesen. Viel zu gerne aß sie – und viel zu schwer fiel es ihr, auf etwas zu verzichten. Wenn Essen der Sex des Alters war, dann hatte sie ausgesprochen viel Sex – mindestens drei Mal pro Tag. Allerdings war jede Mahlzeit eine Art »Culinarus interruptus«, denn sie musste sich extrem bremsen, um nicht zu viel, nicht zu kohlenhydrathaltig und vor allem nicht zu fett zu essen.

Aber das Leben bot ja außer Kulinarik zum Glück auch noch andere schöne Versuchungen – einige davon barg ihr Ankleidezimmer. In ein flauschig weiches, weißes Handtuch gehüllt, hatte sie sich nach dem morgendlichen Duschen in ihre »Schatztruhe« begeben und sich wie immer am Anblick der überquellenden Kleiderreihen erfreut: Edelste Blazer, Blusen, Hosen, T-Shirts, teuerste Stiefeletten und Pumps hingen bzw. standen in Reih und Glied nebeneinander – und alles gehörte ihr! Für diesen Reichtum, diesen Besitz, hatte sie jahrzehntelang gearbeitet!

Mit einem zufriedenen Lächeln hatte sie ihr Styling für den Tag zusammengestellt.

Ihre Kleidung war meist schwarz, immer teuer und saß immer absolut perfekt. Ihre inzwischen nicht mehr naturblonden Haare trug Henrietta stets zum Zopf domptiert. Ein strenges, aber edles Styling.

Zum Schluss hatte sie die Schublade aufgezogen, in der ihre Uhren in Reih und Glied unter Glas lagen – und eine schlichte Stahlrolex gewählt, die optimal zu ihrem edlen Understatement-Styling passte.

Dann war sie in ihren SUV gestiegen und erst in die Redaktion und am späten Nachmittag über die A 7 nach Niebüll geschwebt.

Sie war froh, dass Bernd nicht mitkommen wollte. Er bereitete mal wieder irgendeine absolut erfolglose Ausstellung vor. Sollte er nur. Sie war nicht unglücklich, wenn sie ihre Ruhe vor ihm und seinen verquasten Kunstwerken hatte.

Mit ihrem »No sex, if it's not urgently necessary«-Arrangement war sie sehr einverstanden, obwohl sie sich noch gut an ihre Anfangsjahre erinnern konnte und an die schweigsame, ruhige Art, mit der Bernd sie damals geliebt hatte. An die Haare auf seiner Brust, seinen urmännlichen Duft und die Zuverlässigkeit, mit der er sie zum Höhepunkt dirigierte. Aber oft hatte sie dabei das Gefühl, er könne nicht aus seiner Haut, könne sich nicht wirklich gehen lassen. Selbst wenn er kam, blieb er still. Anfangs hatte es sie nicht gestört, aber mit der Zeit langweilte sie das immer gleiche Liebemachen mit ihm so sehr, dass sie die Lust daran verlor. Es war nicht schlecht – aber es war eben auch nicht richtig gut. Mittlerweile hatte Bernd für sie die erotische Ausstrahlung eines Brotkorbes.

Allerdings war das für Henrietta kein Kriterium für eine Beziehung: Als sie sich kennenlernten, war sie 31 und hatte schon etliche Höhen und Tiefen hinter sich. Von der nächsten Beziehung wünschte sie sich nur eins: keine Verletzungen mehr – und keine Aufregungen. Und genau das bot Bernd ihr.

Er war da, wenn sie nach ihren Karriereschlachten abends erschöpft nach Hause kam und ihre Wunden leckte, und nahm sie in den Arm. Er stärkte sie, glaubte an sie und baute sie wieder auf, wenn sie sich klein fühlte und aufgeben wollte. Und das war ihr so viel wertvoller als die paar Minuten wilder Sex, um die sich angeblich alles drehte.

Bernd war ein stiller, in sich gekehrter, schweigsamer Mann – nicht nur im Bett. Sie wusste nie genau, was in ihm vorging. Und mit der Zeit wurde es ihr auch mehr und mehr egal. Er war da, und das war die Hauptsache.

Sie war die schillernde Erde – und Bernd der graue Mond, der sie glanzlos umkreiste.

Er teilte ihr Leben, sie war nicht alleine – und das reichte ihr. Wie ein übereifriger Putzerfisch umschwirrte er sie und versuchte, ihr jeden Wunsch zu erfüllen. Er war ein wunderbarer Ersatzvater für ihre Tochter Jana, die schon 10 war, als sie sich kennenlernten.

Selbstredend war er auch ein toller Papa für ihre gemeinsame Tochter Alexandra, ihre Nachzüglerin, mit der sie höchst ungeplant zwei Jahre nach der Hochzeit schwanger wurde.

Mit den Jahren hatten sich ihre Leben komplett separiert. Sie schliefen in getrennten Zimmern, Bernd verwirklichte sich in seinem Atelier und Henrietta in ihrer Redaktion. Aber immer noch aß sie gerne mit ihm zu Abend und genoss ihre harmonischen, eingespielten Urlaube. Oft saßen sie dann einfach nur schweigend nebeneinander, jeder in sein Buch vertieft. Sie mussten sich nichts mehr vormachen – sie kannten sich in- und auswendig. Nicht nur das Leben, auch ihre Ehe war ein langer, ruhiger Fluss – und das war auch gut so.

Einzig die Tatsache, dass ihre Töchter mehr nach Bernd geraten waren, ärgerte sie. Henrietta hatte schon oft bedauert, dass die beiden beruflich so untough waren. Yogalehrerin und Hintergrund-Verleiherin – meine Güte! Jana hätte durchaus eine steile Karriere als Fotografin machen können, aber sie hatte einfach keinen Biss. Und Alexandra, na ja, die hatte sich schon immer mit Mittelmaß zufriedengegeben. Warum waren die Töchter bloß nicht wie sie?

Seufzend fuhr Henrietta ihren Sitz nach hinten und brachte sich in eine angenehme Liegeposition, während der Shuttle sie nach Sylt ratterte.

Ulla

Der Typ neben ihr auf dem Rücksitz aß doch tatsächlich ein Leberwurstbrot!! Ignorant! Tiermörder! Wie konnte man nur etwas zu sich nehmen, das mal Augen gehabt hatte!

Ja, war das denn zu fassen? Sie hatte doch extra auf einer Mitfahrmöglichkeit in einem schadstoffarmen Elektro- oder Hybridauto mit veganem Fahrer bestanden!

Obwohl sie den Fleischgeruch kaum ertragen konnte, zählte Ulla innerlich bis zehn, dachte »Omm« und schluckte ihren Zorn herunter. Aggression rief nur Gegenaggression hervor – so viel hatte sie im Laufe ihres Lebens kapiert. Außerdem waren sie kurz vor Niebüll, von wo aus sie mit dem Zug weiterreisen würde.

20 Minuten später saß sie auf einem der unerwartet komfortablen Sitze der zweiten Klasse der Nord-Ostsee-Bahn, holte einen veganen Hanfriegel aus ihrem Rucksack und ließ die weite, wie mit einem gigantischen Bügeleisen platt gebügelte Landschaft an sich vorbeiziehen. Ganz schön viel Gegend!

Obwohl sie sich über die vielen Windräder ärgerte, deren Schallwellen Menschen und Tieren nachweislich schadeten, dachte sie über ihr Leben nach. Sie war jetzt 52 und hatte wirklich nichts ausgelassen: Nach der Trennung von Marcus' Vater hatte sie einen solchen Lebenshunger entwickelt, eine solche Neugier auf die Vielfalt dieser Erde, dass sie alles mitmachte, jede Gelegenheit wahrnahm, die sich ihr anbot.

Sie war Schamanen durch den Amazonas gefolgt, hatte 5000 Meter hohe Berge in Peru bestiegen, war den Jakobsweg gegangen, hatte die fragwürdige »Sie-fahrung« (frauensprachliches Äquivalent zu »Er-fahrung«) gemacht, bei Vollmöndin in die Erde zu menstruieren, um ihre Urweiblichkeit wiederzubeleben, hatte gefastet, sich nur von Rohkost ernährt, Brot gemieden, jedes Gemüse mit Leinöl übergossen, Sprossen gezüchtet, Bachblüten ausgependelt, Tarotkarten gelegt und mit einem Medium gesprochen.

Sie wusste um die sagenhafte Heilkraft der Kurkumawurzel, die phänomenale Wirkung von Kaffee-Einläufen und die antibiotische Kraft von Kokosöl.

Sie hatte sich mit ihren Körperzellen unterhalten, effektive Mikroorganismen getrunken, sich mit Eigenurin eingerieben, morgens die Zähne mit Olivenöl gespült, Fair-Trade-Kaffee gebraut und vegane Recyclingklamotten getragen.

Sie hatte Ameisen von ihrem Weg gefegt, um sie nicht zu zertreten, hatte mit Mücken gesprochen und ihr »Krafttier« visualisiert.

Sie war auf Anti-Fracking-Demonstrationen gegangen, hatte gegen Massentierhaltung protestiert, Unterschriftensammlungen initiiert, ehrenamtlich Flüchtlinge versorgt und im Zuge uneigennütziger Psychohygiene und Selbstreflexion mehrere Therapien verschiedener Ausrichtungen absolviert.

Sie hatte ihr inneres Kind umarmt, ihren Eltern verziehen, ihre anerzogenen Muster und Programmierungen aufgedeckt und jeden Tag bewusst mit einem Lächeln begrüßt.

Sie vermied negative Wörter, trainierte sich im positiven Denken und atmete den größten Teil des Tages bewusst in ihren Solarplexus.

Selbstverständlich war sie gegen Glyphosat in Gemüse, Genmanipulation in Sojaprodukten und Acrylamide in Kurzgebratenem.

Sie hatte die Bücher des Dalai Lama, von Osho, Florence Scovel Shinn und Deepak Chopra gelesen, in diversen Kommunen und WGs gewohnt und war alleine mit ihrem Sohn im VW-Bus durch Marokko gereist.

Sie hatte Drogenexperimente in der Schweiz gemacht, Ashrams in Indien besucht, Yoga in Goa praktiziert und Buddhismus in Tibet genossen. Sie hatte mit echten Indianern in Schwitzhütten geschwitzt, mit echten Afrikanern in Trommelkursen getrommelt und mit echten Bauchtänzerinnen gebauchtanzt.

Sie hatte Achtsamkeitsseminare belegt, im Schweigekloster geschwiegen und Sex mit Männern, Frauen, mit mehreren – und einmal auch ganz alleine gehabt: Ungerne erinnerte sie sich an das Tantraseminar, bei dem sie vor allen anderen masturbieren musste, weil sich kein Partner für sie gefunden hatte … Eine furchtbare Erfahrung …

Am schrecklichsten daran war, dass sie am Ende ihrer (zugegeben hilflosen) Performance von den anderen Teilnehmern heftig kritisiert worden war. Ihre »Liebe mit sich selbst« schien den meisten wie eine Show und nicht echt. Es war absolut demütigend, und Ulla war darüber aufs Äußerste empört gewesen. Wer war sie denn, ihre Orgasmus-Glaubwürdigkeit bewerten zu lassen? Eine absolute Frechheit, schließlich war sie ja keine Pornodarstellerin, sondern eine Erkenntnis-Suchende!

Keine Frage, sie hatte aus dem Vollen gelebt, alles ausprobiert und kaum etwas ausgelassen. Und trotzdem hatte sie das Gefühl, ihr Ziel noch nicht erreicht zu haben. Trotz all der Wege, die sie beschritten hatte, war sie noch nicht angekommen. Irgendetwas fehlte – aber was bloß?

Ihre Seele kam ihr vor wie eine Dauerbaustelle – genau wie der Berliner Flughafen.

Resigniert biss sie in einen Hanfriegel und bemühte sich, den Bissen 37-mal zu kauen und korrekt einzuspeicheln.

Und was war bloß aus ihrem Sohn geworden? Sie hatte sich wirklich bemüht, ihm sämtliche spirituellen Erkenntnisse und Erfahrungen dieser Welt zuteilwerden zu lassen – und was machte er daraus? Mit wehenden Fahnen war er ins Feindeslager gewechselt, hatte sich voll und ganz dem kapitalistischen System verschrieben, Jura studiert, eine steile Karriere ins Visier genommen und – kreisch – mit 24 geheiratet!

Die Hochzeit hatte dem Ganzen die Krone aufgesetzt. Wie demütigend es für sie gewesen war, der spießigen Zeremonie vor zwei Jahren beiwohnen zu müssen. Und diese entsetzliche Henrietta, die aussah wie eine in Wachs konservierte Tagesschau-Sprecherin. Aufgedunsen, talgig und Make-up-maskiert. An der waren sicher nur noch wenige Teile original. Nach ihrem Tod würde sie vermutlich als Sondermüll entsorgt werden müssen.

Ein Patriarch des letzten Jahrhunderts in Frauengestalt. Die merkte überhaupt nichts mehr, war gar nicht bei sich – und hatte bestimmt noch nie einen multiplen Orgasmus gehabt.

Wie auch immer: Sie würde sich von Henriettas verdrehtem Chi nicht negativ beeinflussen lassen. Genau deshalb hatte sie ihre »Schutzhelfer«, die Salbei-Duftlampe, das Kokosöl, ein paar Meditations-CDs und Kräutertees dabei.

Seufzend lehnte sie sich in ihrem Sitz zurück und kramte ihr Buch aus dem Rucksack: *Das geheime Leben der Bäume – was sie fühlen und wie sie kommunizieren*. Ulla war vollkommen fasziniert von der Tatsache, dass Bäume Empfindungen hatten und sogar ein Gedächtnis. Dass sie ihren Nachwuchs, aber auch alte und kranke Nachbarn liebevoll umsorgten und pflegten. Sie hatte es ja schon immer geahnt: Die Festplatte des menschlichen Hirns war viel zu klein, um das Wunder des Lebens, des Universums zu erfassen.

Und Ignorantinnen wie Henrietta dachten doch tatsächlich, Geld und Besitz wären ein Wert. Wie fehlgeleitet und unreflektiert diese Art Mensch doch war.

Jana

Solo – das stand auf der Taschentuchpackung von Aldi. Und solo war sie auch – seit drei Wochen. Die Taschentücher, die unerwünscht den baldigen Beziehungsstatus zu prognostizieren schienen, hatte sie lange gemieden und lieber zu den lebensbejahenden »ja«-Taschentüchern einer großen Supermarktkette gegriffen. Oder zu den »Softies«, die ihre Oma immer hatte. Inzwischen war es ihr egal, denn sie war ja nun tatsächlich solo – noch mehr solo ging nicht.

Immer mal wieder hatte Jana sich gefragt, wie Liebesgeschichten wohl nach dem Happy End weitergingen. Würde Richard Gere Julia Roberts in *Pretty Woman* nicht doch irgendwann ihr Vorleben vorwerfen und argwöhnen, sie wolle nur sein Geld und nicht ihn? Würde er nicht wissen wollen, wie die Hundertschaften anderer Männer, mit denen sie als Prostituierte das Laken geteilt hatte, denn so waren?

Und würde Dirty Dancer Patrick Swayze nicht irgendwann genug von der Naivität des pferdegesichtigen Mädchens haben, nachdem er sie nach der finalen Tanzszene von seinem Kopf runtergenommen hatte?

Bei Ben und ihr war langsam die Luft rausgegangen, wie aus einer prallen Luftmatratze, die ein kleines Loch hatte. Schleichend war ihre Beziehung zu einer schlaffen Hülle mutiert, irgendwie raufasertapetig geworden. Ben war nicht mehr liebevoll zu ihr, nicht mehr interessiert, begeistert, respektvoll. Wenn sie telefonierten, schrieb er nebenbei E-Mails, hörte ihr nicht richtig zu und meldete sich von sich aus immer weniger. Er schickte kaum noch SMS und fragte nicht mehr, wie ihr Tag gewesen war. In den letzten Wochen ihrer Beziehung hatte er Jana das Gefühl vermittelt, ihm vollkommen gleichgültig zu sein.

Am Ende vermisste sie ihn mehr, wenn er bei ihr war, als wenn er nicht bei ihr war.

Nachts, im Bett, fühlte sie sich einsam, obwohl er direkt neben ihr lag.

Sie gab Bens beruflicher Belastung die Schuld, hoffte, dass es nur eine Phase wäre. In längeren Beziehungen gab es schließlich immer Aufs und Abs.

»Shame on u if u fool me once – shame on me if u fool me twice« – diesen Spruch hatte sie irgendwann mal auf Facebook gelesen. Ihre Beziehung endete so klassisch und klischeehaft, dass Jana es selbst manchmal kaum glauben konnte: Erst hatte sie sich noch gewundert, warum Ben plötzlich so viel auf Facebook unterwegs war. Sie waren natürlich auch auf Facebook befreundet, deshalb erschien er automatisch in ihrer Chatleiste, wenn er online war. In den Wochen vor ihrer Trennung war er immer öfter online gewesen – zu seltsamen Zeiten.

Arglos nahm Jana an, er chatte mit alten Kumpels, bis ihr eine Freundin verriet, dass Facebook mit Tinder gekoppelt war, einer One-Night-Stand-App. Man konnte Tinder nur nutzen, wenn man einen Facebook-Account hatte. Und man konnte sich nur über diesen einloggen.

Ben gab sofort zu, dass er bereits vier »vollkommen unwichtige« Sexdates gehabt hatte. Jana schmiss ihn aus ihrem Leben – und ihre einzige Vase hinterher.

»Du bist nicht alleine«, versuchte ihre beste Freundin Merle, die als Paartherapeutin arbeitete, sie zu beruhigen. »Tinder ist momentan das Hauptproblem bei mir in der Praxis. Jeden Tag habe ich mindestens zwei Paare, die damit zu kämpfen haben.«

Jana fühlte sich durch diese Information keineswegs besser. Denn was war tröstend an der Tatsache, einer neuen Masse über Nacht verlassener Frauen anzugehören?

»Wie funktioniert dieses Tinder denn eigentlich?«, hatte sie Merle gefragt.

»Das ist eine App, die du dir auf dein Handy runterladen kannst und die dir dann im Sekundentakt sexbereite Frauen oder Männer in deiner Nähe präsentiert. Du guckst dir die Fotos und ihr Facebook-Profil an und entscheidest, ob hopp oder topp, indem du auf dem Bildschirm nach links oder rechts wischst.«

Merle machte eine Pause.

»Und wenn jemand anders dich auch gut findet, habt ihr ein Date.«

»Krass«, hatte Jana gestammelt. War diese Art des Betrugs nicht irgendwie das McDonald's unter den Affären? Schnell, unkompliziert und ungesund?

Liebe als Fast Food.

»I don't know where we went wrong, but the feelings gone and I just can't get it back …« Der alte Song von Gordon Lightfoot lief im Radio des Vans, mit dem sie gerade durch die Kornfelder und Olivenhaine von Mallorca brauste. Jana stiegen die Tränen in die Augen.

Nicht mehr geliebt zu werden von jemandem, der einen mal sehr geliebt hat, tat furchtbar weh. Und am schmerzhaftesten war der Verdacht, es selbst verschuldet zu haben.

Durch Nachlässigkeit, Lieblosigkeit und dadurch, den anderen für selbstverständlich genommen zu haben.

Hatte sie Fehler gemacht? War es ihre Schuld, dass er gegangen war?

Es war so traurig. Waren ihre Gefühle für Ben wirklich weg? Wie ging ewig glücklich und verliebt bleiben? Ging es überhaupt – oder hatte nur Jana einfach den Dreh nicht raus?

Wie konnte man diese verflixte Klippe zwischen Leidenschaft und Freundschaft nehmen und die Liebe über Jahre retten? Es dauerte so lange, bis einen endlich jemand richtig kannte. Und es war so herrlich, wenn dieser Jemand dann genau wusste, wann sie im Gespräch mit Freunden nicht mehr zuhörte, weil nur er die unsichtbaren Vorhänge erkennen konnte, die in solchen Fällen vor ihren Augen hingen.

Wenn er ihr vom Einkaufen mild eingelegte Peperoni mitbrachte und nicht die scharfen, die sie nicht mochte. Wenn er lächelnd akzeptierte, dass sie über ihre Scampi-Spaghetti IMMER Unmengen Parmesan schüttete, egal, wie angewidert die italienischen Kellner darüber den Kopf schüttelten. Es war so wundervoll, einem Mann so in- und auswendig vertraut zu sein, dass sie ihm nichts mehr vormachen brauchte (und konnte) – nur war der Grat zwischen Liebe und Freundschaft leider so verflixt schmal.

Wie hatte doch schon die begnadete Jazzikone Nina Simone erkannt: *»You have to learn to get up from the table, when love is no longer served.«*

Aber wie bemerkte man den Moment, in dem aus Nähe Langeweile wurde und die Liebe verschwand? Und wie vermied man ihn?

Ging »endless love« nur mit der ganz, ganz großen

Liebe, die so perfekt passte, dass es einfach keine Konflikte, sondern stetes Dauerglück ohne Ende gab?

Jana zog ein Resümee:

Statistisch gesehen standen ihr 1,5 große Lieben im Leben zu. 0,5 hatte sie gehabt – der Rest war lauwarmes Mittelmaß. Wann würde die Eins vor dem Komma kommen? Mit wem würde sie eins werden? Die richtig große Liebe mit Knalleffekt, Hormonüberflutung und Gehirnausschaltung hatte sie definitiv noch nicht erlebt. War sie feige? Hatte sie am Ende nicht nur Angst vorm Fliegen – sondern auch vor der Liebe? Was ja im Endeffekt dasselbe war …

Jana parkte vor dem kleinen weißgetünchten Hotel Hoposa Niu, das einladend warm beleuchtet war. Grillen zirpten, und der Geruch von Pinien und wildem Salbei lag in der Luft, als sie ausstieg.

Am Empfangstresen absolvierte sie den Check-in, öffnete kurz darauf die Balkontür ihres Zimmers, sog tief die herrliche Meeresluft ein, berauschte sich am Wellenrauschen und ließ sich danach erschöpft aufs Bett fallen.

Sie musste unbedingt daran denken, morgen früh Alex anzurufen. Emma, ihre kleine Nichte, hatte Geburtstag. Das durfte sie auf keinen Fall vergessen, wenn sie schon nicht persönlich da war!

Jana gönnte sich eine lange, entspannende Dusche, setzte sich danach nackt, mit nassen Haaren an den kleinen Schreibtisch, goss sich ein Glas Rioja ein und checkte auf ihrem Laptop ihre Mails und Messages.

Ben war schon wieder auf Facebook …

Henrietta

Westerland! Wie immer wurde Henrietta von innerlichem Grausen geschüttelt, als die Skyline in Sicht kam: Betonklötze, Funkmasten, ausrangierte Waggons – eine Mischung aus Ruhrpott-Industriegebiet und DDR-Plattenbausiedlung. Würde sie hier mit der Bahn ankommen und nicht wissen, dass sich hinter dem Grauen noch positive Überraschungen verbargen – sie würde sofort wieder abreisen.

Was für ein katastrophales Intro für eine so schöne Insel! Das war ja so, als würde sie die ersten zehn Seiten der »Birgit« mit einer unbebilderten Gebrauchsanweisung zur korrekten Mülltrennung füllen. Oder als würde man im Sternerestaurant als Amuse-Gueule Gummiteddys servieren. Oder Trüffeltagliatelle mit Ketchup übergießen.

Im Grunde müsste man im unschuldigen Morsum ankommen, fand sie. Oder im niedlichen Keitum. Westerland ging jedenfalls gar nicht. Wäre sie Stadtplanerin, würde sie den Schandfleck niederreißen und komplett neu aufbauen.

Kaum hatte sie Shuttle und Bahnhofsgelände verlassen, fuhr sie die Fensterscheiben herunter und sog die herrliche Luft ein. Wie sie diese ganz spezielle Sylter Mischung doch liebte. Salzig, erfrischend, belebend und berauschend zugleich.

Die angenehm tiefe Männerstimme ihres Navis dirigierte Henrietta souverän durch Kampen, bis sie schließlich vor einem Reetdachhauskomplex am Börderstich parkte. Nun gut, jetzt war sie also hier. Seufzend stellte Henrietta den Motor ab und ergab sich ihrem Schicksal. Auf in den Kampf!

Tapfer, wie ein zum Wehrdienst einberufener Rekrut, zog sie ihren Rollkoffer den schmalen Weg zum Haus hinter sich her. Es war kurz vor halb acht, die Blue Hour, die Sun-Downer-Zeit, die angenehme Abendstimmung, die Henrietta so liebte – besonders auf ihrer Lieblingsinsel. Wie gerne saß sie um diese Zeit in der Sansibar oder im Grande Plage, schaute den Wellen beim Branden und der Sonne beim Rotwerden zu und genoss dabei die vitalisierende Champagnerluft …

Kaum hatte sie die Klingel gedrückt, ging die blaue Friesentür auch schon auf. Alexandra nahm sie erfreut in die Arme und küsste sie. »Hallo, Mama, wie schön, dass du da bist!«

»Na, wo ist denn meine kleine Emma?«, rief Henrietta, nachdem sie sich aus Alexandras Armen gelöst hatte.

Das blondgelockte Wesen im roten Blumenkleidchen fremdelte und versteckte sich hinter Alexandras Bein.

»Willst du Oma Henri gar nicht begrüßen?«, fragte ihre Tochter.

»Nee!«

»Warum denn nicht?«

Stille.

Emma schaute verlegen nach unten und drehte sich dabei um Alexandras Wade.

»Ist Ulla schon da?«, fragte Henrietta, um die Situation zu entspannen.

»Nein, noch nicht«, sagte Alexandra, während sie mit Emma an der Hand in die Küche ging.

Zum Glück, dachte Henrietta, während sie ihren Mantel auszog und an die Garderobe hängte. Noch eine kurze Gnadenfrist zum Durchatmen und Ankommen.

»Hast du Hunger?«, rief Alexandra aus der Küche. »Möchtest du etwas essen? Ich habe Spaghetti Bolognese gekocht, weil Emma Nudeln so liebt.«

»Nuuuudeh! Nuuuudeh!«, schrie die auch schon.

Alexandra hob Emma in ihren Kinderstuhl und band ihr ein Lätzchen um.

Henrietta setzte sich an den bereits gedeckten Tisch.

»Esse! Esse!« Ungeduldig schlug Emma mit ihrem Plastiklöffel auf den Teller.

Die Sauce roch köstlich. Henrietta wollte sich gerade die erste Portion in den Mund schieben, als es an der Tür klingelte.

»Kannst du aufmachen, Mama? Ich muss Emma füttern.«

Natürlich war Henrietta imstande, eine Tür zu öffnen – ob sie das wollte, war eine andere Frage. Denn es war ja ziemlich klar, wer davorstand.

»Ulla, meine Liebe! Wie schön!«

Küsschen links und rechts. Irgendetwas an Ullas Wange kratzte. Hatte sie jetzt auch noch einen Damenbart?

Wie sie überhaupt wieder aussah! Ein besticktes indisches Hemd über einer dieser Haremshosen, deren Schritt so weit in den Kniekehlen hing, dass es aussah, als hätte sie in die Hose gemacht. Dazu eine Strickjacke aus sicherlich vollkommen unbehandelter Wolle in undefinierbarer Farbe.

An den nackten Füßen trug sie diese unsäglich klobigen MBT-Rückenmuskel-Trainingssandalen, die aussahen, als hätte man sich jeweils eine halbe Melone unter die Sohle genagelt. Um darauf das Gleichgewicht zu halten, schwankte Ulla permanent vor und zurück wie das Pendel einer übergroßen Standuhr.

Und selbstverständlich war sie vollkommen ungeschminkt.

Alles in allem eine optische Ohrfeige – besonders für eine Chefredakteurin einer der führenden deutschen Modezeitschriften.

»Sagt mal, esst ihr etwa Fleisch??« Entsetzt ließ Ulla ihren Rucksack fallen, nachdem sie die Küche betreten und Alexandra und Emma begrüßt hatte.

»Wisst ihr, wie lange der menschliche Körper braucht, um das zu verdauen?«, fuhr sie empört fort.

Die erste Attacke der Gesundheitsterroristin, dachte Henrietta. Ullas Mund sah aus wie eine offene Schnittwunde: schmale, verhärmte Lippen, die scharfkantig auf- und zuklappten. Wer sollte denn so jemanden küssen? Die bräuchte auf jeden Fall mal eine großräumige Collagen-Unterspritzung …

»Fleisch bleibt bis zu 18 Stunden im Darm, fault dort vor sich hin und entwickelt dabei Gifte und Gase«, dozierte Ulla weiter. Im Stehen. Vor und zurück schwankend. Henrietta verdrehte die Augen – innerlich.

»Es ist toxisch für den menschlichen Organismus und verursacht zahlreiche Krankheiten! Von eurem ökologischen Fußabdruck mal ganz abgesehen …«

Henrietta spürte einen Wutanfall in sich aufsteigen. Das konnte doch wohl nicht wahr sein, dass diese Misanthropin hier gleich mit einem Vortrag loslegte.

»Ich würde euch da gerne mal mein Gefühl zur Verfügung stellen«, fuhr Ulla fort. »Und mir ist dabei wichtig, dass wir uns während des Austausches gegenseitig annehmen, so wie wir sind.«

Sie schaute Henrietta auffordernd an, die demonstrativ auf ihr Handy starrte. Die ungeschminkte Wahrheit verbreitete mal wieder ungeschminkte Wahrheiten, dachte sie.

»Habt ihr jemals gesehen, welche Qualen Tiere in der industriellen Massentierhaltung erleiden müssen?«

»Das ist Biohack!«, warf Alexandra ein.

»Na und? Das ist auch nicht viel besser. Glaubt ihr, irgendein Tier ist freiwillig bereit zu sterben, nur damit wir es essen können?«

»Fressen und gefressen werden«, sagte Henrietta und schob sich demonstrativ eine Portion Pasta in den Mund. Mit Bolognesesauce. »Das ist der Kreislauf des Lebens – und den haben wir nicht erfunden!«

»Das gibt uns aber noch lange nicht das Recht, andere Wesen zu foltern und zu quälen«, konterte Ulla. »Oder Küken zu schreddern!«

Henrietta blieben die Nudeln im Halse stecken. Jetzt reichte es aber gleich! Am liebsten hätte sie der schwankenden Ulla einen Schubs gegeben, damit sie endlich umfiel. Und die Klappe hielt.

»Man sollte nur essen dürfen, was man auch selber töten kann. Könntet ihr zum Beispiel eine Kuh umbringen? Oder ein Lamm?«

Henrietta und Alexandra schwiegen betreten.

»Mir wäre es wirklich wichtig, euch an dieser Stelle mitzunehmen«, fuhr Ulla fort.

Emma mampfte ihre Nudeln und summte dabei unirritiert vor sich hin.

»Sonne, Luft, Boden und Wasser vereinen sich, um die Früchte der Erde zu erzeugen: Gemüse, Obst, Hülsenfrüchte, Nüsse und Samen sind Nahrungsmittel aus erster Hand – im Gegensatz zu Fleisch, Fisch oder Geflügel!« Ulla sah so aus, als schöpfe sie Hoffnung, ihre drei Jüngerinnen doch noch zu bekehren.

»Aber Pflanzen haben doch auch eine Seele«, rief Henrietta bewusst provozierend. »Büsche kriegen zum Beispiel Angst, wenn man sich ihnen mit einer Heckenschere nähert.«

»Ich finde das überhaupt nicht lustig, Henrietta«, wies Ulla sie zurecht. »Da fühle ich mich jetzt wirklich ein Stück weit von dir nicht ernst genommen.«

»Entschuldige«, murmelte Henrietta.

»Außerdem ist der übertriebene Fleischverzehr maßgeblich schuld an der Klimaerwärmung«, setzte Ulla nach.

»Das ist richtig«, gab Alexandra zu. »Aber jetzt ist Schluss mit dieser Diskussion! Ihr seid hier, um Emmas Geburtstag zu feiern – und nicht, um die Welt zu retten. Möchtest du jetzt Nudeln oder nicht, Ulla? Die sind bio und vegan!«

»Nein danke«, antworte Ulla beleidigt. »Ich habe meine Hanfriegel.«

Umständlich kramte sie zwei in Plastik eingeschweißte, schlickfarbene Rechtecke aus ihrem Rucksack, deren Konsistenz an Fensterkitt erinnerte. Einen davon packte sie aus und biss hinein.

»Leggaah«, schrie Emma, die das interessante Geschehen beobachtet hatte. »Ämma auch!«

»Gerne«, lächelte Ulla überrascht und wendete sich fragend an Alexandra: »Darf sie ein Stück?«

»Ja, klar!«

»Mit Drogen drin??«, fragte Henrietta besorgt.

»Quatsch!«, empörte sich Ulla schon wieder. »Nutzhanf hat überhaupt nichts mit Cannabis oder Gras zu tun!«

»Aber es ist doch dieselbe Pflanze, oder?«, warf Henrietta ein.

»Ja, aber eine ganz andere Sorte. Nutzhanf enthält kein THC, sondern ist äußerst gesund und reich an Aminosäuren, Vitaminen und Mineralstoffen!«

Sie reichte Emma ein kleines Stück, das sofort in Emmas Mund verschwand.

»Ist das lecker?«, fragte Ulla.

Die nickte und schluckte. »Mehr!«

Triumphierend sah Ulla Henrietta und Alexandra an. »Meine Enkelin hat Geschmack! Wusst' ich's doch!«

Henrietta gönnte ihr ihren Erfolg.

»Es gibt mehr als eine Milliarde Menschen auf der Welt, die sich vegetarisch ernähren – und ich hoffe, Emmalein wird eines Tages auch dazugehören.«

Nun gönnte Henrietta Ulla ihren Erfolg nicht mehr.

Nach dem Essen brachte Alexandra Emma ins Bett. Fast war sie schon am Tisch auf ihrem Schoß eingeschlafen, während sie an ihrer Flasche nuckelte und dabei mit Alexandras Haaren spielte.

Ulla zog sich in ihr Zimmer zurück, um den Schwingungskreisen des Gesprächs nachzuspüren und ihr Energiefeld von den »negative vibrations« zu reinigen. Diese Henrietta war wirklich eine extreme Energieverklumperin. Sobald sie im Raum war, floss nichts mehr. Sämtliche positive Schwingungen und Ströme waren unterbrochen. Ulla könnte wetten, dass die Arme zahlreiche Löcher in ihrer Aura hatte.

Vermutlich hatte sie auch Löcher in ihrer Gesichtshaut –

jedenfalls nach der Dicke der Make-up-Schicht zu urteilen, die auf Ullas Wange nach der Begrüßung kleben geblieben war. Sie brauchte sehr lange, um sich den Fladen wieder abzuwischen. Nicht wegzuwischen war der Geruch von Henriettas Parfum: viel zu künstlich und zu schwer – genau wie Henrietta selber.

Ulla entzündete zur olfaktorischen Gegenwehr ihre Salbeiduftlampe und stellte die Meditations-CD an.

Henrietta trank noch ein Glas Wein auf der Terrasse. Sie liebte das Gefühl, leicht beduselt zu sein, und ihre zwei Gläser Wein am Abend waren ein geliebtes Ritual. Sie hielt es mit Harald Juhnke: »Meine Definition von Glück? Keine Termine und leicht einen sitzen.« Mit dem »positive thinking« hatte sie es nicht so, dafür aber umso mehr mit »positive drinking«.

Leider war das hier jedoch ein fürchterlicher Fusel, und schlechter Wein war für Henrietta fast noch schlimmer als schlechter Sex. Was hatte Alexandra denn da bloß angeschleppt? Auch egal jetzt, besondere Situationen erforderten bekanntlich besondere Maßnahmen. Henrietta schenkte sich nach.

Ulla hatte ja prinzipiell recht, aber musste sie so dogmatisch sein? So unverhohlen missionarisch? Diese Esoteriker machten sich das Leben aber auch selbst ein bisschen schwer, oder? Vielleicht sollte Ulla einfach mal wieder eine schöne Pasta mit Sahnesauce essen – und ein paar Gläser kühlen Weißwein dazu trinken? Leben war doch auch Genuss! Es ging doch auch um Spaß und Freude – und nicht nur um Vernunft, Weltrettung und Erleuchtung, oder?

»Ich freu' mich wirklich, dass du hier bist, Mama!« Henrietta hatte Alexandra gar nicht kommen hören. Ihre Tochter nahm sie lange in den Arm.

Henrietta war irritiert. So etwas Liebevolles hatte sie schon lange nicht mehr zu ihr gesagt. Und in den Arm genommen hatte sie sie auch nur sehr selten …

»Wie wollen wir denn morgen den Geburtstag von deinem süßen Püppelchen gestalten?«, fragte Henrietta und strich Alexandra übers Haar. Irgendwie sah sie traurig aus. Und sehr müde.

»Das überlasse ich ganz euch«, sagte die. »Hängt ja auch ein bisschen davon ab, wie das Wetter wird …«

»Gut«, nickte Henrietta und hob die Rotweinflasche an. »Möchtest du auch ein Glas Wein?«

»Nimm's mir nicht übel, Mama, aber ich bin total müde. Ich gehe ins Bett.« Sie gab Henrietta einen Kuss auf die Wange und verschwand wieder im Souterrain.

Henrietta sinnierte noch ein bisschen, bewunderte Halbmond, Windstille, laue Luft und Sternenhimmel und leerte langsam ihr Glas.

Wie sehr sie es doch immer wieder genoss, zu genießen. Aber die Masse teilte mehr und mehr Ullas streng-moralische Überzeugungen: Sex, Drugs & Rock'n'Roll waren zu Laktoseintoleranz, Veganismus und Helene Fischer mutiert. Gesundheitsterrorismus überall – und Essen war dabei schleichend zum Feindbild Nummer eins mutiert.

Obwohl viele Menschen im absoluten Überfluss lebten und so viel Zeit, Mittel und Möglichkeiten zum Vergnügen wie noch nie hatten, während gleichzeitig andere aus ihrer Heimat fliehen mussten, überboten sich neuerdings alle in Askese und Mäßigung. Weniger war das neue Mehr: Schmallippige Spaß-Befreitheit, wohin man auch schaute! Weniger Fleisch (Vegantrend), weniger Verpackung (verpackungsfreie Supermärkte), weniger Abgase (Katalysator), weniger Pestizide (Bio-Boom), weniger Plastiktüten (Greenpeace), weniger vom anderen Ende der Welt eingeflogenes Gemüse (Food Watch), weniger Büro-Anwesenheitspflicht (Homeoffice), weniger Alkohol (Light-Bier).

Henrietta griff nach ihrem Glas.

Es schien ihr, als ob Sinnlichkeitslosigkeit vor Sinnlosigkeit bewahren sollte. Konnten die anderen gerne machen – aber ohne sie! Sie war zwar kalorienbewusst – aber letztlich eine Hedonistin durch und durch.

Ziemlich beduselt machte sie sich etwas später auf den Weg ins Obergeschoss. Ihr Zimmer lag Tür an Tür mit dem von Ulla. Hoffentlich schnarchte die nicht.

Henrietta ließ sich in das viel zu weiche, durchgelegene Einzelbett fallen, dessen Matratze sie wie eine riesige Muschel verschluckte, und beschloss, am nächsten Abend ins Hotel zu ziehen.

Jana

Die Nacht war unruhig und kurz. Schon um sechs Uhr riss der Wecker Jana aus wirren Träumen von Ben und zwei Germany's Next Topmodels. Sollte sie nicht schon um 6:30 Uhr an der Location sein? Gehetzt sprang sie in Jeans, T-Shirt und Sandaletten und eilte zu ihrem Leih-Van. Einen Cappuccino to go und ein Croissant würde sie unterwegs schon irgendwo auftreiben. Sie frühstückte nie besonders viel.

Wie schön die Insel doch am frühen Morgen war, staunte Jana, während sie durch Felder und Hügel die zehn Kilometer von der Cala-Clara-Bucht nach Pollensa raste.

Hintergrund-Verleih – dazu war sie vollkommen unbeabsichtigt gekommen. Eigentlich hatte sie Fotografin werden wollen, aber irgendwie fehlte ihr der Drive, sich im Medien- und Kunst-Haifischbecken zu behaupten. Außerdem wollte sie auf keinen Fall so werden wie ihre Mutter, zu der sie ein – milde ausgedrückt – sehr distanziertes Verhältnis hatte. Henrietta hatte ihre Töchter immer nur wegorganisiert, war als seltener Gast in Janas Kindheit aufgetaucht, die im Wesentlichen bei ihrer Oma und ihrer Tante stattgefunden hatte. Stets hatten Henriettas Karriere, ihr beruflicher Erfolg im Vordergrund gestanden – Jana hatte sich dabei oft als nervige Nebensache empfunden.

Henriettas Karriere im Vordergrund, seltsam, dass Jana nun ausgerechnet Hintergründe verlieh. Sie musste über das Wortspiel grinsen. Vielleicht sollte sie mal mit einem Therapeuten darüber sprechen …

Die ersten Hintergründe hatte Jana für sich selbst gemalt – Wolkenhimmel, Wellen, Strände –, doch schnell hatten sich die großen Leinwandrollen als Marktlücke entpuppt.

Mittlerweile hatte Jana über 150 verschiedene Motive auf Lager und konnte sich über mangelnde Nachfrage nicht beklagen.

Als Jana auf dem Marktplatz der Altstadt eintraf, waren die Vorbereitungen für das Shooting schon in vollem Gange. Scheinwerfer wurden geschleppt, Models geschminkt, Assistenten rannten hektisch herum, Menschen standen gaffend im Weg herum, und der exaltierte Fotograf mit dem künstlichen amerikanischen Akzent (obwohl Jana wusste, dass er aus Wuppertal kam) empfing sie theatralisch mit Küsschen links und rechts.

Dann ging alles ganz schnell: Die Rollen wurden ausgeladen und an großen Ständern auf der Himmelstreppe – einem beeindruckenden Bauwerk, das vom Marktplatz der Altstadt einen Berg hoch direkt in den Himmel zu führen schien, in Wahrheit aber in einer kleinen Kathedrale mündete – abgerollt.

Es war heiß, wuselig und laut – und Jana brauchte dringend einen Kaffee. Sie taumelte in den Schatten, setzte sich an den Tisch einer kleinen Bar und orderte einen Café cortado.

Während das Koffein in ihrer Blutbahn zirkulierte und wie ein gutgelaunter Clubanimateur ihren Kreislauf auf

Trab brachte, beobachtete sie das hektische Treiben und dachte an Ben. Was er wohl gerade machte? Ein scharfer, kurzer Schmerz schoss in ihren Magen.

Henrietta, Ulla, Alexandra und Emma

Die Matratze hatte Henriettas Rücken den Rest gegeben – und durch den minderwertigen Rotwein fühlte sich ihr Kopf an, als hätte man ihn über Nacht mit Blei ausgegossen. Benommen wälzte sie sich aus dem Bett und taumelte die Treppe runter in die Küche, um sich einen starken Kaffee zu brauen. Einen SEHR starken!

Pulver und Filter waren zum Glück leicht zu finden, und als die Maschine vielversprechend brodelte, dampfte und zischte und den herrlichen Geruch frisch gebrühten Kaffees verströmte, ließ sich Henrietta in Erwartung der nun baldigen Kopfschmerzerlösung erleichtert auf einen der Stühle fallen. Ihr Blick blieb an der Tischplatte hängen. Was lag denn da? War das nicht Alexandras Handschrift? Verblüfft griff sich Henrietta das handbeschriebene DIN-A4-Papier.

»Liebe Mama«, stand da. *»Ich bin auf dem Weg nach New York. Ich muss Marcus hinterherreisen, weil ich glaube, dass er eine andere hat. Ich gebe Emma bewusst in eure Hände, weil ich weiß, dass ihr sie so liebevoll versorgen werdet, als wäre sie eure Tochter.*

Hätte ich dich gestern Abend darum gebeten, hättest du sicher abgelehnt.

Bitte versprich mir, dass ihr gut auf sie achtgeben werdet.

Bis bald, ich melde mich, Alexandra.«

Henrietta blieb der Mund offen stehen. Das konnte doch wohl nicht wahr sein! Einem plötzlichen Impuls folgend, sprang sie auf, rannte zur Haustür und riss sie auf in der Hoffnung, Alexandra gerade noch bei der Abreise zu erwischen. Doch sie war nirgends zu sehen.

Der Zettel zitterte in Henriettas Hand, als sie wieder zurück in die Küche ging. Fassungslos schaute sie auf die Zeilen, bis ein »Mammaaaaa!!!«-Schrei sie aus ihrer Starre riss.

Im Sprint stürzte Henrietta in den Keller, wo sie ihre Enkelin im Bett sitzend vorfand. Im Schlafanzug, mit gerade aufgewachten Kinderaugen, die aussahen wie frisch gewaschen.

»Mama?«

»Mama ist kurz einkaufen, Süße«, log Henrietta. »Sie kommt gleich wieder!«

»Mammaa!!« Emma verzog das Gesicht.

»Hier!« Henrietta zeigte auf das Zifferblatt ihrer Armbanduhr. »Guck mal hier auf meine Uhr: Wenn der große Zeiger ganz unten ist, kommt Mama wieder!«

Emma schien die Information offenbar erst mal gründlich verarbeiten zu müssen, denn sie schaute lange auf Henriettas Uhr, dann in Henriettas Gesicht und sagte schließlich »Uha«. Sie schien mit der Antwort zufrieden.

Henrietta strich ihr die blonden Locken aus dem Gesicht. »Aaaam!«, verlangte Emma plötzlich und streckte Henrietta ihre kleinen Ärmchen entgegen.

Henrietta verstand, hob sie aus dem Bett, setzte sie auf ihre rechte Hüfte und trug sie die Treppe hoch in die Küche.

»Nuggi«, befahl Emma.

»Hast du Durst?«, fragte Henrietta.

Emma nickte.

Mit Emma auf der rechten Hüfte durchsuchte Henrietta mit der linken Hand Kühl- und Küchenschränke.

Wie ging das noch? Es war schon so lange her. Hatte sie ihren Töchtern überhaupt jemals Frühstück gemacht? Das hatten immer Bernd und diverse Au-pair-Mädchen übernommen, die sie im Laufe derer Kindheit verschlissen hatte.

»NUGGI!«, verlangte Emma nun wesentlich vehementer.

Mit links schüttete Henrietta Milch in einen Topf und suchte anschließend nach Emmas Nuckelflasche. Wo war denn das blöde Ding? Gestern hatte sie sie doch noch gehabt. Henrietta schleppte Emma noch mal in den Keller und anschließend ins Wohnzimmer. Keine Nucki weit und breit.

Ein scharfer Geruch riss sie aus ihrer Suchaktion. Die Milch war übergekocht und brannte auf der Herdplatte an.

»ULLLAAAAHHH!!!« In ihrem schärfsten Chefredakteurinnentonfall brüllte Henrietta nach Oma Nummer zwei.

Ulla meditierte gerade im Lotussitz auf dem Boden vor ihrem Bett, als Henrietta ihren Namen brüllte. Sie hatte sich wohl verhört? Schrie diese Person nach ihr? Was bildete diese Frau sich eigentlich ein?

Wütend lief sie die Treppe hinunter und hatte bereits eine temperamentvolle Entgegnung auf der Zunge (sich wehren war wichtig, hatte sie gelernt), als Henrietta, die seltsamerweise Emma auf dem Arm trug, ihr einen Zettel vor die Nase hielt.

»Liebe Mama«, stand da. Ulla setzte ihre Brille auf und begann zu lesen – und auch ihr blieb nach der Lektüre der Mund offen stehen. Fragend sah sie Henrietta an, die ratlos mit den Schultern zuckte.

Sie saßen beide im selben Boot und müssten das Kind jetzt schaukeln – im wahrsten Sinne des Wortes.

»Was riecht hier eigentlich so verbrannt?«, fragte Ulla und schaute sich in der Küche um. »Kochst du Emma etwa Milch?« Diese Frage hatte sie quasi gekreischt.

Genervt verdrehte Henrietta die Augen. Ihr Arm schmerzte, denn Emma, die die ganze Szene still beobachtet hatte, war überraschend schwer. Da würde die asiatische Masseurin in ihrem Hamburger Wellnessclub aber ganz schön was zu tun kriegen.

»Dindaduhl!«, sagte Emma, als hätte sie telepathische Fähigkeiten, und zeigte auf den Kinderstuhl.

»Weißt du nicht, wie fatal Kuhmilch ist?«, fragte Ulla, während sie aus dem Kühlschrank diverse Zutaten holte.

»Kuhmilch verursacht bei Kindern Asthma, Atemwegsinfekte und Mittelohrentzündungen und schadet den Knochen!«

»Was soll ich ihr denn sonst geben?«, fragte Henrietta resigniert, während sie Emma in ihren Stuhl stopfte und ihr das grüne Lätzchen umband, das auf der Sitzfläche gelegen hatte. Wenn sie auf etwas jetzt überhaupt keinen Bock hatte, dann war das ein weiterer Vortrag von Ulla.

»Mandelmilch oder Kokosmilch, zum Beispiel. Mit Sojaflocken!«

»Mann, Ulla-Trulla, du bist aber auch echt 'ne Spaßbremse«, dachte Henrietta, während sie sich den erlösenden Kaffee einschenkte und Emma mit einem Löffel in ohrenbetäubender Lautstärke auf das Plastiktablett ihres Kinderstuhls eintrommelte.

»Hier hinten steht noch was drauf«, rief Ulla plötzlich, die den Zettel umgedreht hatte.

»PS: Emma wacht jede Nacht drei- bis viermal auf und

braucht dann ihre Nucki oder muss gewindelt werden. Sie isst alles, liebt Oliven und soll möglichst keinen Zucker, kein Weißmehl oder Industrie-Food essen.«

»Was heißt dieses Zeichen?«, fragte Ulla und hielt Henrietta den Zettel hin. Die kniff die Augen zusammen, um das Zeichen trotz ihrer Altersweitsichtigkeit zu entziffern.

»Das ist ein zwinkerndes Emoticon!«

»Ein was?«

»Ein Emoticon! Ein Gesichtsausdruck, der die Intention des Satzes vermitteln soll.«

»Warum steht der vor meinem Namen?«

»Weil Alex dir damit in puncto gesunde Ernährung vermutlich zuzwinkern wollte«, erklärte Henrietta, und ihr eigenes inneres Emoticon verdrehte dabei entnervt die Augen.

»Warum?«

»Ach Ulla!« Henrietta verlor die Geduld und studierte den Zettel. Da stand noch mehr:

»Sie planscht gerne am Strand und im Meer, mag den Spielplatz und liebt es einzukaufen! Sollte sie Schnupfen kriegen, bitte nicht sofort Antibiotika geben!«

Na toll! Henrietta nahm einen großen Schluck Kaffee. Die Tasse zitterte in ihrer Hand.

Ulla hatte Emmas Nucki in einer Tasche gefunden, die neben dem Küchentisch stand, und mit irgendeiner ethisch korrekten Milchersatzflüssigkeit gefüllt, die Emma nun zufrieden schmatzend trank.

»Was machen wir denn nun?«, fragte Henrietta Ulla. »Wie lange kannst du bleiben?«

»Egal«, antwortete die. »Ich arbeite in Berlin im Bioladen. Da ruf ich nachher einfach mal an und sage, dass ich ein paar Tage länger bleibe. Und du?«

»Ich werde in der Redaktion Bescheid sagen. Was stinkt hier eigentlich so?«

»Ich glaube, Emma hat was in der Hose«, vermutete Ulla, die ihre Nase kurz über Emmas Kinderstuhl gehängt hatte.

»Kannst du das machen?«, bat Henrietta ihre »Partnerin in Crime« und war dankbar, als diese ohne größere Proteste nickte, Emma aus ihrem Stuhl schraubte und Richtung Keller mit ihr verschwand.

Henrietta schleppte sich die Treppe hoch, ließ sich in ihrem Zimmer auf ihr Bett fallen und versuchte, Alexandra auf dem Handy zu erreichen. Vergeblich. Es sprang immer sofort die Mailbox an. Offenbar hatte sie ihr Handy ausgestellt. Was nun? Alexandra am Flughafen über Lautsprecher ausrufen lassen? Aber welcher Flughafen? Und welche Airline?

Henrietta wählte Marcus' Nummer. *»The person you have called is temporarily not available«* tönte es aus dem winzigen Lautsprecher. Verflixt!

Aber wenigstens Jana musste doch erreichbar sein …

Jana

Jana hatte gerade einen zweiten Café cortado geordert, als ihr Handy klingelte. Ihre Mutter. Ach herrje! Emmas Geburtstag! Den hatte sie jetzt glatt vergessen. Mist!

Jana drückte auf den grünen Hörer und nahm das Gespräch damit an.

»Mama?«

»Ja, wer denn sonst, wenn meine Nummer auf deinem Display erscheint«, blaffte es ihr aus dem Lautsprecher entgegen. Das fing ja mal wieder gut an.

»Was ist denn los?«, fragte Jana. Denn irgendwas musste los sein, wenn ihre Mutter sie um acht Uhr morgens anrief.

»Alex ist weg!«

»Was??«

»Sie ist still und heimlich nach New York geflogen und hat uns Emma hiergelassen.«

»Dir und Ulla??«

»Ja!« Henrietta klang sehr genervt. Verständlicherweise.

Zu Henriettas großem Erstaunen kam Emma nackt wieder in die Küche und griff nach Henriettas Telefon.

»Emma will dich sprechen«, rief Henrietta und hielt Emma das Handy ans Ohr.

Jana hörte es rascheln und Emmis schnelles Atmen.

»Hallo, Emmi-Remmi-Demmi!! Wie geht es dir?«

Stille.

»Geht es dir gut?«

»Mja!«, kam es knapp aus dem Hörer, wie ein genervter Personalchef.

»Hast du schon Geschenke gekriegt?«

Pause.

»Bringt dein Geburtstag Spaß?«

Pause.

Rauschen und Knistern im Hörer. »Nini weg!«

»Jetzt hat sie keine Lust mehr«, übernahm Henrietta wieder den Hörer.

»Wie geht's dir denn?«, fragte sie. »Wo bist du?«

»Auf Mallorca«, antwortete Jana. »Ich habe hier einen Fotojob. Läuft ganz gut.«

»Mhm ...«, sagte ihre Mutter.

»Was wollt ihr denn jetzt machen? Das schafft ihr doch gar nicht, oder?«

»Natürlich schaffen wir das«, antwortete Henrietta barsch. »Erst mal werde ich versuchen, deine Schwester ausfindig zu machen.«

Henrietta vernahm lautes Lachen und Giggeln aus dem Garten.

»Ich muss jetzt auflegen, Jana«, sagte Henrietta, drückte auf den roten Hörer und eilte in den Garten.

Verblüfft legte Jana das Handy auf den Bistro-Tisch. Das hätte sie ihrer Schwester niemals zugetraut. Spätestens in einer Stunde würden auf Sylt die Fetzen fliegen. Ihre Mutter, Ulla und ein Kleinkind – das konnte niemals gutgehen.

Henrietta, Ulla und Emma

Juchzend und kreischend rannte Emma splitternackt durch den Garten. Ulla lief hinter ihr her und versuchte zum Schein, sie zu fangen. Natürlich barfuß. Die anderen Gäste der Anlage schauten ziemlich pikiert aus ihren Gartenstühlen.

»Warum ist Emma nackt?«, rief Henrietta Ulla zu, die Emma endlich eingefangen hatte und mit ihr an der Hand zurück auf die Terrasse kam.

»Ich wollte sie in den Garten pieschen lassen! Kinder müssen natürlich pinkeln dürfen – nicht immer nur in Plastikwindeln.«

»Ulla!! Das geht hier nicht«, herrschte Henrietta sie an. »Würdest du ihr bitte sofort eine Windel anziehen. SOFORT!!!«

Wie sollte sie das bloß aushalten? Im Eilschritt rannte sie auf ihr Zimmer und nahm einen großen Schluck Whisky aus dem Flachmann, den sie für Notfälle stets in ihrer Handtasche bunkerte. Danach griff sie zum Handy und drückte wieder und wieder Alexandras Nummer.

Erfolglos.

Es ließ sich nicht ändern: Alexandra war nicht zu erreichen, und sie und Ulla waren für Emma verantwortlich. Henrietta musste sich damit abfinden. Außerdem hatte Emma heute Geburtstag – und der sollte gefeiert werden, egal, unter welchen Umständen! Henrietta riss sich zusammen, unterdrückte den aufkommenden Nervenzusammenbruch mit einem weiteren Schluck Whisky, zog sich an und ging hinunter in die Küche, wo Ulla und Emma einen seltsam aussehenden Brei verspeisten.

»Wie wollen wir das Geburtstagskind denn heute feiern?«, überlegte Henrietta und schaute Ulla dabei fragend an.

»An den Strand fahren?«, schlug die vor.

Henrietta nickte. Am Strand spielen mochte Emma, stand ja auf dem Zettel.

»Aber erst mal sollten wir ein bisschen was einkaufen. Der Kühlschrank ist so gut wie leer«, ergänzte Ulla.

Henrietta nickte noch mal. Einkaufen mochte Emma laut Alexandras Niederschrift auch.

»Ich ziehe Emmalein schnell an, packe ihr ein paar Sachen für den Strand ein, und dann können wir los, wenn das für dich okay ist«, sagte Ulla, und Henrietta wunderte sich, wie patent und strukturiert ihre Erzfeindin auf einmal klang.

Zwanzig Minuten später stand das Trio vor Henriettas SUV und versuchte, den Kindersitz, den Alexandra zum Glück im Hausflur gelassen hatte, auf der Rückbank zu arretieren. Nach einigem Hin und Her saß Emma schließlich im Sitz und quakte »Eng, eng!!«, weil Henrietta sie vorschriftsmäßig mit einem Gurt festgezurrt hatte.

»Magst du dich neben sie setzen?«, fragte Henrietta Ulla. »Sonst brüllt sie uns während der Fahrt in den Hörsturz.« Aktuell war sie weit davon entfernt, ihre Enkelin niedlich zu finden.

»Ich setz mich nicht auf Leder«, antwortete Ulla.

»Wie bitte?«, fragte Henrietta und glaubte, sich verhört zu haben.

»Ich setze mich nicht auf Leder«, wiederholte Ulla.

»Das ist jetzt nicht dein Ernst, oder?«, entgegnete Henrietta, und Ulla ahnte nicht, was es für eine Disziplinleistung für sie bedeutete, diese Frage nicht zu brüllen.

»Das tut mir leid, wenn ich dir da jetzt zu nahe trete, Henrietta«, antwortete Ulla so mild und sanft, als wäre Henrietta ein zu beruhigendes Unfallopfer, »aber es ist ja irgendwo auch mein Bedürfnis zu berücksichtigen.«

»Aber doch nicht jetzt!«, schrie Henrietta, während Emma immer vehementer »ENG!!! ENG!!!« rief und an ihrem Gurt zerrte.

»Ich kann die Sitzbank doch nicht rausreißen und Jutekissen hineinlegen!«

Ulla verschränkte beleidigt die Arme. »Es gibt keinen Grund, so aggressiv zu werden, meine Liebe!«

»Hmpf!« schnaubte Henrietta.

»Ich bin Veganerin, wie du weißt. Für die Lederausstattung deines Luxusautos hier sind mindestens sechs Kühe gestorben, ist dir das eigentlich klar? Macht das nicht irgendwas mit dir?«

»Ich mach gleich mal was mit dir«, dachte Henrietta, beherrschte sich aber.

»Ich möchte da erst mal ein Stück weit hineinspüren«, sagte Ulla, schloss ihre Augen und legte widerstrebend eine Hand auf das beige Lederpolster.

»Dann spür mal etwas schneller, sonst hat Emma das Auto zerlegt«, zischte Henrietta und stieg ein.

Emma weinte und zog an ihrem Gurt.

Ulla bebte mit geschlossenen Augen und schwankte dabei auf ihren MBT-Sandalen vor und zurück wie ein Hybrid aus Stehaufmännchen und Wackeldackel. Es war nicht zum Aushalten!

»Und nun?«, rief Henrietta, während sie ungeduldig mit den Fingern aufs Lenkrad trommelte.

»Ich versuche, Frieden mit den Seelen der ermordeten Tiere zu schließen und mich bei ihnen dafür zu bedanken, dass sie mir ihre Haut zum Sitzen zur Verfügung stellen.«

Henrietta ließ den Motor an. Dann würde sie diese schwankende Idiotin jetzt eben hier stehen lassen. Genug war genug.

Zu Henriettas Überraschung breitete Ulla jedoch ihr Wollcape (selbstverständlich aus ungefärbten, unbehandelten Wollresten) über der Rückbank aus und ließ sich endlich darauf nieder.

Mit quietschenden Reifen und kreischender Emma fuhr Henrietta los.

»Du brauchst dich gar nicht so aufzuregen, liebe Henrietta«, rief Ulla von der Rückbank, während sie Emma wieder anschnallte und ihr einen Schnuller in den Mund stopfte. »Das ist schließlich alles nur wegen deiner Tochter! Mein Sohn wäre nie abgehauen!«

»Ach ja?«, brüllte Henrietta aufgebracht zurück. »Und wo ist er dann jetzt, dein toller Sohn? Warum ist er nicht da?«

»Hmpf«, machte diesmal zur Abwechslung Ulla.

»Hätte dein toller Sohn nicht meine Tochter gevögelt, wären wir jetzt nicht hier!« Henrietta war rot im Gesicht vor Wut und machte sich allmählich etwas Sorgen um ihren Blutdruck.

»Hätte deine tolle Tochter anständig verhütet, wäre mein Sohn nicht schon mit 24 Vater!«

»Hätte dein Sohn es nicht für nötig befunden, die

Nächste zu bespringen, wäre meine Tochter jetzt hier!« Henrietta kochte. »Und nicht wir!« Ihre Stimme überschlug sich. Sie hätte liebend gerne auf etwas eingeschlagen.

Emma heulte, Ulla versuchte, sie zu trösten.

»Dein Sohn, meine Tochter! Die beiden passen genauso wenig zusammen wie wir«, rief Henrietta Richtung Rückbank. »Sonst wäre er ja wohl nicht abgehauen!«

»Er IST nicht abgehauen«, brüllte nun auch Ulla. »Er macht Karriere!«

»Und das aus deinem Mund!« Henrietta verzog spöttisch das Gesicht. Genug der Worte. Es nützte ja nichts. Die Situation war, wie sie war, und sie mussten jetzt damit klarkommen.

Ulla schaute beleidigt aus dem Fenster und dachte an Marcus. Wie schwierig es für sie gewesen war, als er mit 18 ausgezogen war, um in Oxford zu studieren. Sie hatte damals ihre bislang einzige Erfahrung bedingungsloser Liebe ziehen lassen müssen und war alleine zurückgeblieben.

Während an der Fensterscheibe die Felder und Wiesen vorbeizogen und sie die schluchzende Emma im Arm hielt, erinnerte sie sich an die einsamen, verlassenen Tage in ihrer Berliner Altbauwohnung, die ihr plötzlich wie ein leeres Nest vorgekommen war. Wie oft hatte sie an der Tür von Marcus' verwaistem Zimmer gestanden und einen unerträglichen Schmerz empfunden.

Wie tapfer sie es durchgehalten hatte, ihn nichts davon spüren zu lassen. Wie fröhlich sie am Telefon geklungen hatte, wenn sie mit ihm sprach – und wie viele Stunden sie danach geweint hatte.

Es hatte lange, sehr lange gedauert, bis sie sich nicht mehr wie eine ausgelaugte zurückgelassene Kartoffel gefühlt hatte. Bis ihr Leben ihr wieder Spaß gemacht hatte. Auch allein.

Die Parabel von den beiden Frauen, die um ein Kind stritten, fiel ihr ein. Jede sollte an einem Arm des Kindes ziehen, um es für sich zu haben. Wer es mehr liebte, sollte stärker ziehen als die andere. Doch die eine Frau ließ los. Sie wollte dem Kind nicht weh tun. Das war die Frau, die es mehr liebte. Das war wahre Mutterliebe …

Der Tag würde heiß werden. Die Sonne brannte jetzt schon von einem wolkenlosen Himmel, der sich das blaueste Blau angezogen hatte, das er zu bieten hatte. Der Wind hatte vor lauter Ehrfurcht den Betrieb eingestellt, und das Thermometer in Henriettas SUV zeigte erstaunliche 25 Grad – um zehn Uhr morgens.

Es war der 11. Juli, Emmas zweiter Geburtstag, und Sylt gab sich ganz offenbar größte Mühe, dem kleinen Ehrengast zu huldigen.

Das Auto sauste über die Hügel des Braderuper Weges zwischen Kampen und Braderup, und Ulla vertiefte sich zur inneren Meditation in den berührenden Anblick des glitzernden Wattenmeeres hinter den weiten Gras- und Rapsfeldern.

Die erste Station des unfreiwillig zusammengewürfelten Trio Infernale war Feinkost Meyer in Wenningstedt – Futtertrog für alle, die mit dem goldenen Löffel im Mund geboren waren. Champagnertankstelle und kulinarischer Hot Spot der Reichen und noch Reicheren. Hier gab es alles, was das Milliardärsherz begehrte, von Austern über Jahrgangskaviar bis zum 3000-Euro-Bordeaux. Französischer Käse, japanische Wagyusteaks, italienische Pasta: Die Auswahl war gigantisch – die Preise auch.

Henrietta hatte hier stets nur ihren Weinvorrat aufgefüllt und sich mit frischem Hummer versorgt. Mit gezielten Lebensmitteleinkäufen hatte sie kaum Erfahrung. Diesen Part hatten stets Bernd, die Au-pair-Mädchen oder die Haushälterinnen übernommen.

Auch Kochen lag Henrietta nicht, denn dazu hatte sie in der Vergangenheit weder die Zeit noch die Muße gehabt – und davon abgesehen waren normale Mahlzeiten selten mit ihren diversen Diäten kompatibel gewesen.

Heute brauchte Henrietta dringend guten Wein, um die nächsten Tage zu überleben. Von Alexandras »Château Migräne«-Fusel trank sie sicher keinen Tropfen mehr.

»Supamaahkt!!«, schrie Emma und klatschte begeistert in ihre kleinen Hände, als Henrietta auf den Parkplatz einbog. »Supaahh! Supaahh!« rufend, ließ sie sich widerstandslos aus dem Auto in den Kindersitz eines Einkaufswagens heben.

»Supah! Supah!«, krähte Emma weiter, als sie an dem Fisch- und Hummerstand im Eingangsbereich vorbeifuhren, und sah dabei so glücklich aus, als hätte sie im Lotto gewonnen. »Schrecklich, dass das Kind auf diese kapitalistischen Einkaufsfallen konditioniert ist«, murmelte Ulla, die den Wagen schob und Emmas Begeisterung so gar nicht teilen mochte.

Henrietta betete inständig, dass niemand sie erkannte – Ulla in ihrem Mongolen-Outfit war ihr mehr als unangenehm.

Am Brötchenstand vorbei schoben sie in die Hauptsektion des Ladens. »Wo ist hier die Abteilung für Abgelaufenes?«, fragte Ulla peinlich laut einen Angestellten. »Ich kaufe nur Lebensmittel mit abgelaufenem Verfallsdatum«, klärte sie den ratlos blickenden Mann auf. Henrietta wäre am liebsten im Erdboden versunken. »Und ungenormtes Gemüse!«

»So etwas haben wir hier nicht«, sagte der junge Mann und lief eilig davon. Verblüfft schaute Ulla ihm nach. Ihr Gesicht lief rot an. Ein paar andere Kunden blieben interessiert stehen oder verlangsamten ihr Einkaufstempo.

Hektisch zerrte Henrietta den Wagen Richtung Fleisch- und Wurstabteilung. »Ist das nicht furchtbar, Henrietta«, rief Ulla, die hinter ihr herschwankte. »Zerhackte, verbrühte Hummer, Teile von Kuhleichen, Würste aus Lämmern und – oh nein – Geflügelherzen! Ein einziges Gemetzel ist das hier! Um uns herum nur Mord und Totschlag!«

»Salate haben auch Herzen«, murmelte Henrietta und beschloss, den Einkauf augenblicklich zu beenden.

»Was?«, fragte Ulla.

»Ach, nichts«, sagte Henrietta, schaltete auf Sprint und griff sich beim Spurt Richtung Kasse noch schnell vier Flaschen Weißwein aus dem beeindruckend umfangreichen Regal.

Ulla, der zeternde Wackeldackel, hatte auf seinen »halbe Melone«-Sohlen sichtlich Mühe, ihr zu folgen. Zum Glück geriet sie dadurch phonetisch aus Henriettas Hörweite.

Henrietta hatte gerade die vier Weißweinflaschen aufs Band gelegt, als Ulla von hinten schrie: »Nein, keine Plastiktüte!!!«

Die Kassiererin erstarrte. Henrietta winkte deeskalierend ab.

Ulla quetschte sich am Einkaufswagen vorbei und förderte aus ihrem Rucksack zu Henriettas größtem Entsetzen diverse verknitterte Jutebeutel zutage.

Die Kassiererin schaute deutlich indigniert. Henrietta reichte ihr ihre goldene Mastercard, um ihren Status klarzustellen, während die Flaschen in Ullas fleckigen Beuteln verschwanden.

Ulla war tatsächlich ein wandelndes Klischee. Die lebende Karikatur einer Esoterikerin. Fehlte nur noch, dass sie ihren Namen tanzte.

Nun gut, dachte Henrietta, diesen Laden würde sie künftig nur noch und ausschließlich alleine betreten.

Die nächste Anlaufstelle war – wie sollte es anders sein – der Braderuper Naturkostladen.

Hier bewegte sich das Ulla-Tier in seinem natürlichen Lebensraum, wie es schien. Freudig begrüßte es die beiden trägen Verkäuferinnen hinter dem hölzernen Kassentresen und begab sich zielstrebig in die Gemüseabteilung. Bioläden waren ganz offensichtlich sein angestammtes Revier.

Henrietta atmete durch und versuchte, Emma davon abzuhalten, die Regale auszuräumen. »Geh doch mal zu Oma Ulla, Süße! Siehst du? Da hinten steht sie – bei den Bananen!«

»Nane!«, rief Emma und marschierte auf ihren kleinen Stampfbeinchen Richtung Obst und Gemüse.

Henrietta widmete sich dem Sortiment. Sie hatte nichts gegen Bioprodukte – im Gegenteil. Was sie in dieser Art Läden nervte, war nur die unendliche Langsamkeit der Verkäufer/innen. Als wollten sie permanent demonstrieren, dass sie sich von der Konsumhektik auf keinen Fall anstecken ließen. Für Henrietta, die stets durch den Tag hetzte, eine schreckliche Qual.

Auch für Ulla schien in der Ruhe die Kraft zu liegen: Sie ließ sich mit dem Einkauf endlos viel Zeit, führte Emma im Schneckentempo durch die Obst- und Gemüseabteilung und studierte stundenlang die Inhaltsangaben irgendwelcher Körnermischungen.

Henrietta stachen die schokoladenüberzogenen Mandelhörnchen und Himbeer-Frucht-Schnitten am Backwarenstand ins Auge. Sie hatten ja noch gar keinen Geburtstagskuchen für Emma! Diese hier sahen lecker aus und waren bestimmt auch für Ulla ökologisch korrekt genug.

Die Verkäuferin schob gerade das dritte Kuchenstück auf die Pappe, als im hinteren Teil des Ladens ein markerschütternd lautes »Neiiiin!!« gebrüllt wurde, das sich anhörte, als wäre jemand angeschossen worden.

Wie ein Tornado herbeistürmend, rauschte Ulla an den Backwarenstand, riss Henrietta die Schokolade aus der Hand, mit der sie Emma zusätzlich hatte überraschen wollen, und stornierte die Kuchenauswahl.

»Bloß keinen Zucker, Henrietta! Du hast doch Alexandras Zettel gelesen!«

Mehrere Kunden schauten Ulla interessiert an.

»Zucker ist in den ersten Lebensjahren besonders fatal«, dozierte sie. »Da werden Fettzellen angelegt, die nie wieder verschwinden, und eine geschmackliche Prägung aufgebaut, mit der Emma ein Leben lang zu kämpfen hätte!«

»Das ist so nicht ganz richtig«, mischte sich ein langhaariger Birkenstockträger ein und holte zu einer langwierigen Erklärung über verschiedene Zuckerarten aus.

Henrietta hatte genug, verließ den Laden und ließ sich draußen erschöpft auf eine der schaffellgepolsterten Holzbänke vor der Eingangstür sinken. »Böser, böser Kuchen«, es war zum Verzweifeln. Sollte Ulla doch machen, was sie wollte. Henrietta hatte momentan weder Lust noch die Kraft, sich gegen die ökologische Naturgewalt aufzulehnen. Ihr Kopf dröhnte, als würde da drinnen jemand staubsaugen. Sie bestellte sich einen Fair-Trade-Cappuccino, schloss die Augen und wartete.

Gefühlte zehn Jahre später verstauten sie Ullas Großeinkauf im Kofferraum: drei prall gefüllte Jutebeutel mit Obst, Gemüse, Sojaprodukten und jeder Menge seltsamer anderer Pillen und Pülverchen. Dazu eine Sprossenzuchtbox und einen Smoothiemixer, den man sich im Bioladen offenbar leihen konnte.

Smoothies – Henrietta hatte noch nie verstanden, warum man Salat jetzt plötzlich als Suppe zu sich nehmen sollte. Sie hatte nicht nur Biss, sie biss auch gerne in etwas – zum Beispiel in ein medium gegrilltes Filetsteak. Schließlich hatte sie ja Zähne. Die Manschmahlzeiten im Altersheim würden noch früh genug kommen.

Jana

Jana machte sich wirklich Sorgen. Ulla und ihre Mutter über Tage auf sich allein gestellt – das konnte nicht gutgehen. Eigentlich hatte sie vorgehabt, nach dem Shooting noch ein paar Tage auf der Insel zu bleiben, aber vielleicht sollte sie das Vorhaben canceln und ihrer Nichte zu Hilfe eilen?

Emma war ihre Patennichte, und Jana liebte sie, als wäre sie ihre eigene Tochter. Sie aus der Ferne innig zu lieben, war allerdings auch ziemlich einfach: Jana sah Emma höchstens zwei-, dreimal im Jahr. Sie lebte und arbeitete in Berlin, und Alexandra, Marcus und Emma wohnten in Frankfurt.

»Piep, piep« – eine SMS erschien auf Janas iPhone-Display. *»Ich vermisse dich«* stand da.

Der Absender war Ben.

Henrietta, Ulla und Emma

Zurück im Börderstich, luden sie die Einkäufe aus; und während Ulla ihre Bioschätze in Küchen- und Kühlschrankfächern verstaute, packte Henrietta ein paar Sachen für den Strand zusammen. Emma rannte derweil im Flur hin und her, pausenlos »Renne, renne« rufend.

Renne, esse, male, trinke – die Kleine verschluckte bei Verben stets das »n« und klang dadurch, als wäre sie mit einem schwäbischen Akzent geboren. Sozusagen als Sonderausstattung. »Schaffe, schaffe, Häusle baue. Hund abschaffe, selber belle!« Hoffentlich verlor sich Emmas Geschwäbel bald wieder.

»Komm, Emmilein«, rief Henrietta, als sie alles eingepackt hatte. »Wir wollen schwimme, schwimme!«

Emma stoppte mitten im Flursprint, grinste sie an, nahm ihre Hand und verlangte: »Oma Ulla mit!«

»Ja, Oma Ulla kommt auch mit«, versicherte Henrietta.

Ulla kam von oben die Treppe herunter, und Henrietta stockte der Atem angesichts ihres Strandoutfits: barfuß, ein zu einem Turban gewickeltes indisches Tuch um den Kopf und ein gebatikter Kaftan, der um ihren Körper schlabberte und den Blick auf üppig behaarte Waden frei ließ.

Emma klatschte begeistert, rief »Bade! Bade!!« und ging auf dem Weg zum Auto mittig zwischen ihren beiden Omas – jeweils an einer Hand.

Henrietta selbst trug natürlich Weiß – die Standarduniform aller bessergestellten Sylturlauber: weiße Jeans, Edel-Flipflops von Prada, eine Tunika von Missoni. Dazu ein ausladender Strohhut und eine riesige schwarze Tom-Ford-Sonnenbrille, um auf dem Weg zum Strand nicht erkannt zu werden.

Sie parkte den SUV auf dem Parkplatz bei der Sturmhaube und war froh, sich hinter Hut und Brille verstecken zu können, als Ulla sich nach dem Aussteigen mit ausgebreiteten Armen drehte und immer wieder »Wie herrlich! Diese Luft!« rief.

Kurz befürchtete Henrietta, Ullas Euphorie könne in einen spontanen Ausdruckstanz münden, als Emma, die sich synchron gedreht hatte und ebenfalls »Luff! Luff!« rief, schwindelig wurde, sie hinfiel und danach sirenenartig losheulte.

Am Meeressaum entlang spazierten sie zum Kampener Strand, und Emma war entzückt über die weichen Babywellen und den Brandungsschaum, die ihr beim Laufen sanft über ihre kleinen nackten Füße spülten.

Ulla hingegen kriegte sich über das »ganz besondere Licht hier« kaum wieder ein und spürte entrückt dessen »ganz besonderer Energie« nach.

Beflissen, unerkannt zu bleiben, dirigierte Henrietta ihre Begleiterinnen an den äußersten Rand des Kampener Strandes und sorgte dafür, dass sie zwei allein stehende Strandkörbe Richtung »Buhne 16« belegten.

Kaum an den Körben angekommen, zog sich Ulla sofort aus. »Hier ist doch FKK, oder?«, worauf Emma begeistert »Nackiiii!!« schrie und interessiert Ullas erstaunlich wenig hängenden Busen betrachtete.

Ungleich viel weniger begeistert wurde ihr unverhüllter Körper von Henrietta taxiert, die aus den Augenwinkeln entsetzt Ullas wallendes Achselhaar und ihre ausufernde Schambehaarung registrierte. War das zu fassen? Offenbar hatte Ulla noch nie von den »Brazilian Cut«, »All Nude« oder »T« gehört – die Typbezeichnungen moderner Intimrasuren. Oder sie verweigerte die Urbanisierung ihrer Körperbehaarung – das konnte natürlich auch sein.

Henrietta trug zum Sonnenbaden einen kampengemäßen, figurformenden Yves-Saint-Laurent-Badeanzug aus der aktuellen Kollektion und ihre riesige schwarze Oversize-Sonnenbrille, deren Preis dem Monatsgehalt eines Minijobbers entsprach.

»Komm, Emmalein! Wir gehen schwimmen«, rief Ulla und nahm die begeistert »Jaaaaa« schreiende Emma an die Hand. Juchzend rannten die beiden um die Wette zum Meer, wo Emma euphorisch in den kristallklaren, lauwarmen Pfützen planschte, die die zurücklaufende Tide in einigen Sandkuhlen hinterlassen hatte.

Henrietta lief derweil hektisch mit ihrem iPhone am Wasserrand hin und her, auf der Suche nach Empfang, den man am Kampener Strandabschnitt einzig hier hatte.

Immer wieder schaute sie zu Ulla, die sich ekstatisch kreischend in die Brandung fallen ließ – zu Emmas großem Entzücken, die mit ihrem weißen Sonnenhut am Strand stand und in die Hände klatschte. »Oma Ulla bade!!«

»Warum gehst du denn gar nicht rein?«, fragte Ulla, als sie tropfnass zum Strandkorb zurückkam. »Das Wasser ist herrlich!«

Euphorisch schaute sie Henrietta an.

»Mir ist noch nicht danach«, antwortete die knapp.

»Hast du Angst vor Wasser?«, fragte Ulla.

»Quatsch«, antwortete Henrietta. »Wie kommst du denn da drauf?«

»Laut der modernen Psychologie steht das Meer für Sexualität«, dozierte Ulla. »Wer Angst vorm Schwimmen hat, hat also eigentlich Angst vor Sex …«

»Nicht vor dem Kind«, zischte Henrietta und ärgerte sich maßlos.

»Säks!«, rief Emma.

Henrietta schaute über den Rand ihrer Sonnenbrille und warf Ulla einen eisigen Blick zu.

»Komm, wir backen Sandkuchen«, schlug Ulla vor, um die Situation zu deeskalieren, und füllte mit Emma Förmchen, bis der vor Müdigkeit die Augen zufielen und sie, mit Handtüchern zugedeckt, auf der blauweißgestreiften Bank eines Strandkorbes sofort einschlief.

Um Emma beim Schlafen nicht zu stören, richtete sich Henrietta einen Strandkorb weiter ein.

»Puh! Der Vormittag ist geschafft«, grinste die nackte Ulla Henrietta an und legte sich vor ihr ohne Handtuch in den Sand. Entsetzt bemerkte Henrietta, dass deren Fußnägel weder geschnitten noch pedikürt waren. Der Wind strich über Ullas Wadenhaare wie durch ein Kornfeld. Die schwarzen Haarähren bogen und beugten sich …

»Ja, zum Glück«, antwortete sie knapp und fand, dass man es mit dem »Naturkind sein« auch wirklich übertreiben konnte.

»Hach, ich find's einfach herrlich hier«, rief Ulla. »Die Insel ist magisch! Ein Kraftort! Warum war ich bloß noch nie hier? Und überall FKK! Wenn nur diese feisten Bonzen in ihren rosa Pullis nicht wären. Sehen aus wie Schweine, die sie vermutlich auch sind!«

Henrietta verkniff sich einen Kommentar.

»Alexandra ist einfach nicht zu erreichen«, berichtete sie stattdessen. »Sie könnte uns ja wenigstens mal mitteilen, wie lange das hier gehen soll!«

»Ach, mir gefällt's momentan ganz gut«, rekelte sich Ulla. »Entspann dich doch einfach mal, Henri!«

»Henri??« Henrietta glaubte, sich verhört zu haben. Was machte die blöde Kuh denn hier plötzlich so demonstrativ auf ganzkörperentspannt und locker?

»Ich gehe mir einen Cappuccino holen«, verkündete Henrietta, die im Grande Plage dringend auf die Toilette musste. »Möchtest du auch einen?« Diese Frage gründete einzig auf ihrer guten Erziehung.

»Gerne, lieb von dir! Aber bitte koffeeinfrei und mit Sojamilch. Mein Stoffwechsel verträgt nachmittags keine anregenden Getränke mehr.«

Ulla sah nicht, wie Henrietta hinter ihrer Sonnenbrille die Augen verdrehte, als sie Richtung Grande Plage stapfte.

»Ich schwimme übrigens sehr gerne«, sagte Henrietta, als sie zurückkam und Ulla ihren Pappbecher überreichte.

»Du, das freut mich für dich«, sagte Ulla und lächelte. »Ich hatte nur irgendwie das Gefühl, dass dein Sakralchakra blockiert ist.«

»Mein was?«

»Svadhishthana – dein Sakralchakra! Das ist das zweite Chakra, das sich eine Handbreit unter dem Bauchnabel befindet«, erklärte Ulla und legte zur Demonstration ihre Hand über ihren Venushügel. »Es steht für Sexualität, Erotik und Lust.«

»Aha.«

»In der Aura leuchtet es orange.«

»Aha.«

»Aber bei dir habe ich gar nichts leuchten gesehen!«

»Nein?«

»Nein. Und ich dachte, wegen deiner Kleidung und so …«

»Was ist denn falsch an meiner Kleidung?«

»Ich möchte das gar nicht werten. Um richtig oder falsch geht es nicht. Aber ich empfinde dich als sehr materiell ausgerichtet mit deinem Mercedes und deinem ganzen Schmuck und so.«

»Warum?«

»Menschen, die besitzen und horten wollen, haben oft Probleme loszulassen …«

Henrietta versuchte, durchzuatmen und bis zehn zu zählen. Das war alles ein einziger Alptraum.

»Bei dickeren Menschen ist zudem häufig der Fluss der Sexualenergie gestört, weil sie Probleme haben, ihre Gefühle zuzulassen.«

Henrietta fühlte einen rotglühenden Wutanfall in sich aufsteigen.

»Sie schließen sich hinter ihrer Schutzschicht ein …«

»Ulla, es reicht!«, zischte Henrietta.

»Ich hätte dir zu Hause einen Tee aus Pfeffer, Vanilleschoten und Orangenschalen kochen können«, fuhr Ulla unbeirrt fort und rekelte sich mit gespreizten Beinen in der Sonne, »um dein Chakra wieder zu öffnen. Außerdem kenne ich ein paar schöne Yogaübungen dazu.«

Henrietta spürte, wie sie allmählich die Nerven verlor. Emma, die Aufregung um Alexandra und die Tatsache, sich den ganzen Tag auf zwei andere Menschen einstellen zu müssen, hatten sie dünnhäutig gemacht. Weil es sie maßlos anstrengte. Ulla wollte Krieg? Den konnte sie haben:

»Du findest mich also dick und konsumsüchtig«, schleuderte sie ihr entgegen. »Du hast sie doch nicht mehr alle, Ulla! Fass dir doch mal an die eigene Nase! Wie siehst du denn überhaupt aus? Du bist behaarter als ein Gorillaweibchen!«

»Was?« Verblüfft rappelte Ulla sich auf und schaute an sich herunter.

»Und klapp endlich deine Beine wieder zusammen«, setzte Henrietta nach. »Oder willst du, dass ganz Kampen deiner Gebärmutter ›Guten Tag‹ sagt? Das ist ja nicht zu ertragen!«

»Warum nicht?«, lachte Ulla. »Es gab doch mal eine Frau, die sogar Geld dafür genommen hat.«

Verblüfft starrte Henrietta sie an.

»Gebärmutter! Gesunde, vitale Gebärmutter! Anschauen heute zum Sondertarif!«, rief Ulla über den Strand.

Henrietta wich vor Entsetzen das Blut aus dem Gesicht.

»Wollen Sie mal meine Gebärmutter sehen?«, rief Ulla einem älteren Herrn zu.

»Wessen Mutter?«, fragte der weißhaarige Senior irritiert, der sich gerade im Schneckentempo vom Baden zurück an seinen Strandkorb schleppte.

»Schon gut!«, rief Henrietta und wäre vor Scham am liebsten im Erdboden versunken.

»Du hältst jetzt sofort die Klappe, oder ich vergesse mich!«, zischte sie Ulla an, außer sich vor Empörung. »Du bist die vulgärste, primitivste Person, die ich jemals kennengelernt habe!«

Jetzt sah Ulla traurig aus. »Deine Worte machen mich jetzt echt irgendwo sehr betroffen!«

»Wo denn?«, schnaubte Henrietta mit deutlich hektischen Flecken im Gesicht.

»Wo denn was?«, fragte Ulla.

»Wo genau macht es dich betroffen?«

»Hä?«

»Du hast gesagt, es mache dich ›irgendwo‹ betroffen. Also wo jetzt?«

»Ich spüre da gerade unheimlich viel negative Energie von deiner Seite …«

»Stimmt!«

»Was?«

»Stimmt!«, gab Henrietta auffallend schnell zu. »Um ehrlich zu sein, finde ich dich gerade restlos beknackt.«

»Henrietta!«, rief Ulla empört. »Wenn ich dich da jetzt mal spiegeln darf …«

»Nein, darfst du nicht!«, zischte Henrietta scharf. »Ich dachte, ihr Esotanten wärt immer so wahnsinnig ehrlich. Da solltest du ein bisschen Wind von vorne schon abkönnen.«

»Darum geht es gar nicht.«

»Worum denn?«

»Du bist unfair. Und ungerecht!«

»Und du nervst!«

»Ich winke das jetzt durch. Ich möchte diese Energie nicht an mich heranlassen«, sagte Ulla, schloss die Augen, atmete demonstrativ in ihren Bauch und hielt sich anschließend ihr Buch vor die Nase.

Henrietta versuchte zum hundertsten Mal, Alexandra zu erreichen, bis sie ein leises Gewimmer aus dem Strandkorb hörte: »Mammaaa?« Sofort eilte sie zu Emma, die sich verschlafen die Augen rieb und noch gar nicht wieder in dieser Welt angekommen war. »Mammaa!!«, forderte sie.

»Guck mal, Süße«, Henrietta hatte Ulla gar nicht kommen hören, die Emma jetzt ihre Nucki vor die Nase hielt. Emma griff erfreut danach und begann schmatzend zu saugen, während sie ihre Haare um ihre Finger drehte. Ulla nahm sie auf den Arm und ging mit ihr zum Meer.

»Blöde Kuh«, dachte Henrietta. »Nicht nur, dass sie vollkommen free und unverklemmt tut, jetzt macht sie auch noch mit dem Kind auf Streberin.«

Ihr Handy klingelte. Es war Bernd. Eilig lief sie zum Wassersaum, um das Gespräch annehmen zu können. »Bernd, wie schön!«

»Hallo Jette, ich kann nur kurz sprechen, bin grade auf dem Weg in die Galerie. Wie läuft's bei euch?«

Henrietta erzählte von Alex' Abreise und ihrem absurden Tag mit Ulla und Emma.

Bernd nahm die haarsträubende Info erstaunlich emotionslos auf. »Das ist natürlich doof für dich, meine Süße. Aber du schaffst das schon! Kuss, Kuss!«

Er hatte aufgelegt. Henrietta blieb verblüfft zurück. Was war denn mit Bernd los? Jetzt, wo sie ihn wirklich mal brauchte, schien er Lichtjahre entfernt.

Jana

Der erste Shootingtag war gut gelaufen, und Jana fuhr erleichtert zum Hotel zurück. Jetzt noch mal kurz in die herrlichen türkisgrünen Wellen springen – und dann endlich was essen, dachte sie.

Wie es wohl bei Ulla und ihrer Mutter auf Sylt lief? Jana wertete es als gutes Zeichen, dass kein weiterer Anruf erfolgt war. Obwohl sie es für komplett unwahrscheinlich hielt, dass sich die beiden Omas miteinander arrangierten.

Während der Van über die Landstraße Richtung Cala Sant Vincenç brauste, dachte Jana an Ben. Was sollte diese SMS? Hatte er nun genug von seinen Affären? Vermisste er sie tatsächlich? Jana war viel zu verletzt, um irgendeine Wiederannäherung auch nur in Erwägung zu ziehen. Oder eine Antwort. Ben hatte sie belogen und betrogen – und jetzt sollte er gefälligst bleiben, wo der Pfeffer wächst.

Obwohl, dachte sie nach ein paar Minuten: Dass sie ihm offenbar fehlte, tat ihrem Selbstbewusstsein seltsam gut …

Henrietta, Ulla und Emma

Ulla werkelte in der Küche und sang dabei ein indisches Mantra:

»Sarve Bhavatu Sukhinah
Sarve Santu Niramayah
Sarve Bhadrani Pasyantu
Ma Kashid Dukha Bhag Bhavet …«

Emma saß in ihrem Kinderstuhl, schwang ihr Köpfchen hin und her und summte dazu.

Henrietta, die gerade aus der Dusche gekommen war, musste zugeben, dass sie dankbar war, dass Ulla den Hauptpart der Koch- und Kinderbetreuung übernahm – und dieser Singsang, begleitet von Emmas hellem Kinderlachen, klang irgendwie süß.

Sie schob sich an Ulla vorbei, nahm eine Flasche Sauvignon Blanc aus dem Kühlschrank, stellte Teller, Bestecke und Gläser auf ein Tablett und deckte auf der Terrasse den Tisch.

Anschließend schenkte sie sich ein erstes Glas Wein ein, legte die Füße hoch und genoss die abendliche Stimmung im Garten. Es roch nach Kiefernnadeln, gemähtem Rasen und dem Duft der Heckenrosen. Ein lauer Wind streichelte Henriettas Arme. Es war immer noch so warm, dass man in Bluse und barfuß draußen sitzen konnte.

Sie nahm einen tiefen Schluck Weißwein aus dem beschlagenen Glas, der herrlich nach Stachelbeeren, Passionsfrucht und Holunder schmeckte.

Aus der Küche ertönte Geklapper, Emmas kleine Füßchen näherten sich dem Garten, und dann war sie auch schon da, kletterte auf einen Stuhl und rief: »Esse! Esse!«

Ulla eilte zwischen Küche und Terrasse hin und her und stellte dampfende Töpfe auf den Tisch.

»Da haben wir den Salat«, lachte sie und platzierte eine große Schüssel in der Tischmitte. Sie setzte sich und nahm – zu Henriettas Entsetzen – Henriettas Hand.

»Was soll das?«

»Nimm bitte Emmas Hand, Henri. Wirst du gleich sehen!«

Henrietta überhörte das »Henri« und nahm Emmas kleine Patschhand in ihre.

Als der Kreis geschlossen war, rief Ulla:

»Piep, piep, piep, wir ha'm uns alle lieb, guten Appetit!«

Emma strahlte und rief: »Mal!«

Sie wiederholten die etwas ungewöhnliche Essensdanksagung.

Emmas Augen leuchteten.

»Mal!!«

Henrietta war gerührt über das entzückte Gesicht ihrer Enkelin, und sie wiederholten das Ritual ein letztes »Noch mal«-Mal.

Ulla hatte Spaghetti mit veganen Knoblauchgarnelen gekocht, und Henrietta war überrascht, wie lecker das Essen war. Die Pasta hatte Biss, die Sauce war äußerst schmackhaft und – das musste sie zugeben – perfekt gewürzt. Die Garnelen hatten zwar eine etwas schwammtuchartige Konsistenz, waren ansonsten aber ebenfalls köstlich.

»Nudä!! Nudä!!« Begeistert über ihr Lieblingsessen, stopfte sich Emma ihre kleingeschnittenen Spaghetti löffelweise in den Mund.

»Und das sind tatsächlich vegane Garnelen?«, fragte Henrietta interessiert.

»Ja«, sagte Ulla stolz. »Ist das nicht toll, dass ich im Bioladen immer die neuen Produkte präsentiert bekomme?«

Henrietta nickte mit vollem Mund.

»Und man merkt gar nicht, dass sie seit fünf Tagen abgelaufen sind, oder?«

Henrietta blieb der Bissen im Halse stecken.

»Wie bitte?«

»Mehr! Mehr«, forderte Emma und schlug mit ihrem Löffel auf den Tisch. Ulla füllte ihren Teller und schnitt ihre Spaghetti klein.

»Dang«, sagte Emma, was danke hieß.

»Haltbarkeitsdaten sind eine der größten Lügen der Lebensmittelindustrie«, griff Ulla das Thema wieder auf.

»Aber die Garnelen kommen doch vom Bioproduzenten«, gab Henrietta zu bedenken, die ihren Teller von sich geschoben hatte.

»Ja, aber die wollen ja auch verkaufen.«

»Hast du denn gar keine Angst, dass die Garnelen verdorben sind?«

»Nein, das würde ich riechen«, sagte Ulla. »Ich habe eine sehr feine Nase.«

Nicht besonders beruhigt, aber dafür umso hungriger drehte sich Henrietta eine Gabel Spaghetti auf und hielt sie sich vor die Nase, um mögliche Schimmelaromen aufzuspüren.

»Rundalugge!«, befahl Emma, die die Szene beobachtet hatte.

»Ist gut!« Henrietta musste lachen und schluckte die Nudeln wie befohlen runter.

Sie musste auf eine Chilischote gebissen haben. Die Schärfe trieb ihr die Tränen in die Augen und ließ ihr die Nase laufen. Sie legte die Gabel zur Seite und schnaubte in ein Taschentuch.

»Gut, du entgiftest«, lobte Ulla.

»Hä?«, fragte Henrietta.

»Deine Nase läuft. Daran erkennst du, dass dein Körper entgiftet!«

»Quatsch, es war einfach grade nur ein bisschen scharf!«

Ulla schmunzelte wissend und hielt Emma eine schwarze entkernte Olive hin. »Möchtest du mal eine Olive probieren, Emmalein?«

Emma griff danach und steckte sie in ihren Mund. Dort wurde sie mit staunenden Augen lange auf Aroma, Konsistenz und Geschmack geprüft und schließlich zerkaut.

»Mehr!«

Ulla fischte noch eine Olive aus dem Salat.

»Livo!«, nahm Emma die Olive begeistert entgegen.

»Möchtest du auch eine Tomate?«, fragte Henrietta.

»Mate nein!«, antwortete Emma entschieden.

Zehn Oliven später fiel Ulla ein, dass sie Emma ja noch gar nicht ihre Geschenke überreicht hatten. Eilig lief sie in ihr Zimmer, um ihr Präsent zu holen.

Als sie wieder zurückkam, holte auch Henrietta ihr Geschenk: ein rotes Blumenkleidchen von Polo Ralph Lauren, das Emma mit nur mäßiger Begeisterung anzog. Deutlich mehr freute sie sich über die silberne Kette mit dem Bernsteinherz, die sie aus Ullas Geschenkpapier pulte.

Henriettas Blick fiel auf ihre Rolex: Es war schon nach acht – höchste Zweijährigen-Schlafenszeit!

»Bist du müde, Emmalein?«, fragte sie.

»Ja«, antwortete die, rieb sich die Augen und legte ihren Lockenkopf an Ullas Brust.

»Komm, ich bring dich ins Bett«, schlug Ulla vor und nahm Emma auf den Arm. »Sag Oma Henri gute Nacht!«

»Nach«, sagte Emma und ließ sich von Henrietta einen Kuss auf die Wange geben. »Gute Nacht, meine Süße! Schlaf gut!«

»Oma Edda mit!«, forderte Emma, als Ulla sie die Treppe hochtrug. »Nein, die Henrietta kommt jetzt nicht mit«, hörte sie Ulla antworten. »Die Oma Edda muss jetzt die Küche wieder saubermachen!«

Ein kurzer Zornesblitz schoss in Henriettas Bauch, als sie die Anweisung vernahm. Sie war es nicht gewohnt, Arbeiten zugeteilt zu kriegen. Aber natürlich hatte Ulla recht: Sie hatte gekocht, den ganzen Tag die Emmabetreuung übernommen und brachte Emma jetzt auch noch ins Bett. Da musste Henrietta selbstverständlich die Küche machen.

Während sie die Teller und Töpfe in die Küche trug, musste sie sich eingestehen, wie froh sie war, dass Ulla so viel übernahm. So niedlich Emma auch war – Henrietta war schon nach zehn Minuten spielen oder aufpassen extrem angestrengt. Wie hatte sie das damals bloß mit ihren Töchtern geschafft?

Emma schlief ein, kaum dass sie, frisch gewindelt und in ihren Pyjama gewandet, in Ullas Bett lag. Ulla schob es auf die Seeluft und den aufregenden Tag, ließ die Tür zu ihrem Zimmer offen stehen und ging wieder runter.

Henrietta hatte abgewaschen und aufgeräumt und stand, mit einem Glas Weißwein in der Hand, sinnierend auf der Terrasse.

Ulla setzte sich an den Tisch.

»Entschuldige bitte, Ulla, dass ich heute so schroff war«, sagte Henrietta und drehte sich zu ihr um. »Ich bin offenbar etwas überreizt.«

»Schon gut«, sagte Ulla und legte unangenehmerweise kurz ihre Hand auf Henriettas, als sie sich neben sie setzte.

»Was war das eigentlich für ein Mantra, das du vorhin in der Küche gesungen hast?«, wollte Henrietta wissen, nachdem sie noch mal auf Emmas Geburtstag angestoßen hatten.

»Das war ein Maha Mrityunjaya Mantra«, sagte Ulla.

»Ein was?«

»Ein Mantratext mit einzelnen Versen, die Verschiedenes bedeuten.«

»Und was bedeuteten die Verse, die du gesungen hast?«

»Mögen alle Wesen glücklich sein. Mögen alle Wesen das Gute in den anderen sehen. Möge niemand an Traurigkeit leiden.«

Beschämt schwieg Henrietta und nahm einen großen Schluck Wein.

»Es gibt viele verschiedene Mantras«, erzählte Ulla. »Für Freude, für die Liebe, für den Frieden, zur Heilung und zur Herzreinigung. Wenn du möchtest, zeige ich dir welche.«

»Gerne«, sagte Henrietta und meinte es nicht so.

»Ich spüre, dass mein Körper müde ist und Ruhe braucht«, sagte Ulla kurze Zeit später, erhob sich und ging in ihr Zimmer.

Henrietta wollte die herrliche Abendstimmung noch ein bisschen genießen und beschloss, einen Verdauungsspaziergang die Wuldeschlucht hinunter Richtung Watt zu machen. Wie wunderbar die taufeuchten Felder und Wiesen rochen. Von dem Kiefernwäldchen bei der Kupferkanne wehte ein würziger südlicher Duft herüber, und irgendwo sang eine Nachtigall. Henrietta setzte sich auf einem Hügel auf eine Bank und streckte die Beine aus. Der Mond spiegelte sich auf dem ruhigen Meer, die Luft stand still.

Ullas Worte am Strand fielen ihr wieder ein. Vielleicht stimmte ja wirklich etwas mit ihrem Sex-Chakra nicht. Ihr letzter Orgasmus war Jahre her – und sie konnte sich nicht daran erinnern, dass er besonders ekstatisch gewesen war. Sex fand in ihrem Leben nicht mehr statt. Sie machte es sich ja noch nicht mal mehr selbst. Vermutlich hatte sie schon Spinnenweben zwischen den Beinen.

Aber warum war das so? Was hatte ihr die Lust an der Lust verdorben? Bernd? Die Arbeit? Oder war sie wirklich emotional verbaut? Hatte sie ihre Leidenschaft einzementiert in einen goldenen Käfig aus Luxus und Annehmlichkeiten?

Henrietta fuhr sich durchs Haar.

Ja, sie zog ihre Befriedigung weitgehend aus ihrem Job. Ihre Orgasmen waren ihre Karrieresprünge gewesen, ihre Lust ihr Erfolg. Die bewundernden, neidvollen, ehrfürchtigen Blicke ihrer Kollegen machten sie mehr an, als es je eine Aktion in den Laken vermocht hatte.

Komisch, dabei war sie doch eigentlich eine sinnliche Frau und konnte durchaus genießen. Aber war sie eigentlich zufrieden? Befriedigt?

Die Nähe mit Bernd hatte sich immer etwas beklemmend angefühlt. Denn sie wollte nicht verschmelzen, sie wollte kämpfen! Sich durchboxen. Ganz nach oben.

Henrietta wurde kalt. Sie stand auf und machte sich auf den Heimweg.

Und eines musste sie zugeben, wenn auch äußerst ungerne und mit zusammengebissenen Zähnen: Sie mochte tatsächlich nicht schwimmen!

Henrietta erhöhte ihr Schritttempo. Ihre Bluse wurde klamm von der Luftfeuchtigkeit, die vom Meer kam.

Warum wollte sie nicht schwimmen? Das Gefühl der Schwerelosigkeit war ihr unangenehm – und sie hasste es, keine Kontrolle darüber zu haben, was unter und neben ihr passierte. Ob sich in den undurchsichtigen Tiefen ein Hai anpirschte, um in ihr Bein zu beißen, sich ein Quallenschwarm formierte oder irgendwelche Urzeitmonster lauerten. Nein, das Meer war ihr äußerst unheimlich.

Ob das tatsächlich ein Zeichen für etwas war?

Die Nacht war unruhig – und laut! Durch die papierdünnen Wände wurde Henrietta Ohrenzeuge von Emmas zahlreichen Wach- und Brüllphasen. Mehr als fünfmal wachte sie auf, wollte entweder die Flasche oder brauchte neue Windeln und schrie nach ihrer Mama. Ulla, die unabgesprochen den Löwenanteil der Emmabetreuung übernommen hatte, tat Henrietta ziemlich leid. Sie abzulösen, kam für sie dennoch nicht in Frage. Bloß nicht!

Stattdessen kramte Henrietta ein Paar Ohropax aus ihrer Handtasche und drückte sie sich tief in die Ohren.

Doch erst als die Morgendämmerung anbrach, fiel sie in einen erschöpften Schlaf und wurde von einem seltsamen Plätschergeräusch aufgeschreckt, kaum dass sie sich den Schaumgummilärmschutz aus den Gehörgängen gepult hatte.

Ächzend schälte sie sich aus dem Bett, um dem Geräusch nachzugehen. Es kam aus dem Bad. Henrietta öffnete die angelehnte Tür und fand dort eine grüngefärbte Emma, die juchzend und plitschnass in hellgrünem Wasser saß und seelig vor sich hin planschte, neben sich den umgekippten Topf, in dem Ulla gestern die Spaghetti gekocht hatte.

»ULLLLLAAAAAAHHH!!!«, schrie Henrietta.

Nichts passierte.

»ULLLLLAAAHHH!«, schrie sie noch mal. Emma schaute sie neugierig an.

»Warte kurz, Emmalein«, rief Henrietta ihr zu und eilte die Treppe hinunter. Die grüngefärbte Emma wollte sie sich ganz sicher nicht auf ihren 700-Euro-Seidenpyjama setzen.

Sie wäre fast über ihre Augenringe gestolpert, als sie auf die Terrasse taumelte.

Ulla stand auf einem Bein auf dem Rasen, die Arme über dem Kopf, die Handflächen aneinandergelegt, so als würde sie über dem Kopf beten. Schnaubend umrundete Henrietta sie, um ihr ins Gesicht zu schauen. Ullas Augen waren geschlossen. Und es machte ihr offenbar keine Mühe, in dieser merkwürdigen Position das Gleichgewicht zu halten.

»Ulla! Was machst du denn da?«, rief Henrietta empört. »Emma planscht klitschnass im Bad, ist ganz grün und hat alles unter Wasser gesetzt!«

»Pschtttt …«, flüsterte Ulla und hielt dabei die Augen geschlossen. »Ich muss erst mal den Tag erspüren!«

»Dann erspür mal schneller«, bellte Henrietta, »sonst spült die nächste Flutwelle Emma die Treppe runter. Und ich kippe gleich im Stehen um!«

»Du, das kommt jetzt aber irgendwie total aggressiv rüber …«, sagte Ulla, öffnete die Augen und nahm die Arme nach unten. Im Zeitlupentempo. »Wenn ich dich da mal kurz spiegeln darf …«

Henrietta winkte ab und ging ins Haus. »Die Yogaübung heißt ›Der Baum‹«, rief Ulla ihr nach. »Würde dir auch sehr guttun!«

Henrietta hatte es nicht so mit Yoga. Sie konnte weder die Skorpionhaltung noch den Reiher. Sie konnte auch keinen Spagat. Aber bislang hatte es in ihrem Leben auch noch nie einen Moment gegeben, in dem sie dachte: Jetzt könnte nur noch ein Spagat helfen! Oder die korrekt ausgeführte Skorpionhaltung.

Müde schlurfte Henrietta in die Küche. Kaffee!! Sie brauchte dringend Koffein!

Kurze Zeit später kam Ulla mit der nackten, von der grünen Einfärbung befreiten Emma auf dem Arm die Treppe herunter.

»Emma hat den Topf mit dem Spaghettiwasser umgekippt«, lachte Ulla.

»Super«, antwortete Henrietta, die das überhaupt nicht komisch fand. »Und wieso stand der im Bad?«

»Um das Wasser für die Toilettenspülung zu sparen«, sagte Ulla. »Das mache ich immer so. Auch kleine Maßnahmen können ungeheuer etwas bringen. Wenn das alle machen würden …«

»Und wieso war Emma grün?«, fragte Henrietta und überhörte den Vorwurf.

»Weil sie meine Algentabletten im Wasser verrührt hat.«

»Na prima!«

»Ich finde, dass übrigens auch durchaus du sie mal hättest säubern und trockenlegen können«, sagte Ulla. »Es ist eigentlich nicht in Ordnung, dass du mich dafür bei meiner Meditation unterbrochen hast!«

Henrietta nahm einen Schluck Kaffee. Das ging ja mal

wieder optimal los heute Morgen. Natürlich hatte Ulla recht, aber das musste sie ja nicht unbedingt jetzt zugeben, wo sie sich fühlte, als wären zehn Lastwagen über sie gefahren.

Wenn wenigstens Alexandra sich endlich mal melden würde!

Unoptimistisch griff Henrietta zu ihrem Handy und checkte die Mailbox: Nichts! Weder Alexandra noch Marcus waren zu erreichen. Es war zum Verzweifeln ...

Rrrrrrringggggg!

Rrrrrrringggggg!

Der Klingelton eines Analogtelefons riss sie aus ihrer Resignation. Sie hatte gar nicht bemerkt, dass es hier im Haus einen Festnetzanschluss gab. Das konnte eigentlich nur Alexandra sein – wer sonst kannte die Nummer? Aufgeregt rannte sie dem Klingelton nach und nahm atemlos den Hörer ab.

»Alexandra?«

»Nein, hier ist nicht Alexandra«, sagte eine barsche Stimme am anderen Ende der Leitung. »Hier ist Ruth Mechter. Ich wollte eigentlich selber gerade die Frau Reinhardt sprechen. Wer spricht denn da?«

»Henrietta Vossbach, ich bin die Mutter von Alexandra!«

»Guten Morgen, Frau Vossbach. Wissen Sie, wann Ihre Tochter heute in die Yoga-Akademie kommt? Sie hätte eigentlich um sieben schon einen Kurs leiten sollen, und wir haben gar nichts von ihr gehört ...!«

»Meine Tochter ist in Amerika«, entfuhr es Henrietta. Wie unprofessionell. Das Schweigen am anderen Ende der Leitung sprach für sich.

»Äh ...«, sagte Frau Mechter. »Wann kommt sie denn wieder?«

»Das wüssten wir auch gerne«, wollte Henrietta sagen, riss sich aber zusammen und antwortete stattdessen: »In spätestens einer Woche, denke ich.«

»In einer Woche?« Frau Mechters Stimme überschlug sich vor Entsetzen. »Das ist ja furchtbar!! Wir haben für Alexandras Retreats schon etliche Anmeldungen. Die Kurse sind voll und die Teilnehmer bereits angereist – was sollen wir denn jetzt machen?«

Das war mal wieder typisch für ihre jüngste Tochter. Versaute sich mit einer spontanen, impulsiven Aktion die ganze Karriere! Moment: Eine Idee glomm in Henriettas Kopf auf:

»Ulla!«, rief sie. »Kommst du mal?«

»Ich habe eventuell eine Vertretung für Sie«, sagte Henrietta in professionellstem Chefredakteurinnentonfall zu der schnappatmenden Frau am Ende der Leitung. »Eine echte Yogakoryphäe aus Berlin und zufällig gerade hier mein Gast …«

Ulla stand nun mit fragendem Gesichtsausdruck neben ihr. Henrietta hielt die Hand über die Sprechmuschel und gab ihr eine kurze Zusammenfassung des Status quo.

»Hallo, hier ist die Ulla«, sagte Ulla und übernahm den Hörer.

Henrietta sah sie zuhören und nicken. »Ja, das ist kein Problem.«

»Gut, bis gleich!« Ulla legte auf und strahlte Henrietta an. »Ich werde Alexandra vertreten!«

»Aber kannst du das denn auch?«

»Na hör mal«, empörte sich Ulla. »Ich habe über 30 Jahre Erfahrung in Indien und Berlin! Eine bessere Yogini lässt sich auf dieser Insel wohl kaum finden!«

»Eine was?«

»Yogini! So nennt man weibliche Yogameisterinnen.«

»Aha.«

»Außerdem ist ›aber‹ ein Negativwort«, fuhr sie fort, während sie in die Küche ging und sich einen Salbeitee einschenkte. »Ein absoluter Energiekiller. Das, was wir im Aber-Nebensatz hinzufügen, löscht das Positive, das wir zuvor gesagt haben, quasi aus!«

Henrietta ging ohne Erwiderung aus der Küche, Ulla folgte ihr.

»›Mir geht es gut, aber …‹ oder ›Das möchte ich machen, aber …‹ – da versiegt die Motivation doch schon, bevor es losgeht!«

Henrietta flüchtete in den Garten und bedankte sich heimlich beim Universum, dass sie demnächst für ein paar Stunden von Ulla und ihren Vorträgen erlöst sein würde.

Auf dem Rasen spielte Emma mit Bauklötzen. Nackt.

Mist!

Den fetten Haken bei der Sache hatte Henrietta doch glatt übersehen! Nun würde SIE Emma versorgen müssen – und zwar ganz allein! Oje …

»Versuch doch mal, deine Sätze ohne ›aber‹ zu bilden«, rief Ulla ihr von drinnen zu. »Das ist ein interessantes Experiment!«

Zwanzig Minuten später saß das ungleiche Trio im Auto: Ulla in naturweißen Schlabber-Yoga-Gewändern, an den Füßen ihre unvermeidlichen MBT-Sandalen. Henrietta ebenfalls in Weiß – allerdings in der Kampener Jetset-Variante. Und Emma in Verschmiert, da sie ihren Frühstücksbrei ohne Lätzchen gegessen hatte. Zum Glück hatte Henrietta noch schnell Ersatzklamotten, Windeln und ein paar Sachen für den Strand eingepackt.

»Müssen ist auch so ein Unwort«, setzte Ulla ihren Vortrag unaufgefordert fort, als das Trio Richtung Yoga-Akademie sauste: »Etwas zu müssen, erzeugt totalen Druck. Viel besser ist es doch, zu wollen oder zu mögen! Wenn du ›ich will …‹ oder ›ich möchte …‹ sagst, fühlst du dich sofort weniger fremdbestimmt.«

»Hmpf«, machte Henrietta und ärgerte sich, dass Ulla ganz offensichtlich die Tatsache ausnutzte, dass Henrietta ihr im Auto nicht entfliehen konnte. Zum Glück war die Strecke nur sehr kurz.

Kurz nach der Vogelkoje bog Henrietta links in eine schmale Straße ab – und dann waren sie auch schon da. Die Akademie, die aus zahlreichen Gebäuden bestand, lag traumhaft in der endlos scheinenden Dünenlandschaft des Nordsylter Naturschutzgebietes. Die Teilnehmer der zahlreich angebotenen Kurse und Seminare konnten in kleinen Holzhütten übernachten, die man überall in die Dünen gebaut hatte. Es gab einen Kinderhort, ein wunderschönes Seminarhaus und eine Kantine, in der biologisch gekocht wurde.

Frau Mechter erwartete sie bereits auf dem Parkplatz.

Federnd sprang Ulla aus dem Auto und begrüßte die Seminarleiterin. Auch Henrietta stieg aus, stellte sich vor und gab Frau Mechter die Hand.

»Wann soll ich dich wieder abholen?«, fragte sie Ulla.

»Um 17 Uhr, Liebe«, antwortete die, strich Henrietta über die Schulter, beugte sich ins Auto, um Emma einen Kuss auf die Wange zu geben, und machte sich mit Frau Mechter auf den Weg.

»Liebe??« Hatte Ulla noch alle Tassen im Schrank? Empört setzte sich Henrietta wieder in ihren SUV – und blickte in sehr traurige Emma-Augen, in denen schon halbhoch das Wasser stand.

»Oma Ulla hierbleibe!«

»Du möchtest, dass Oma Ulla hierbleibt?«, fragte Henrietta.

»Ja!«

»Sie kommt gleich wieder, Süße. Sie muss nur kurz etwas mit der Frau erledigen.«

Diese Worte ließen – zu Henriettas Erstaunen – bei Emma plötzlich alle Dämme brechen. Die Tränen schossen aus ihren Augen, als wären die ein Springbrunnen.

»Mama!!!«, weinte sie. »Mammaaaaaa!«

Henrietta schälte Emma aus ihrem Kindersitz und nahm sie in den Arm. Wie konnte man nur so traurig und verzweifelt aussehen? So untröstbar? Das kleine schutzlose Ding. Ungewohnte, zärtliche Gefühle überschwemmten Henrietta. Sie strich Emma die entzückenden blonden Korkenzieherlocken aus dem Gesicht, drückte sie an sich, streichelte und wiegte sie, bis sie schließlich nur noch schluchzte.

Wir müssen ihr die Wahrheit sagen, dachte Henrietta und setzte die Eingebung auch gleich um:

»Mama ist in Amerika, Emmi. Das ist ganz weit weg. Aber sie kommt bald wieder – und solange sind Oma Ulla und ich für dich da!«

»Me-hi-ga«, schluchzte Emma.

»Genau: Amerika«, bestätigte Henrietta und hatte plötzlich eine Idee:

»Wollen wir in den Supermarkt fahren?«

Emmas Ausdruck hellte sich auf, als hätte Henrietta ihr gerade eine schmerzlösende Medizin verabreicht. »Supamahkt!!«

»Ja, in den Supermarkt!«

Ein Strahlen verdrängte die Wolken in Emmas Gesicht.

»Supamahkt«, rief sie begeistert, klatschte in die Hände und ließ sich von Henrietta widerstandslos zurück in den Kindersitz verfrachten.

Erleichtert startete Henrietta den Motor und machte sich mit ihrer Enkelin auf den Weg zu Feinkost Meyer.

Henrietta bewunderte, wie für Emma in jeder Sekunde ihres bislang noch relativ kurzen Lebens alles neu war: der Einkaufswagen, der Flaschenrückgabeautomat, die prall gefüllten Regale, der Obststand, die Musik – mit vor Begeisterung offen stehendem Mund ließ sie sich von Henrietta durch die Supermarktgänge schieben. Alles war ein faszinierendes Erlebnis und die Reizüberflutung für ihr noch weitgehend unprogrammiertes Gehirn offensichtlich.

Sie kauften »Nanen« (Bananen) und »Livos«, die Emma begeistert hinter sich in den Wagen legte.

»Mehr! Mehr!«, verlangte sie, während Henrietta sie durch das üppige, bunte Angebot chauffierte.

Joghurt, Salzstangen, frischgepresster Orangensaft, Toilettenpapier, Haushalts- und Taschentücher, alles gelangte durch Emmas winzige Hände in den Einkaufswagen.

Als ihr der Verkäufer am Fleischstand ein Würstchen überreichte, schaute sie ihn sekundenlang sprachlos an, um schließlich »dang …« zu sagen und gierig hineinzubeißen.

Außer ein paar Flaschen Wein packte Henrietta noch eine Flasche Monkey 47 in den Wagen. Deutscher Gin war ja plötzlich so modern, und sie wollte ihn schon lange mal probieren.

An der Kasse hob Emma, die Henrietta direkt in den Wagen gestellt hatte, die Einkäufe aufs Band. Das Procedere, wie Toilettenpapier oder Salzstangen auf der grauen

Plastikautobahn langsam zu der Verkäuferin schwebten, faszinierte sie mit jedem Teil, das sie aus dem Wagen aufs Laufband legte, aufs Neue. »Mal!«, »Mal!«, forderte sie – doch schnell war der Wagen leer.

»Nun müssen wir bezahlen, Emma«, erklärte Henrietta. »Hast du Geld?«

Verständnislos schaute Emma sie an.

»Hier, damit kannst du bezahlen«, sagte Henrietta und drückte ihr eine 10-Cent-Münze in die Hand.

»Emma! Emma!« Ungeduldig zappelte Emma im Wagen, um der Kassiererin das Geld zu überreichen. »Man muss immer warten«, sagte eine Frau hinter Henrietta. »Das kann man in diesem Leben gar nicht früh genug lernen.«

Empört drehte sich Henrietta zu ihr um und strafte sie mit einem eisigen Blick für diese unerwünschte Zurechtweisung.

»Oh, du willst bezahlen?«, fragte die Kassiererin. Emma nickte. »Na, dann gib mal her!«

Scheu reichte Emma ihr die Münze.

»Ich fürchte, das reicht noch nicht ganz«, sagte die pädagogisch ungeschulte Frau und schaute Henrietta fragend an.

»Ich gebe dir mal mein Portemonnaie, Süße«, sagte Henrietta und reichte Emma ihre Geldbörse, die diese an die Kassiererin weitergab.

»Poddenäh!«

Eine Kinderseele ist wie ein fruchtbares Beet, das jeden Impuls, jeden Gedanken, jede Idee, jedes Zeigen, Erzählen und Tun aufnimmt und fruchtbar keimen lässt, dachte Henrietta, während sie den Einkaufswagen über den Parkplatz schob. Wie ein Schwamm saugte Emma jede Information auf und merkte sich auf ihrer nagelneuen Gehirnfestplatte, die ja noch fast gänzlich unbelegt war, einfach alles. Jedes Wort, jede Mimik, jeder Außenreiz wurde gespeichert. Wie ein riesiger leerer Schrank, der so viele Regale hatte, dass man erst mal alles hineinstellen konnte, was einem in die Hände fiel …

»Annalle!«, rief Emma, als Henrietta sie in ihren Kindersitz setzte. Wie befohlen griff sie zum Gurt und schnallte Emma an.

»Oma auch annalle!«, befahl Emma, als Henrietta sich auf den Fahrersitz setzte, und hielt das Stück Wurstende, das sie noch nicht gegessen hatte, dabei wie ein Zepter in Henriettas Richtung.

»Jawohl«, sagte die und klickte ihren Gurt ein. Sie schaute auf ihre Uhr: Noch sechs Stunden, bis sie Ulla wieder abholen sollten. Eine Zeitspanne, die ihr gerade endlos schien.

»Was möchtest du jetzt machen, Emmi?«, fragte Henrietta nach hinten, während sie vom Parkplatz fuhr.

»Esse!«, kam es wie aus der Pistole geschossen.

Das Kind hatte offenbar großen Hunger. Henrietta kannte sich mit den Fütterungsintervallen von Zweijährigen nicht besonders gut aus und beschloss, dass es das Beste wäre, Emmas Bedürfnissen nachzugeben. Aber was? Und wo? Kochen würde sie bestimmt nicht.

Fleisch! So gierig, wie Emma das Würstchen verschlungen hatte, würde sie ihr Fleisch geben! Wer weiß, wann das Kind unter Ullas strenger kulinarischer Diktatur wieder welches bekommen würde? Fleisch also, beschloss Henrietta – und zwar so richtig brachial am Knochen. Kinder sollten doch so viele orale sensomotorische Erfahrungen wie irgend möglich sammeln, hatte sie neulich im Flieger gelesen. Abbeißen, kauen, schlürfen, einsaugen, riechen, anfassen, schmecken – möglichst viele verschiedene Gefühlseindrücke perfektionierten angeblich die Mundmotorik. Zumindest würde dieser pädagogisch wertvolle Ansatz notfalls vor Ulla den Besuch der Hühnerbräterei in der Friedrichstraße rechtfertigen, die Henrietta jetzt anpeilte. Welch seltsamer Zufall, dachte sie, während sie sich durch den Westerländer Verkehr fädelte, dass die Parademeilen in Berlin und auf Sylt denselben Namen trugen …

»Münchner Hahn« hieß das Restaurant, in dem sie zwar bislang nur einmal gewesen war, es aber qualitativ in guter Erinnerung hatte. Außerdem würde es für Emma spannend sein: Holzbänke, karierte Tischdecken und Kellnerinnen im rotweißen Dirndl.

Henrietta parkte das Auto in der Bismarckstraße und ging mit Emma das kurze Stück zum Restaurant zu Fuß. Dauernd blieb Emma stehen, um das bunte Gewusel in der Fußgängerzone Friedrichstraße auf sich wirken zu lassen: Schmuckstände, Fischbrötchen-Shops, Musik, Menschen in Cafés, freilaufende Hunde, Lachen, Gesprächsfetzen. Emma war wie eine Satellitenschüssel auf volle Aufnahme eingestellt. Ihre Synapsen schienen so viele Reize wie möglich auffangen zu wollen.

Auch das Interieur des »Münchner Hahn« nahm sie höchst interessiert in Augenschein und ließ sich begeistert in einen Kinderstuhl setzen.

»Esse! Esse!«

Die Kellnerin war genauso entzückt über Emma wie die umgekehrt über deren Entzückung. »So ein süßes Gesichtchen! Ganz herzallerliebst«, rief sie, während sie

Emma über den Kopf streichelte und Henrietta die Karte reichte.

Sie bestellten zwei halbe Grillhähnchen und eine Portion Pommes. Emma bekam eine Apfelschorle mit »Blubba«, Emmas Worterfindung für Kohlensäure, und Henrietta orderte einen Kaffee für sich.

Kurze Zeit später schwang Emma begeistert eine Keule in der Hand und biss, kaute und zerrte engagiert an Haut, Sehnen und Knorpel herum.

Fasziniert beobachtete Henrietta, wie sehr ihre Enkelin im Genuss aufging und dabei alles um sich herum vergaß. Es gab nur noch sie und den Knochen – perfekt praktiziertes »Leben im Moment«. Erziehungskonzept voll aufgegangen.

»Lecker?«, fragte Henrietta, nicht unstolz darauf, Emma dieses Erlebnis beschert zu haben.

Emma nickte kauend, voll konzentriert auf ihre neuen sensorischen Erfahrungen.

Irgendwann waren die Hühnerknochen blank und Emma wieder imstande, ihre Umwelt wahrzunehmen. »Bommes!«, forderte sie, als sie die Schüssel neben Henriettas Teller entdeckte.

Henrietta stellte ihr die Schüssel auf das Tablett des Kinderstuhls.

»Tunke! Tunke!«, forderte Emma, und Henrietta schob ihr auch noch die Ketchup- und das Mayonnaiseschüsselchen zu.

Genauso begeistert wie eben noch über den Hühnerknochen, stippte Emma nun die Kartoffelstäbchen abwechselnd in Ketchup und Mayo und steckte sie sich in beeindruckender Geschwindigkeit in den rotweiß verschmierten Mund.

Nach dem Essen schweifte Emmas Blick manchmal sekundenlang ins Leere. Dann saß sie ganz still, bewegte sich nicht. Sie träumte offenbar mit offenen Augen. Oder sah sie etwas? Wo war sie in solchen Augenblicken?, fragte sich Henrietta. Konnte Emma tatsächlich noch die Aura von Menschen, Pflanzen, Tieren sehen, wie manche Pädagogen behaupteten? Was hatte sie für ein Wertesystem? Hatte sie überhaupt eins?

»Hat es geschmeckt?« Die Dirndl-tragende Kellnerin räumte die Teller und Schüsseln ab und schaute Emma fragend an.

»Hattemekkt?«, echote die kieksend, und die Kellnerin lachte.

Aus der Küche brachte sie einen warmen Waschlappen für die Hände, den Emma sich nach der Gesichts- und Fingersäuberung über den Kopf legte, so dass er wie eine Mütze aussah. Bestens gelaunt lachte sie giggelnd dazu. Henrietta machte Dutzende Fotos mit ihrem iPhone, die Kellnerin stand verzückt daneben und vergaß ihre anderen Gäste, bis die laut nach ihr riefen.

Als Henrietta bezahlt hatte und sich mit Emma auf den Weg zum Ausgang machte, zwinkerte ihr ein Mann am Nachbartisch verschwörerisch zu: »Na, das war aber auf den letzten Drücker, oder?« Offenbar nahm er an, Emma wäre Henriettas Tochter. Beschwingt ging sie mit ihrer Enkelin aus der Tür. So jung sah sie also noch aus! Was so ein Kind doch mit einem machte! Eine kleine Emma an der Seite war ja besser als jedes Facelifting …

Nach dem Essen ging es an den Strand. Wie immer parkte Henrietta vor der Sturmhaube und schlenderte mit Emma, die ja nur kleine Schrittchen machen konnte, Richtung Hundestrand. »Renne! Renne!«, rief Emma plötzlich, schaltete ihre kleinen Beinchen auf Sprint und raste mit erstaunlicher Geschwindigkeit die Holzbrücke Richtung Treppe hinunter.

»Emma!!!! Halt!!« Entsetzt eilte Henrietta hinterher und erwischte die kieksende, juchzende Emma gerade noch vor der ersten Treppenstufe. Das Lachen stieg in ihr auf wie Kohlensäure in Champagner und perlte glucksend nach oben.

Sie lachte sich schlapp über ihre gelungene Flucht, und Henrietta konnte ihr nicht böse sein.

Sie nahm sie auf den Arm und wollte sie gerade die Treppe hinuntertragen, als ihr ein bestialischer Gestank in die Nase stieg, der eindeutig aus Emmas Hose kam.

Henrietta machte auf dem Absatz kehrt und trug die kleine Stinkkanone zum Windelnwechseln in die Toilette beim Kurkartenhäuschen. Die Sanitärräume dort erwiesen sich als erstaunlich großräumig, hell, sauber und nobel. Es sah fast aus wie im 5-Sterne-Hotel.

Wie lange hatte sie das schon nicht mehr gemacht?, überlegte Henrietta, während sie Emma entkleidete. Über 25 Jahre? Hatte sie es überhaupt jemals gemacht?

Der Inhalt der Windel stank fürchterlich. Sie hielt die Luft an.

Doch das kleine Stinktier lachte juchzend, während Henrietta sie sorgfältig mit Bergen von Feuchttüchern und Toilettenpapier säuberte, und rief dazu stolz: »Kaggi macht!«

Henrietta tropfte der Schweiß von der Stirn, als Emma endlich wieder sauber auf dem Wickeltisch stand. Höchste Zeit, dass sie ans Wasser kamen. Am besten gleich ohne Windel, dachte Henrietta und hoffte inständig, dass ihre Enkelin auf dem kurzen Weg von der Toilette zum Strand nicht pinkeln musste.

Sie imprägnierte Emmas nackte weiße Beinchen mit Sonnencreme und trug sie anschließend die Treppe zum Strand hinunter.

Hand in Hand schlenderten sie am Meeresrand entlang Richtung Grande Plage. Immer wieder bückte Emma sich dabei, um Muscheln oder Steine aufzusammeln, die Henrietta in ihrer Strandtasche verstauen sollte.

Für Emma war alles ein Wunder: das grüne Meer, die Brandung, die Wellen, die Schaumkronen, die Muscheln, der Sand, die Steine, die nass ganz anders aussahen als trocken – und die kleinen glasklaren Meerwasserkuhlen, in denen sie immer wieder begeistert planschte. Ein Strandspaziergang war für sie nicht einfach nur ein Strandspaziergang: Es gab so viel zu entdecken. Und alles hatte unendlich viel Zeit.

Wie oft war Henrietta diesen Weg schon gegangen und hatte nichts wahrgenommen, dachte sie, weil sie mit ihren Gedanken nur in der Redaktion oder bei neuen Marketingstrategien war. Und wie faszinierend es deshalb für sie war, die Welt mit Emmas Augen zu sehen. Ohne Eile, ohne Arg, ohne Berechnung, ohne Hinterlist. Absolut rein und nur im Hier und Jetzt …

»Laduhladi!«, rief Emma und hielt Henrietta einen grünlichen Stein vor die Nase.

»Nein, das ist kein Lapislazuli, Süße«, lachte die. »Lapislazulis sind blau, und dieser Stein hier ist ja grün!«

Henrietta war tief entzückt darüber, dass Emma sich das schwierige Wort gemerkt hatte. Erst gestern Abend hatte sie den Anhänger an Ullas Halskette entdeckt und sich die Bezeichnung wieder und wieder erklären lassen.

Eine Welle der Zärtlichkeit überflutete Henrietta. Was würde sie mit Emma noch alles erleben? Wenn sie fünf, sechs oder sieben war? Wenn sie eingeschult wurde? Ein vollkommen ungewohntes Gefühl der Rührung überkam sie, während sie Emmas kleine Hand in ihrer hielt und ihren Strandkorb anpeilte.

»Oma Edda, sitze nebe!«, forderte Emma, die schon in den Strandkorb geklettert war und mit einer Hand erwartungsvoll neben sich auf das blauweißgestreifte Polster klatschte.

»Warte, wir wollen es uns erst mal ein bisschen gemütlicher machen, Emmalein«, sagte Henrietta und breitete Handtücher auf der Sitzfläche aus.

»Mütlich«, rief Emma zustimmend, die ihr dabei zusah.

Als sie im fertig präparierten Strandkorb Platz nahmen, legte Emma den Kopf auf Henriettas Schoß.

»Bist du müde, Süße?«

Emma nickte stumm. »Middalah, ja!«

»Mittagsschlaf, ja«, was so viel hieß wie, dass Emma nun gerne schlafen wollte.

Möwen kreischten, Wellen rauschten, Lachen klang aus der Ferne, Gespräche, Musik – und Emma war innerhalb von Sekunden eingeschlafen. Mit geschlossenen Augen und offenem Mund lag sie auf der Sitzbank. Gerührt schaute Henrietta ihr beim Schlafen zu, legte noch ein Handtuch als Decke über sie und strich ihr die Haare aus dem Gesicht.

Zeit. Für ihre eigenen Töchter hatte sie nie Zeit gehabt. Hatte ihnen nie beim Schlafen zugesehen. Tatsächlich begriff Henrietta durch Emma mehr und mehr, was sie mit ihren eigenen Töchtern verpasst hatte. Damals hatte sie nur ihre Karriere im Kopf gehabt und die beiden deshalb fast durchgehend wegorganisiert. Sie hatte sie meist nur kurz am Abend gesehen, um ihnen einen schnellen Gutenachtkuss zu geben. Um Emma nicht aufzuwecken, stellte Henrietta ihr Handy auf lautlos.

Wie kriegte man Begabungen heraus? Wie erspürte man, welches Saatkorn auf diesem fruchtbaren Boden besonders gut aufgehen würde? Was gab es für Interessen, Eigenschaften zu fördern – und woran erkannte man sie?

War Emma eine Pianistin? Tennisspielerin? Schachgenie? Mathewunder? Malerin? Musikerin? Poetin? Was hatte sie bei ihren eigenen Kindern verpasst? Warum war Jana nicht Fotografin geworden – und Alexandra keine Tänzerin? Hatte ihr, Henriettas, Egoismus ihre Töchter zu einem Leben in Mittelmäßigkeit verdammt – oder setzte Genie sich immer durch, egal, wie widrig, unaufmerksam oder lieblos die Lebensumstände waren?

Auf Henriettas iPhone ging ein Anruf mit unterdrückter Nummer ein. Hektisch sprang sie auf und nahm das Gespräch an, während sie zum Wassersaum eilte, um Empfang zu haben.

»Mama?«, tönte es an ihrem Ohr. Henrietta sauste das Blut in den Magen. Das war Alexandra!!

»Alex!! Meine Güte, wo bist du denn bloß??«

Am anderen Ende erklang ein Schluchzen.

»Marcus hat tatsächlich eine andere, Mama«, heulte Alexandra. Die Verbindung war sehr schlecht. Ihre Stimme kam nur sehr leise an, immer wieder abgerissen und begleitet von starkem Rauschen.

»Süße!«, rief Henrietta.

»... will ihn zurückhaben ...«

Rauschen, Knacken, Zischgeräusche.

»Alexandra?«

»... deshalb noch länger bleiben ...«

»Alex, ich versteh dich so schlecht«, rief Henrietta. »Kann ich dich zurückrufen? Wie ist deine Nummer?«

Starkes Rauschen am anderen Ende der Leitung.

»Wann kommst du zurück?«, rief Henrietta. Doch vom anderen Ende der Leitung kam nur noch Tuten. Entweder hatte Alexandra aufgelegt, oder die Verbindung war unterbrochen worden.

Henrietta war außer sich. Warum hatte Alexandra mit unterdrückter Nummer angerufen? Wo war ihr Handy? Und warum – um Himmels willen – rief sie nicht noch mal an?

Nichts, aber auch gar nichts tun zu können, war etwas, das Henrietta überhaupt nicht entsprach. Es gab keine Probleme, es gab nur Lösungen – und im Laufe ihrer Karriere waren ihr in brenzligen Situationen stets die richtigen eingefallen.

Und nun konnte sie nichts, absolut nichts machen. Sie wusste ja nicht mal, in welchem der 50 amerikanischen Bundesstaaten Alexandra sich aufhielt. Und sie zur Fahndung auszuschreiben, schien ihr doch etwas übertrieben.

Eine halbe Stunde wartete Henrietta am Wassersaum darauf, dass Alexandra sich noch mal meldete, und hatte dabei stets ein Auge auf die schlafende Emma. Doch ihr Handy blieb stumm.

Erschöpft ging Henrietta zurück zum Strandkorb, machte es sich neben Emma bequem und schloss die Augen.

»Oooohmaaah!!« Emmas helle Kinderstimme holte Henrietta aus dem Tiefschlaf. Sie war so fest eingenickt, dass sie beim Aufwachen gar nicht wusste, wer und wo sie war.

Benommen öffnete sie die Augen und schaute direkt in

Emmas hellblaue, die sie interessiert und hellwach ansahen. Wie frisch gewaschene Murmeln sahen sie wieder aus: glänzend, neugierig, strahlend.

»Emma Kuche backe!«, sagte Emma, drehte sich um und setzte vor Henriettas Füßen ihr Sandkuchenbackwerk fort.

Henrietta stülpte ihr einen Sonnenhut über und versuchte, zu sich zu kommen. Selbstvergessen spielte Emma im Sand und brabbelte mit ihrem hellen Stimmchen fröhlich vor sich hin. Zwitscher, zwitscher, wie ein kleines Vögelchen.

»Oma auch Kuche backe«, verlangte sie plötzlich, also setzte sich Henrietta neben sie in den Sand und ließ die bunten Förmchen Unmengen beiger Sandhäufchen gebären. Emma würdigte jeden neuen Kuchen begeistert.

Der Sand leistete eindrucksvolle Zerstörungsarbeit an Henriettas sorgfältig manikürten, rotlackierten Fingernägeln, aber das war ihr ganz egal. Wie viel wichtiger war es doch gerade, hier mit Emma im Sand zu sitzen, die leichte Brise im Haar, das Wellenrauschen im Ohr, die Sonne auf der Haut – und zu spielen. Einfach nur zu spielen. »Wasting time«, der Song von Jack Johnson fiel ihr ein. Zeit verschwenden. Was für einen Spaß das machte!

Beiläufig schaute Henrietta irgendwann auf ihre Uhr: Schon zwanzig vor fünf! Sie mussten sich beeilen, um Ulla pünktlich vom Yogakurs abzuholen. »Wir müssen los, Emmalein«, rief Henrietta und packte eilig ihre Sachen zusammen. »Oma Ulla abholen!«

»Jaaaa!! Oma Ulla!!«, strahlte Emma. Und ließ sich widerstandslos anziehen.

Als sie um kurz nach fünf in der Yoga-Akademie vorfuhren, war Ulla von einer Traube begeisterter Teilnehmerinnen umringt. Ihre Kurse waren offenbar ein voller Erfolg gewesen.

»Oma Ulla«, rief Emma aus dem Auto, und Ulla kam zu ihr gelaufen, um ihr einen Kuss zu geben. »Hallo, meine kleine Süße! Wie war dein Tag?«

Emma nickte. Fragen dieser Art verstand sie noch nicht.

»Hallo, Henri«, begrüßte Ulla Henrietta, als sie zu Emma auf den Rücksitz kletterte.

»Bis morgen, Swamini Ulla«, rief ihr eine Frau in Haremshosen hinterher und winkte.

»Swamini?«, fragte Henrietta.

»Das ist die Bezeichnung für Yoga-Nonnen, die in Enthaltsamkeit leben. Aber das wissen meine Kursteilnehmerinnen offenbar nicht.«

»Aha«, sagte Henrietta und wollte plötzlich nichts mehr darüber wissen.

»Alexandra hat angerufen«, rief sie Richtung Rückbank, während sie losfuhr.

»Ja, und?«, fragte Ulla aufgeregt.

»Nichts. Die Verbindung war sehr schlecht. Dein Sohn hat offenbar tatsächlich eine andere …«

»Oh nein!«, rief Ulla entsetzt.

»Alex versucht, die Beziehung zu retten.«

Ulla schwieg betreten. »Ich werde Marcus anrufen«, sagte sie leise.

»Und wann kommt sie zurück?«, fragte sie nach ein paar nachdenklichen Sekunden.

»Hat sie nicht gesagt. Das Gespräch brach ab, und sie war nicht mehr zu erreichen.«

Ulla nickte.

»Unterdrückte Nummer«, schob Henrietta erklärend nach.

»Das kann ja heiter werden«, murmelte Ulla düster.

»Ich lade euch zum Essen ein«, rief Henrietta, um die Stimmung zu heben. Sie verspürte einen Riesenhunger und hatte nicht die geringste Lust zu kochen.

Entschlossen steuerte sie den Kampener Pesel an, denn die hatten bestimmt auch was für Veganer und einen schattigen traumhaften Innenhof, in dem es sich vorzüglich speisen ließ.

Zu dieser frühen Zeit war es noch angenehm leer, und der überfreundliche Kellner wies ihnen einen schönen Tisch am Rand zu.

»Und? Wie ist euer Tag gelaufen?«, fragte Ulla, noch immer erfüllt von ihrem erfolgreichen Seminar, während sie die Speisekarte entgegennahm.

»Schön«, antwortete Henrietta knapp, weil sie Ulla den Besuch der Hühnerbraterei gerne verschweigen und außerdem gerade lieber konzentriert das kulinarische Angebot studieren wollte. Was sollte sie wählen? Kurz erwog sie, Ulla zuliebe die Pasta mit Trüffel zu nehmen, denn die waren ja vegetarisch, verwarf die Idee aber wieder, denn schließlich hatte ihre eigene Lebenseinstellung genauso eine Berechtigung wie die moralisch fraglos hehrere von Ulla. Sie aß gerne Fleisch – und sie stand auch dazu. Natürlich wollte sie nicht, dass ihretwegen ein Tier leiden musste, aber letztlich war sie von den Gesetzen des Darwinismus überzeugt: Fressen und gefressen werden – das war nun mal das Prinzip des Lebens, so grausam es auch sein mochte. Und in letzter Zeit hatte sie sich stets um Biofleisch bemüht …

Ihr Blick blieb an den Blutwurstrittern Himmel & Äd hängen: in Sesam gebratene Blutwurst auf konfierter Zwiebel, Portweinapfel und Kartoffellauch-Samosa. Henrietta lief das Wasser im Munde zusammen. Oder sollte sie doch lieber Yellow Thuna-Tartar & Sashimi auf mariniertem Rettich, Wasabigurke und Misomayo nehmen? Am besten beides, beschloss sie und gönnte sich gleich noch ein Glas perlenden Roederer Champagner dazu.

Zähneknirschend und erstaunlicherweise ohne weiteren Kommentar nahm Ulla Henriettas Order hin und bestellte für sich selbst das einzige vegane Gericht: Frühlingsrolle vom orientalischen Couscous mit mariniertem Tofu, auf Staudensellerie-Tomatenragout und Sojaschaum.

Emma freute sich über ihre Gurkenlimonade und »Nudäh« mit Butter.

»Und das Couscous wurde auch bestimmt nicht mit Rinderbrühwürfeln gegart?«, fragte Ulla skeptisch, als das Essen kam.

»Natürlich nicht«, antwortete die Bedienung. »Sonst wäre es ja nicht vegan.«

»Hmpf«, machte Ulla und inspizierte ihren Teller.

»Aber da ist doch Butter drin, oder?«

»Nein, selbstverständlich nicht«, sagte die Kellnerin und wünschte guten Appetit.

»Du hast aber gesagt«, stellte Henrietta fest.

»Aba«, rief Emma und lachte.

»Was?«, fragte Ulla verwirrt.

»Aber! Du hast das böse Aber-Wort gesagt!«

»Wann?«

»Na, eben!«

Henrietta schaute sie triumphierend an. Ulla musste grinsen. »Stimmt.«

»Dafür musst du jetzt ein Glas Wein trinken!«

»Aber der Wein ist nicht vegan!«

»Vielleicht ja aber doch?«, lachte Henrietta, schon leicht beschwipst von dem wunderbaren Champagner.

»Abaah«, rief Emma glucksend.

»Wein wird oft mit Hühnerei geschönt«, erklärte Ulla.

»Ach Ulla, jetzt reiß dich mal zusammen«, rief Henrietta und zwinkerte ihr zu. »Man kann es auch übertreiben!«

»Ein Glas ›Entdeckung der Langsamkeit‹ für die Dame bitte«, rief sie der Bedienung zu.

»Entdeckung der Langsamkeit?«, fragte Ulla.

»Ja, so heißt der Rotwein«, erklärte Henrietta.

»Klingt gut«, befand Ulla.

»Schmeckt auch so!«

»Wie? Langsam oder gut?«, fragte Ulla und grinste ungewohnt selbstironisch.

»Wahrscheinlich beides«, lachte Henrietta. Sie stießen an, und Ulla wurde mit jedem Schluck lockerer – man konnte fast zusehen.

Eigentlich war sie ja doch ganz nett, fand Henrietta. Ein bisschen spinnert zwar, aber letztlich sympathisch. Der Tag mit Emma hatte ihr Bild von Ulla verändert, wie sie zugeben musste. Die Betreuung ihrer Enkelin war zwar wunderschön gewesen, aber auch anstrengender als fünf Redaktionskonferenzen hintereinander: Die Verantwortung, das Herumtragen, das dauernde Aufpassen und Emmas ständiges Bedürfnis nach Aufmerksamkeit hatten ungewohnt viel Kraft gekostet.

Und Ulla hatte ihren Sohn ganz alleine großgezogen! Hatte diese Kraftanstrengung 18 Jahre lang jeden Tag aufbringen müssen – und dazu die volle Verantwortung getragen.

In Henrietta stieg plötzlich Respekt auf.

»Nach-tii!!« Emmas Forderung nach Nachtisch riss sie aus ihren Gedanken, und sie bestellte ihr eine Portion Erdbeeren mit Vanilleeis.

Konzentriert schaufelte sich Emma wenig später mit dem kleinen Löffel Erdbeeren in den Mund. Doch plötzlich hielt sie erschrocken inne, ließ ihren Löffel sinken und schaute sie mit großen Augen entsetzt an: »Piep, piep!!«

»Ach ja«, rief Ulla. »Du hast ja vollkommen recht, Emmi: Wir haben ja noch gar nicht Piep Piep gemacht!«

Schnell reichten sie sich die Hände und sangen, sehr zur Verwunderung der anderen Gäste, ihr Tischgebet. Emma strahlte zufrieden und vertiefte sich wieder in die Erdbeeren.

Zum Glück schlief Emma wieder bei Ulla, und Henrietta gönnte sich auf der Terrasse noch einen Absacker aus der »Monkey 47«-Flasche, die sie bei Feinkost Meyer gekauft hatte.

Aus insgesamt 47 Kräutern und Gewürzen wurde der im Schwarzwald gebrannte Gin hergestellt, entnahm sie überrascht dem Etikett. Die Hauptzutat stellten Wacholderbeeren, dazu kamen Koriander, Zimt, Kardamom, Nelken, Ingwer, Abelmoschus, Paradieskörner, Eibischwurzel, Fichtensprossen, Lavendel, Jasmin, Geißblatt, Alexandrawurzel, Rosenknospen, Hibiskus und Weißdornbeeren. Auch Cranberrys und Schalen von exotischen Zitrusfrüchten wie Pomelo, Bitterorange und Kaffirlimette enthielt das interessante Gebräu. Das konnte ja nur gesund sein!

Gespannt schenkte sich Henrietta einen Fingerbreit ein.

»Ginlos glücklich!«

»Der Gin des Lebens!«

»Das macht doch alles keinen Gin!«

»Ginier dich doch nicht so!«

Henrietta kicherte über ihre spontan erfundenen Slogans innerlich vor sich hin, während sie versuchte, die verschiedenen Aromen herauszuschmecken. Wacholder galt als abwehrstärkend, wirkte sich angeblich positiv aufs Herz-Kreislauf-System aus und förderte die Verdauung. Und genoss nicht die mittlerweile 90-jährige Queen seit Jahren vor dem Mittagessen einen Dubonnet-Drink, garniert mit einem Stück Gurke, einer Zitronenspalte und zwei Eiswürfeln? Na also! Das Zeug sorgte also nachweislich für ein langes Leben! »Prosit«, sagte sie zu sich selbst und nahm einen weiteren Schluck.

Erschöpft, aber seltsam erfüllt sank sie ein Glas später in ihr Bett. Die Arme taten ihr weh vom Tragen der kleinen Emma. Auch ihr Rücken war lädiert – und dennoch breitete sich ein eigenartiges Glücksgefühl in ihr aus. Emmas lachendes Gesicht, ihre klaren Augen, die sie voller Bewunderung angestrahlt hatten, ihr kleiner Körper, mit dem sie sich an sie geklammert und den Kopf auf ihre Schulter gelegt hatte. Voller Liebe und Vertrauen.

Irgendwie hatte dieser Tag, so anstrengend er auch gewesen war, eine sehr viel befriedigendere Wirkung als ihre selbstbezogenen Alltage …

Henrietta und Emma – H & Emm! Henrietta musste schmunzeln und fiel mit einem selten verspürten Wohlgefühl in einen ungewohnt tiefen Schlaf.

Jana

Auch der zweite Shootingtag lief problemlos. Nun fehlten noch ein paar Sunrise-Shots am Strand, die am nächsten Morgen geschossen werden sollten, und die Strecke war im Kasten.

Jana freute sich auf ein paar relaxte Tage am Meer: Sonne, Strand und sonst nix.

Erleichtert saß sie mit Toby, dem schwulen Visagisten, auf der Terrasse ihres Hotels und diskutierte mit ihm über Lügen und Betrügen.

Die Wellen brandeten in stetem Rhythmus ans Ufer, Grillen zirpten, aus der Ferne erklangen 50er-Jahre-Schlager, und die Rioja-Karaffe leerte sich genauso schnell wie die leckere Tapasplatte, die vor ihnen stand.

»Ich finde Lügen sehr viel schlimmer als die paar Minuten Sex mit jemand anderem«, sagte Toby, während er sich eine Dattel im Speckmantel in den Mund schob.

»Warum?« Jana tunkte konzentriert ein Stück Weißbrot in das köstliche Olivenöl.

»Nach Lügen kannst du nicht mehr vertrauen, zweifelst jeden Anruf, jede SMS an, die auf seinem Handy eingeht – und das ist richtig scheiße! Ein irreparabler Schaden für die Beziehung.«

»Ben hat beides gemacht«, erzählte Jana. »Mich belogen UND betrogen.«

»Shit«, sagte Toby. »Und? Liebst du ihn noch?«

»Ich weiß nicht«, sagte Jana. Im Grunde war Ben immer eher ein Wegbegleiter gewesen – wie eigentlich alle ihre bisherigen Freunde. Sie war jetzt 39 und hatte eine ausreichende Anzahl nicht ausreichender Beziehungen hinter sich: zwei Jahre, drei Jahre und einmal sogar sechs. Alles schön, alles gut – aber irgendwie nie richtig leidenschaftlich. Nie tornadoartig umwerfend, nie lebensverändernd, nie alles von unten nach oben krempelnd – kurz: einfach nie so wie im Film! Nie so, dass es sie nicht irgendwann nervte, wie der andere atmete, roch, kaute, frühstückte oder überhaupt war.

Die meisten ihrer Freunde hatte sie als eine Art WG-Partner benutzt: Es war jemand da, wenn sie nach Hause kam, und sie war nicht einsam. Über die Zeit war ihre Beziehung gemütlich wie ein altes Paar Jeans geworden.

Nett ist die kleine Schwester von scheiße – warum ließen sich das Glück und die Euphorie der ersten Monate nie erhalten? Sie fühlte noch sehr viel für Ben, und es riss ihr das Herz heraus, dass es zu Ende war.

»In Beziehungen liebt einer immer weniger«, sagte Toby. »Wer war das bei euch?«

»Keine Ahnung«, sagte Jana viel zu schnell, denn sie wusste sehr genau, dass sie das war. Sie hatte in ihren Beziehungen stets dafür gesorgt, Gefühle nur bis an eine bestimmte Grenze zuzulassen. Die Grenze nämlich, ab der sie wirklich tief verletzt werden könnte. Sie war immer die Kühlere gewesen, diejenige, die sich nie ganz hingab. Und viele ihrer Partner hatten das bemerkt. Vermutlich war auch Ben gegangen, weil sie nicht vollen Herzens dabei gewesen war. Ihre Liebe war nie bedingungslos gewesen.

»Wenn er dich noch liebt, solltest du ihm eine Chance

geben«, riet Toby. »Man sollte nicht zu früh das Handtuch werfen!«

Jana schaute sinnierend in ihr Glas.

»Ich könnte ihm aber doch nie wieder vertrauen«, gab sie zu bedenken.

»Fühlst du denn noch etwas für ihn?«

Genau das wusste Jana nicht. Aktuell spürte sie nur einen dumpfen Schmerz, wenn sie an ihn dachte. Vielleicht lag ja auch alles an ihr ... Vielleicht war sie nicht liebesfähig, konnte keine Nähe ertragen, hatte eine verbeulte, zerdellte Psyche und war unreparierbar gestört. Besonders verwunderlich wäre das nicht angesichts ihrer emotional kargen Kindheit. Sie war eine Beziehungswaise beziehungsweise immer noch nicht beziehungsweise.

»Es gibt große, mittlere und kleine Lieben, hat mir mal ein Freund erzählt«, unterbrach Toby Janas inneren Monolog. »Was war oder ist Ben für dich? Wärst du für ihn in eine andere Stadt gezogen? Hättest du ihm eine Niere gespendet? Dein Vermögen überschrieben?«

»Auf keinen Fall!«, rief Jana empört. Wenn eine kleine Liebe für eine Affäre stand und eine mittlere Liebe für eine eher lauwarme Beziehung, war Ben vermutlich eine mittlere.

»Ich fürchte, die ganz große Liebe habe ich noch nicht erlebt«, gab Jana zu.

»Ich auch nicht«, sagte Toby.

Lachend stießen sie an. »Aber was nicht ist, kann ja noch werden!«

Wie war noch mal der Titel dieses Films aus den 80ern, der sich unauslöschlich in Janas Gehirn eingebrannt hatte: »Nicht nichts ohne dich!« Natürlich würde sie auch ohne Ben leben können. Dass man Liebeskummer – und sei er noch so schmerzhaft – überlebt, hatte sie mittlerweile kapiert.

Es war nur die Frage, ob sie tatsächlich zu früh aufgegeben hatte – und ob Monogamie ein zwingendes Beziehungskriterium war. Die Liebe war bekanntlich ja ein Kind der Freiheit.

Henrietta, Ulla und Emma

»Sag mal, du hast der Kleinen doch nicht etwa Fleisch gegeben?« Im Gesicht ganz rot vor Zorn, stürmte Ulla zu Henrietta auf die Terrasse, die dort gerade ihren ersten Kaffee trank.

»Ich? Nein!«

»Ich rieche an ihrer Kacke, ob sie Fleisch gegessen hat!«

»Ja, und?«

»Sie HAT Fleisch gegessen!«

»Ja, gut«, gab Henrietta mit gepresster Stimme zu. »Der Metzger bei Feinkost Meyer hat ihr gestern ein Würstchen geschenkt.« Den Besuch der Hühnerbraterei gestand sie Ulla sicher nicht.

»Welchen Teil von Nein hast du nicht verstanden?«, schrie Ulla außer sich. »Das ist unverantwortlich, Henri! Weißt du, was in Würstchen drin ist? Nur Schlachtabfälle und Chemie – schön schmackhaft gemacht mit künstlichen Aromastoffen!«

Ulla schnaubte.

»Du lässt zu, dass Emma auf industrielle Nahrung eingeeicht wird – und süchtig nach Fleisch! Ich bin sehr enttäuscht von dir!«

Empört rannte sie die Treppe wieder hoch. »Es war nur ein ganz kleines Würstchen«, rief Henrietta ihr hinterher, aber das hatte Ulla vermutlich nicht mehr gehört.

»Ich werde Emma heute mit zum Yoga nehmen«, verkündete sie fünf Minuten später, als sie mit der frisch gewickelten Emma wieder auf die Terrasse trat. »Dort gibt es einen Kinderhort, wie ich gestern erfahren habe.«

»Okay«, sagte Henrietta.

»Und veganes Mittagessen«, setzte Ulla nach.

Henrietta hatte kein Problem damit, dass Ulla auf diese Weise offenbar verhindern wollte, dass sie Emma wieder mit Fleisch fütterte. Jetzt hatte sie den ganzen Tag frei – und das war prima!

Ulla würde bestimmt auch Mücken zum Veganismus überreden, dachte sie, während sie bester Laune in ihrem iPhone die Nummer des großartigen Spabereichs des Arosa-Hotels recherchierte, um sich dort ein paar Anwendungen zu buchen. Sie brauchte dringend eine Maniküre, eine Rückenmassage – und ein paar kosmetische Anwendungen wären sicherlich auch sehr angenehm.

Nachdem sie Ulla und Emma in der Yoga-Akademie abgeliefert hatte, parkte Henrietta ihren SUV in der Tiefgarage des Arosa-Hotels und spazierte zehn Minuten später im weißen Bademantel durch den Wellnessbereich. Die Sonne schien, der Himmel war blau – Sylt bot mal wieder bestes Sommerwetter. Grund genug für Henrietta, es sich erst mal auf einer Liege am Pool bequem zu machen und ein paar Runden im Meerwasserbecken zu schwimmen. Die Anlage mitten in der Lister Dünenlandschaft war einfach herrlich. Während sie schwamm, stieg ihr der Duft der wilden Heckenrosen in die Nase, gemischt mit der salzigen Seeluft und dem Aroma des blühenden Heidekrauts.

Nach dem Bad orderte sie bei der weißlivrierten Kellnerin einen Beerensmoothie und ließ sich mit geschlossenen Augen ein bisschen von der Sonne bräunen. Fruchtsmoothies fand sie – im Gegensatz zu den grünen Detox-Gemüsemischungen, die Mahlzeiten ersetzen sollten – sehr lecker.

Als die Bedienung das köstliche weinrote Fruchtpüree auf dem Tischchen neben ihrer Liege abstellte und sie einen Probeschluck nahm, fiel ihr Blick auf ihre beschädigten Fingernägel. Sie dachte an den Tag mit Emma und musste lächeln. Früher hatte sie die Bezogenheit auf andere Wesen fix und fertig gemacht, denn für sie war es immer selbstverständlich gewesen, dass nichts und niemand so wichtig war wie ihr eigenes Leben. Die ganze Welt drehte sich nur um sie, war vom Universum einzig für sie errichtet worden – mit dieser Überzeugung war sie 59 Jahre lang durch ihr Leben gegangen. Aber seit gestern hielt sie es für möglich, dass auch andere Leben wichtig waren. Zum Beispiel das von Emma.

Auf dem Weg zu Maniküre, Massage und Kosmetik fiel Henrietta eine offenbar gänzlich erschöpfte Mutter ins Auge. Mit leerem Blick saß sie auf einer Liege und hielt ihr wimmerndes Baby im Arm. Das war die Kehrseite der Medaille – umso froher war Henrietta über ihren freien Tag.

Die Anwendungen in den hellen Räumen mit Blick aufs Wattenmeer waren herrlich. Doch gerade, als Henrietta mit einem Glas Champagner wohlig auf ihre Liege sinken wollte, klingelte ihr Handy. Hoffentlich macht Emma keinen Ärger, dachte sie und drückte genervt auf den grünen Hörer.

»Henrietta?«, klang es ziemlich hysterisch aus dem Lautsprecher.

»Ja?«

»Hier ist Land unter!«

Am Apparat war natürlich nicht »Land unter«, sondern Bärbel Fechtner, ihre Chefredaktionsstellvertreterin.

»Was ist denn los?«, fragte Henrietta und richtete sich, Ärger ahnend, auf ihrer Liege auf.

»Nora Uhlmann hat das Cover gecancelt!«

»Nein, oder?«

Henrietta atmete tief durch. Sie wusste natürlich, dass Nora Uhlmann als schwierig galt, aber dass sie zwei Tage vor Drucklegung die gesamte Strecke plus Cover canceln würde – das hatte Henrietta dann doch nicht für möglich gehalten.

Doch damit nicht genug: Die Buchhaltung hatte die absurd hohe Spesenrechnung des exaltierten Starfotografen Emilio Nachios boykottiert, woraufhin dieser nun drohte, die Fotos der Hauptmodestrecke zurückzuziehen.

20 wackelnde Seiten im Heft – und kein Cover: Es war eine Katastrophe! Kaum war die Katze aus dem Haus, tanzten die Mäuse auf den Tischen, so schien es Henrietta.

»Morgen früh bin ich in der Redaktion«, beruhigte sie ihre aufgelöste Kollegin. »Mach bitte nachmittags einen Termin mit der Uhlmann für mich!«

Entschlossen packte sie das iPhone ein und ihre Sachen zusammen. Schluss mit lustig – nun wartete wieder der Ernst des Lebens. Aber was sollte sie mit Emma machen? Sie konnte sie doch nicht ganz alleine bei Ulla lassen. Oder doch?

Sie musste mit Ulla sprechen. Hastig zog sie sich an und raste mit ihrem Wagen Richtung Yoga-Akademie.

»Ihre Partnerin ist noch drin, Frau Vossbach«, begrüßte Frau Mechter sie auf dem Flur, als Henrietta in der Yoga-Akademie zum Seminarraum eilte.

Partnerin?? Henrietta glaubte, sich verhört zu haben. »Sie ist nicht …«, wollte sie bei Frau Mechter klarstellen, aber die war bereits in einem anderen Raum verschwunden.

Verärgert öffnete sie die Tür zum Seminarraum und nahm zu ihrer großen Verwunderung zur Kenntnis, dass dort alle im Kreis liefen – und zwar rückwärts! Auch Emma.

»Henri!«, rief Ulla überrascht, als sie ihre Großmutterkollegin in der Tür entdeckte. »Was machst du denn hier?«

Rückwärtslaufend kam Ulla mit der glucksenden, »Omaedda!!« rufenden Emma an der Hand zu ihr. Nachdem sie Emma ausgiebig begrüßt hatte, gab Henrietta Ulla eine schnelle Zusammenfassung des Status quo.

»Aber das schaffe ich nicht mit Emma alleine hier«, sagte Ulla bestürzt. »Sie mag die anderen Kinder nicht, und ich kann nicht ständig auf sie aufpassen. Außerdem gebe ich ab morgen ein paar Yogastunden am Strand.«

»Ich könnte Jana anrufen …«, überlegte Henrietta laut. »Ich wäre ja nur zwei, drei Tage weg und könnte dann wiederkommen …«

»Hätte die denn Zeit?«, fragte Ulla, während Emma sie rückwärtslaufend umkreiste.

»Also, du bisch also die Läbännsg'fährdinn von da Ulla?« Sie hatten gar nicht bemerkt, dass sich die Haremshosenträgerin zu ihnen gestellt hatte. »Isch bin die Gudrun, schön, disch kännaz'lärnä!« Sie reichte Henrietta strahlend die Hand, die diese irritiert schüttelte.

»Henri kann sich noch nicht richtig dazu bekennen«, sagte Ulla. »Deshalb stellt sie mich überall als Emmas Oma vor.« Henrietta glaubte, nicht richtig zu hören, und starrte Ulla entsetzt an.

»Aber kannst du dir wirklich vorstellen, dass ich schon Oma bin?« Ulla lachte, zwinkerte Henrietta zu und kniff ihr in den Hintern. Henrietta unterdrückte mühsam den Reflex, ihr eine zu knallen.

»Naa, wirglisch näd«, schwäbelte die Gudrun und lächelte sie verschwörerisch an. »Isch han auch anä Läbänsg'fährdin«, gestand sie ungefragt.

»Wie schön!«, freute sich Ulla.

»Mir hän hia in Wäschdaland a läsbischä Frauengrubbä ooganisiert, von Frauä mit Kindä – mögt ihr zwa da nich ach amal kommä?«

»Die Gudrun« strahlte sie an, als hätte sie ihnen soeben einen Lottogewinn verkündet.

»Schau'n wir mal«, antworte Ulla.

Henrietta war sprachlos. Offenbar dachten hier im Yogaseminar alle, sie wäre Ullas Partnerin und sie hätten noch mal ein spätes Kind zusammen bekommen. Das durfte doch nicht wahr sein!

»Ich warte im Auto auf euch«, rief Henrietta und verließ empört den Seminarraum.

Draußen setzte sie sich auf eine Bank, atmete tief durch und rief Jana an.

Jana

Der Gitarrenriff, den sie als Handyklingelton eingestellt hatte, holte Jana aus der eisigen Antarktis. Nachdem sie den ganzen Tag geschwommen war und ausgiebig sonnengebadet hatte, war sie auf ihrem Handtuch unter dem Sonnenschirm im neuen Werk von Thomas Glavinic versunken, in dem der Protagonist gerade durch einen Schneesturm Richtung Südpol stapfte.

Zerstreut nahm sie das Gespräch an. Es war ihre Mutter.

»Jana, kannst du herkommen?«

Das war mal wieder typisch Henrietta. Wie immer kam sie ohne Umschweife zur Sache – und ohne Begrüßung.

»Hallo, Mama!«, erwiderte Jana. So viel Zeit musste sein. »Warum fragst du?«

»Ich habe ein Riesenproblem in der Redaktion und muss zurück nach Hamburg. Und Emma kann hier nicht mit Ulla alleine bleiben.«

»Warum nicht?« So leicht gab Jana sich nicht geschlagen. Schließlich stand gerade ihr wohlverdienter Urlaub auf dem Spiel.

»Weil Ulla Alex in den Yogaseminaren vertritt und Emma da nicht mitkann.«

»Hm …«, dazu fiel Jana nichts ein. »Ich bin hier gerade im Urlaub, Mama!!«

»Jana, bitte! Du würdest mir und Alex einen Riesengefallen tun! Und Emma liebt dich doch so …«

Einmal ältere Schwester, immer ältere Schwester, dachte Jana. Ihre Mutter wusste natürlich sehr genau, welche Trigger-Knöpfe sie bei ihr drücken musste. Mit Schuldgefühlen, Verantwortungs- und Pflichtbewusstsein kriegte man sie immer. Auch jetzt.

»Aber wie soll ich denn so schnell zu euch kommen?«, fragte Jana, noch auf einen Ausweg hoffend. »Ich bin auf Mallorca!«

»Air Berlin bietet eine Verbindung über Düsseldorf nach Sylt an, das habe ich gerade gecheckt. Ich lasse dir von der Redaktion einen Platz morgen früh für die 9-Uhr-Maschine buchen, okay?«

»Na gut«, bestätigte Jana.

»Danke«, rang sich ihre Mutter noch ab, bevor sie auflegte. Immerhin.

Schicksalsergeben beendete Jana ihren Strandtag und machte sich auf den Weg ins Hotel, um zu packen.

Henrietta, Ulla und Emma

»Was sollte das, so zu tun, als wären wir ein lesbisches Paar?«, fragte Henrietta aufgebracht, als sie Richtung Kampen fuhren.

»War doch lustig«, erwiderte Ulla.

»Fand ich nicht!«

»Warum? Weil du dich für mich schämst?«

Henrietta antwortete nicht.

»Oder weil du Homosexualität ablehnst?«

»Quatsch«, entgegnete Henrietta.

»Ich spinne einfach gerne mal ein bisschen rum. Die Realität zu verschieben, tut manchmal ganz gut. Ist eine erfrischende Erfahrung ...«, erklärte Ulla.

»Ach ja?«

»Hast du denn noch nie mit einer Frau geschlafen?«, fragte Ulla.

»Nein!«, rief Henrietta entrüstet. »Du etwa?«

»Ja, klar!«

»Oh.« Dazu fiel Henrietta nichts ein. »Und wie war es?«, fragte sie. Mehr aus Reflex denn aus echtem Interesse.

»Schön!«

»Mhm ...« Henrietta nahm die Bewertung kommentarlos zur Kenntnis.

»Eine wichtige Erfahrung«, schob Ulla nach.

»Und bist du jetzt lesbisch?«

»Ich glaube nicht«, antwortete Ulla. »Ich mag keine Schubladen. Ich bin total offen – aber generell reizen mich Männer in erotischer Hinsicht mehr.«

Diese Nachricht beruhigte Henrietta, die kurz die Horrorvorstellung hatte, Ulla würde sie nachts nackt in ihrem Schlafzimmer heimsuchen und neue sexuelle Erfahrungen einfordern. Nicht auszudenken!

Sie fuhren auf den Parkplatz der Sansibar und brachen das Gespräch ab, obwohl Henrietta jetzt gerne doch noch mehr Details über das Wann, Wo und Wie von Ullas offenbar ziemlich buntem Sexualleben erfahren hätte.

Das Sylter Kultrestaurant anzusteuern, war Henriettas Idee gewesen, denn hier gab es einen riesigen Spielplatz, auf dem sich die Kinder mitunter tagelang beschäftigten.

Sie parkten die begeisterte Emma neben einem anderen Mädchen in der Sandkiste, setzten sich an einen Tisch direkt am Spielplatz und ließen sich die Karte bringen.

An den Masten rings um das Lokal flatterten Fahnen mit dem Mercedeslogo. Schwarze Shuttle-Limousinen mit getönten Scheiben standen für die ständig eintreffenden Promis bereit. Luxusuhren-Geklunker, Schickimicki-Begrüßungsküsse links-rechts-links, rosa Hemden mit Polospieleremblem, goldbehängte Dekadenz. Henrietta konnte zusehen, wie es in Ulla zu brodeln begann.

Deutlich lag ihr ein längerer Vortrag über Kapitalistenschweine auf der Zunge. Sie erhob sich.

»Ulla!«, knurrte Henrietta drohend wie ein bissiger Pitbull. »Tu's nicht!«

»Sitz!«, wollte sie eigentlich rufen, sagte aber: »Setz dich bitte wieder hin!«

Zu Henriettas großer Überraschung setzte Ulla sich tatsächlich. Aber nur, weil Henriettas Handy klingelte.

»Es ist Alexandra«, rief Henrietta, nachdem sie das Gespräch angenommen hatte, und stellte es auf laut. Ulla hielt ihr Ohr an den Lautsprecher und hörte mit.

»Wie geht es meiner kleinen Emma?«, fragte Alexandra als Erstes.

»Sehr gut«, riefen Ulla und Henrietta synchron. »Aber ich denke, es wäre verwirrend für sie, wenn du sie jetzt sprechen würdest«, setzte Henrietta nach.

»Das würde sie viel zu sehr aufwühlen«, befand auch Ulla.

»Okay«, sagte Alexandra, »wenn ihr meint …« Sie klang traurig. »Wie läuft es denn? Kommt ihr klar?«

»Ja, mach dir keine Sorgen«, rief Ulla.

»Es tut mir so leid, dass ich euch das antue, Mama«, jetzt weinte Alexandra.

»Ach, Süße …«

Mit müder, immer wieder von Schluchzern unterbrochener Stimme erklärte Alexandra, dass sie gerade versuche, ihre Ehe zu retten, und deshalb noch ein paar Tage mit Marcus in New York verbringen wolle.

»Geht es denn noch ein paar Tage länger, Mama?«

»Ja. Wir schaffen das schon.«

Ulla nickte bestätigend.

»Aber wann kommst du denn wieder?«, fragte Henrietta.

»So schnell wie möglich. Ich sage euch Bescheid!«

»Wie können wir dich denn erreichen? Warum funktioniert deine Nummer nicht?«

»Weil mir mein Handy vor dem Abflug in die Flughafentoilette gefallen ist«, erklärte Alexandra. »Ich habe hier so ein Billighandy mit Prepaidkarte, das man aus dem Ausland nicht anrufen kann. Aber ihr könnt mich über Marcus erreichen.«

»Okay«, sagte Henrietta und schüttelte den Kopf über ihre vertrottelte Tochter.

»Grüß bitte Ulla ganz herzlich von mir!«

»Mach' ich«, wollte Henrietta grade sagen, da rief Ulla schon »Liebe Grüße zurück!« in den Hörer.

Nach dem Telefonat versanken Ulla und Henrietta in Gedanken und Schweigen. Jede grübelte darüber nach, was ihr Kind zum Scheitern oder Fortbestehen der Beziehung beigetragen hatte bzw. beitragen könnte. Und suchte die Schuld in der Erziehung.

Das Essen kam bald, Ulla holte Emma aus der Sandkiste und setzte sie in einen Kinderstuhl. Nachdem sie das Piep-Piep-Ritual absolviert hatten, widmeten sie sich still ihren Bestellungen: Ulla dem Indischen Gemüsesalat mit Hummus und Avocado, Henrietta der Sushirolle mit gebackenen Knuspergambas und Emma ihren Tomaten mit Mozzarella.

Nachdem sie ihr Essen zu je einem Drittel auf ihrem Gesicht, auf dem Kinderstuhl und in ihrem Bauch verteilt hatte, rannte Emma euphorisch zurück zu ihrer neuen Freundin auf dem »Biehbatz«, um dort mit deren »Bubbehwagäh« zu spielen – Emmas Bezeichnungen für Spielplatz und Puppenwagen.

Ulla und Henrietta blieben schweigend zurück.

»Willst du einen Cognac?«, fragte Henrietta in der Hoffnung, etwas Hochprozentiges würde die düsteren Wolken vertreiben, die in ihren Köpfen gerade die Sonne verdunkelten.

»Gern«, willigte Ulla zu Henriettas Überraschung ein. Sie nahm das Ganze offenbar auch nicht so leicht.

Henrietta orderte einen sehr teuren Hennessy und verschwieg Ulla den Preis.

»Der Cognac lag 20 Jahre in alten Eichenfässern …«, erklärte Henrietta, als die Gläser serviert wurden und sie ihres kreisend in der Hand schwenkte.

»Macht ja nix!«, sagte Ulla und stürzte den Schnaps mit einem großen Schluck hinunter.

Henrietta musste lachen. Das war ja schon wieder ganz cool.

»Was sollte dieses Theater mit dem Rückwärtslaufen eigentlich?«, fragte Henrietta, nachdem sie dem Aroma des herrlich goldbraunen Digestifs gründlich nachgespürt hatte.

»Durch Rückwärtslaufen trainierst du deine Antennen, deine Wahrnehmung«, erklärte Ulla.

»Warum?«

»Weil du am Hinterkopf keine Augen hast! Um nicht dauernd irgendwo gegenzurennen, musst du deine anderen Sinne schärfen – und die werden dadurch auf Trab gebracht.«

»Ja, und?«

»Die Übung sorgt letztlich für neue Verschaltungen im Gehirn – so bleibt man jung!« Ulla lachte sie an.

»Lebe lieber ungewöhnlich – das war schon immer meine Devise!«, erklärte Ulla. »Ich habe mir vorgenommen, ständig möglichst viele neue Impulse aufzugreifen und täglich etwas Ungewohntes zu tun.«

»Und was war heute das Ungewohnte?«

»Na, zum Beispiel, uns als Paar auszugeben«, sagte Ulla. »Und diesen Cognac zu trinken.« Lachend griff Ulla zu ihrem Glas und ließ sich den letzten Tropfen in den Mund laufen.

»Und du?«, fragte sie Henrietta. »Wann hast du das letzte Mal etwas Spontanes, Unüberlegtes oder Unvernünftiges gemacht?«

Noch nie, dachte Henrietta. Sagte es aber nicht.

»Wenn man nicht mehr neugierig ist, hat man innerlich irgendwie aufgegeben, finde ich«, setzte Ulla ihren Vortrag fort.

Henrietta schluckte.

»Guck doch nur, wie wundervoll und spannend die Welt für Kinder ist«, rief sie und deutete auf Emma. »Alles ist ein Abenteuer!«

Henrietta schaute zu Emma, die gerade auf einem der roten Bobbycars fuhr, die das Restaurant seinen jüngsten Gästen zur Verfügung stellte.

»Mut ist laut Bhagwan das Wichtigste im Leben«, sagte Ulla und kramte aus ihrem Rucksack ein Notizbuch hervor.

»Backwaren??«

»Nein«, lachte Ulla, »Bhagwan, der indische Prophet! Vielleicht ist er dir unter dem Namen Osho besser bekannt.«

»Ach so!« Der war Henrietta natürlich ein Begriff.

»Ich habe mir dazu mal eine schöne Affirmation von ihm aufgeschrieben. Möchtest du sie hören?«

»Gern«, sagte Henrietta höflich und gestand sich heimlich zu, dass sie währenddessen ja über etwas anderes nachdenken konnte. Sie würde am Ende von Ullas Vortrag nur glaubwürdig berührt nicken müssen.

»Du kannst nicht aufrichtig sein, wenn Du nicht mutig bist. Du kannst nicht liebevoll sein, wenn Du nicht mutig bist. Du kannst nicht vertrauen, wenn Du nicht mutig bist. Du kannst die Wirklichkeit nicht erkunden, wenn Du nicht mutig bist. Deshalb ist Mut das Wichtigste. Alles andere folgt von selbst.«

Feierlich klappte Ulla ihr Notizbuch zu.

»Man kann gegen mich sagen, was man will«, Ulla schaute sich nach Emma um, um sich kurz zu versichern, dass alles in Ordnung war, »aber ich habe mich stets meinen Herausforderungen gestellt. Ohne zu leiden oder zu klagen.«

»Ich auch«, sagte Henrietta.

»Und ich war immer großzügig«, schloss Ulla ihre Lobrede auf sich selbst.

Henrietta schwieg. Konnte sie das auch von sich behaupten?

»Großzügigkeit ist eines der wichtigsten Attribute des Lebens, finde ich«, fuhr Ulla fort, vom Cognac offenbar zu ausufernder Redseligkeit befeuert. »Und zwar nicht nur materiell – auch emotional, gegenüber sich selbst und anderen. Warmherzig eben. Nicht umsonst ist Metta, also Herzensgüte in Form von Mitgefühl, Achtsamkeit, Toleranz und Bescheidenheit, bei den Buddhisten der höchste Erkenntnisgrad.«

»Loslassen ist auch eine Kunst«, warf Henrietta ein. Am Flughafen hatte sie neulich ein Buch mit diesem Titel gesehen und war froh, dadurch auch einen spirituellen Begriff einbringen zu können. »Zum Beispiel unsere Kinder Marcus und Alexandra.«

»Und die Schuldgefühle, die sie in uns auslösen«, lachte Ulla.

»Warum hältst du eigentlich nicht lieber Predigten, anstatt Yoga zu unterrichten?«, fragte Henrietta, der es nun mit diesem Gesäusel langsam reichte. Das Gespräch kam ihr allmählich vor, als hätte sie versehentlich einen Eso-Intensiv-Crashkurs gebucht.

»Ach, du bist ja doof«, lachte Ulla.

»Was bedeuten denn deine gesammelten Weisheiten bezogen auf die konkrete Situation hier?«

»Auf welche?«

»Na, die mit uns und Emma. Und die mit Alexandra und Marcus in Amerika.«

»Et kütt, wie et kütt – um es mit meiner kölschen Großmutter zu sagen«, lächelte Ulla. »Mit Marcus und Alex wird es kommen, wie es kommt …«

Sie hielt inne und schaute zu Emma.

»… und mit Emma versuche ich, jeden Tag bewusst zu genießen. Ein Enkelkind ist ein großes Geschenk!«

Auch Henrietta schaute zu Emma und nickte.

»Aber du bist doch auch angestrengt von ihr, oder nicht? Du schläfst keine Nacht mehr als vier Stunden, dazu noch die Yogakurse …«

Ulla schaute sie erstaunt an. War Henrietta am Ende doch fähig zur Empathie?

»Es geht darum zu akzeptieren, was das Leben einem präsentiert«, sagte Ulla. »Und nicht zwanghaft etwas anderes zu wollen.«

Henrietta nickte.

»Und außerdem helfen mir meine Mantras und Meditationstechniken.«

Ulla lächelte Henrietta an.

»Und dieser Cognac hier tut auch ganz gut!« Sie hob ihr leeres Glas. »Nimmst du auch noch einen?«

»Gern«, sagte Henrietta und akzeptierte stillschweigend, dass sie die von Ulla so gepriesene Großzügigkeit heute wohl mit dem Ausgleich der gepfefferten Rechnung beweisen würde.

»Aber nicht so runterstürzen!«, befahl Henrietta, als der Cognac serviert wurde. »Der ist sehr alt!«

Ulla guckte sie begriffsstutzig an.

»Du musst ihn achtsam genießen. Seine Seele erspüren«, übersetzte Henrietta in Ulla-Sprech.

Nun verstand Ulla und machte es Henrietta mit dem Schwenken, Kreisen und Riechen nach.

Respektvoll nahm sie einen Schluck und ließ das Destillat im Mund kreisen.

»Wann hast du das letzte Mal etwas zum ersten Mal gemacht?«, fragte sie, nachdem sie runtergeschluckt hatte.

Henrietta dachte nach. Was für eine Hammerfrage!

Sie leerte ihr Glas.

»Gestern!«, rief sie plötzlich und strahlte stolz. »Als ich mit Emma Sandkuchen gebacken habe!«

»Und?«

»Es war schön.«

Jana

Jana war noch nie mit dem Flieger nach Sylt gereist. Um kurz nach neun Uhr flog sie in Palma los, hatte ab halb zwölf anderthalb Stunden Aufenthalt in Düsseldorf – und landete kurz nach 14 Uhr auf Sylt.

Die beiden Flüge verliefen ohne Probleme, kosteten Jana aber wie immer jede Menge Nerven. In einer Blechbüchse eingesperrt mit 200 anderen wie eine überdimensionierte Sardinendose in 12 Kilometern Höhe durch die Luft katapultiert zu werden, lag ihr einfach nicht. Der Mensch gehörte dort definitiv nicht hin, wo es keinen Sauerstoff gab, es minus 40 Grad kalt war und man zu Staub explodierte, wenn man runterfiel. Dort rumzuschweben war einfach unnatürlich. Aber da der Weg über Land und das Meer Wochen gedauert hätte, nahm Jana die Strapazen letztlich doch in Kauf.

Sie lenkte sich mit Tomatensaft und konzentriertem Aus-dem-Fenster-Starren von ihrer immer wieder aufkommenden Panik ab und war sehr erleichtert, als nach 40 Flugminuten die Umrisse von Sylt in Sicht kamen: der kilometerlange Weststrand, die Dünen und die Reetdachhäuser. Schläfrig-Holstein, North-Freezeland wie man das nördlichste Bundesland in Berliner Prenzlberg-Kreisen abfällig nannte – seit bestimmt 20 Jahren war Jana nicht mehr hier gewesen und freute sich, das Ferienparadies ihrer Kindheit endlich mal wiederzusehen.

Als sie nach der Landung die Flugzeugtreppe hinunterstieg, staunte sie nicht schlecht, wie klein der Tinnumer Flughafen war: Der riesige Air-Berlin-Jet wirkte auf dem winzigen Rollfeld so überdimensioniert, als hätte Rainer Calmund auf einem Bobbycar Platz genommen.

Während sie die paar Meter zum hüttenartigen Flughafengebäude ging, atmete sie erstaunt die sensationell gute Luft ein. War die schon immer so erfrischend gewesen?

Egal, jetzt war sie hier und freute sich sehr, gleich die kleine Emma in die Arme nehmen zu können.

Beschwingt absolvierte sie am Tresen des Autoverleihs die Übernahmeprozedur für den Leihwagen, den Henrietta für sie hatte organisieren lassen, damit sie mit Emma und Ulla flexibel war.

Henrietta

Im Auto auf dem Shuttle fühlte sie sich müde – und das lag nicht nur daran, dass es sieben Uhr morgens war. Da war sie wieder, diese unbestimmte Sehnsucht, die sie in letzter Zeit immer öfter überkam.

Das gestrige Gespräch mit Ulla übers Rückwärtslaufen, Mut und neue Impulse ging ihr durch den Kopf. Natürlich hatte Ulla recht: Ihr Leben verlief in der immer gleichen Routine, war alles andere als spontan. Impulsivität war darin ausgeschlossen. Mut – das war auch etwas, das in ihrem Leben fehlte. Sie war zielstrebig und durchsetzungsstark – aber mutig?

War das die Ursache ihrer Sehnsucht? Oder war diese Sehnsucht am Ende nur die Ausdrucksform innerer Leere? Der totalen Inhaltslosigkeit? Der Beweis dafür, dass etwas Entscheidendes fehlte? Aber was bloß?

Ihr wenig »sparkling«er Mann, ihre nervigen Kinder – Henrietta hatte sich aus ihrem ihr total reizlos erscheinenden Privatleben stets erfolgreich rausgehalten. Ihr Alltag fand in der Redaktion und in den vielen schönen Restaurants, Orten, Ländern, Hotels und Locations statt, in die ihr Beruf sie führte. Aber schließlich hatte sich ihr damals auch eine einmalige Chance geboten: Sie war eine der ersten Chefredakteurinnen der Branche, eine Vorreiterin und mittlerweile eine Institution.

Aber jetzt, mit 59, ging ihr langsam die Luft aus. Sie wurde müde und fragte sich immer öfter: Wozu das alles? Junge, starke, promovierte Frauen, die morgens joggten, abends fünf Kinder versorgten und dabei 24/7 aussahen wie Heidi Klum, übernahmen das Ruder. Das Internet ersetzte die klassischen Printausgaben, das Karussell drehte sich immer schneller. Irgendwann würde auch sie abdanken müssen – das war klar. Und es war auch nicht schlimm, denn sie hatte beruflich alles erreicht.

Schlimm war nur die unklare Aussicht auf das Danach: Was würde noch kommen? Rentnerkreuzfahrten mit Bernd? Ein Handtaschenhund im Porsche Cabrio? Exzessive Feinschmeckermenüs als Sexersatz? Golfreisen? Literaturzirkel, Stützstrümpfe und Rollatoren?

Ja, es stimmte. Sie hatte alles auf die Karrierekarte gesetzt. Ja, sie hatte ihre Töchter vernachlässigt. Jana war im Wesentlichen von Schwester und Mutter aufgezogen worden – und Alexandra von Bernd.

Hatte sie alles falsch gemacht, im Leben die verkehrte Abzweigung genommen? War sie zugunsten ihrer Karriere tatsächlich zu einem emotional retardierten Monster geworden, das ausschließlich an sich selber dachte, unfähig zur Empathie für irgendjemanden oder irgendwas?

Es fühlte sich an, als wäre sie seelisch verhornt. Als hätte sie eine Hornhaut auf der Seele, einen tauben Schutzpanzer über ihrer Empfindungsfähigkeit sich selbst und anderen gegenüber.

Erstaunt nahm sie wahr, dass ihr Tränen die Wangen hinunterliefen.

Taute gerade ihre innere Vereisung ab? War das, was aus ihren Augen kam, Schmelzwasser?

Ulla und Emma

Ulla war froh, Emma mal ein paar Tage ganz für sich zu haben. So konnte sie in Ruhe ihr noch unvoreingenommenes Wertesystem festigen, ohne dass Henrietta dauernd dazwischenfuhr und alles konterkarierte.

Die letzten Tage waren anstrengend für sie gewesen. Obwohl sie Henrietta mit der Zeit netter gefunden hatte als erwartet, war es unbestritten eine schwierige Prüfung, ständig von jemand derart Unspirituellem umgeben zu sein. Es war einzig ihrer professionellen Meditationstechnik zu verdanken, dass Ulla dabei nicht zu viel Energie verlor.

Mit Jana würde es leichter sein. Auch die hatte sie zwar nur ein paarmal gesehen, aber sie schien ihr grundsätzlich offener. Außerdem arbeitete sie kreativ und war offenbar nicht so karriereorientiert wie ihre Mutter – das war schon mal hilfreich. Sie würden bestimmt gut miteinander klarkommen. Und Ulla würde dabei unbemerkt den Ton angeben.

Der alte 70er-Song von Bettina Wegener fiel ihr ein, der schon bei Marcus ihr Kindererziehungsmantra gewesen war:

Sind so kleine Hände, winz'ge Finger dran.
Darf man nie drauf schlagen, die zerbrechen dann.

Sind so kleine Füße, mit so kleinen Zeh'n.
Darf man nie drauf treten, könn' sie sonst nicht geh'n.

Sind so kleine Ohren, scharf und ihr erlaubt.
Darf man nie zerbrüllen, werden davon taub.

Sind so schöne Münder, sprechen alles aus.
Darf man nie verbieten, kommt sonst nichts mehr raus.

Sind so klare Augen, die noch alles seh'n.
Darf man nie verbinden, könn'n sie nichts versteh'n.

Sind so kleine Seelen, offen und ganz frei.
Darf man niemals quälen, geh'n kaputt dabei.

Ist so'n kleines Rückgrat, sieht man fast noch nicht.
Darf man niemals beugen, weil es sonst zerbricht.

Grade klare Menschen, wär'n ein schönes Ziel.
Leute ohne Rückgrat hab'n wir schon zu viel.

Emma spielte im Garten mit Schaufel und Förmchen und zwitscherte dabei vor sich hin, und Ulla begann mit dem Sonnengruß.

Wenn da bloß dieser dumpfe Schmerz in ihrem rechten unteren Backenzahn nicht wäre, der sie seit Tagen immer wieder plagte …

Henrietta

»Guten Morgen, Frau Vossbach!«

Während Henrietta im Stechschritt durch den Redaktionsflur matronte, huldigte ihr ihr Team und folgte ihr wie die Lemminge in den Konferenzraum. Henrietta zelebrierte ihre Macht, genoss die Devotheit, Ehrfurcht und nicht selten sogar Angst ihrer »Untergebenen«. Denn wenn es nötig war, konnte sie durchaus laut werden. Sehr laut.

Zum Glück war es nicht oft nötig, denn Henrietta hatte sich ihr Team gut zusammengestellt, vor allem aber war sie eine Meisterin im Delegieren. Ihre Stellvertreterin und ihre Textchefin waren blasse, abgearbeitete Arbeitsbienen mit tiefschwarzen Augenhöhlen und ohne Privatleben. Henrietta hielt sich alle Schwierigkeiten vom Leib, die zähen Honorarverhandlungen mit Autoren und Fotografen führte ihr Chef vom Dienst, das Layout bastelte das Team der Art-Direktorin, die Artikel redigierte ihre Textchefin, die Bildunterschriften erfand ihre Stellvertreterin. Henrietta hielt die Fäden in der Hand und musste, wenn alles glatt lief, lediglich kurz vor Drucklegung noch einmal kurz über die Seiten fliegen.

Trotz dieses ausgefeilten Systems kam es aber durchaus auch immer wieder vor, dass sie – quasi in letzter Sekunde – bis tief in die Nacht Texte und Headlines retten musste. Denn sie war eine absolute Perfektionistin. Auch wenn sie aus der »Birgit« nicht die »Vogue« machen wollte, so musste doch alles den hohen qualitativen Anforderungen entsprechen, die sie an sich selbst und das Heft stellte. Das war sie sich und ihrem Ruf schuldig, sonst konnte sie ja gleich das Handtuch werfen.

Insofern war es nicht besonders ungewöhnlich, dass sie nun tatsächlich höchstpersönlich nach München zu Nora Uhlmann fliegen musste, um das Cover zu retten. Ärgerlich war es dennoch.

Im Konferenzraum ließ sich Henrietta von ihrer Stellvertreterin Bärbel Fechtner und der Art-Direktorin Maja Sharoni auf den aktuellen Stand bringen: Nora Uhlmann und ihre Agentin erwarteten Henrietta am frühen Nachmittag in der »Shining Star«-Agentur in München, die die Schauspielerin vertrat. Sie waren inzwischen kooperationsbereit, und Bärbel Fechtner hatte Henrietta für die 13-Uhr-Maschine eingecheckt – ärgerlicherweise in der Economyclass, da der Businessbereich bereits ausgebucht gewesen war.

Zwei Stunden später saß Henrietta im Taxi Richtung Flughafen und nutzte die Zeit, eine SMS an Bernd zu schreiben. Er antwortete nicht. Merkwürdig.

Jana

Ihre Nichte hatte den Rückwärtsgang eingelegt: Rückwärts und barfuß rannte Emma hinter Ulla her durch den Garten, die ebenfalls rückwärtslief. Beide juchzten und lachten dabei. Jana sah dem Schauspiel schmunzelnd zu und rief irgendwann freudig:

»Was macht IHR denn da??«

Abrupt blieb Emma stehen, drehte sich um und schaute Jana staunend an. »Hallo, meine Süße! Erkennst du mich noch?« Emma schaute reglos mit offenem Mund und klammerte sich an Ullas Bein. Jana ging auf sie zu, nahm sie in die Arme und herzte sie. Wie groß Emma geworden war. Und woher hatte sie denn plötzlich diese entzückenden Korkenzieherlöckchen?

Ulla begrüßte Jana herzlich. »Jana, wie schön! Und wie lieb von dir, dass du extra gekommen bist!«

Sie umarmten sich.

»Komm erst mal in Ruhe an! Ich zeige dir dein Zimmer.«

Sagte es, ging ins Haus, schnappte sich Janas Koffer und stieg mit beeindruckender Geschwindigkeit die Treppe hinauf. Jana staunte über Ullas Fitness und folgte ihr. Ein Glück, dass das Haus mit seinen insgesamt vier Schlafzimmern – drei oben und eines im Souterrain – genug Platz für sie alle bot.

»Willst du einen Kaffee?«, fragte Ulla, nachdem sie Janas Koffer aufs Bett gewuchtet hatte.

»Gern!«

Jana packte ihre Sachen aus. Als sie kurze Zeit später wieder auf die Terrasse kam, hielt Emma im Garten gerade konzentriert ihr Ohr an den Stamm einer Kiefer.

»Hast du gehört, was er gesagt hat?«, fragte Ulla.

»Nee …!«, lachte Emma und prustete.

»Dann hör noch mal hin! Verstehst du's nicht?«

Emma hielt erneut ihr Ohr an die Rinde.

»Er hat dir seinen Namen verraten«, erklärte Ulla mit ernstem Gesicht. »Wie heißt der Baum, was denkst du?«

Emma schaute Ulla sprachlos an.

Jana trank einen Schluck Kaffee und grinste in sich hinein. Emma lernte die Baumsprache. Ulla hatte sie offenbar in kürzester Zeit komplett ulla-risiert. Gründlich eingeullat.

»Milo«, sagte Ulla zu Emma. »Der Baum heißt Milo!«

»Wie pflanzen sich Kiefern eigentlich fort?«, fragte Jana, um dem Gespräch einen neuen Aspekt zu geben.

»Keine Ahnung«, überlegte Ulla. »Fallen nicht einfach die Zapfen in die Erde?«

»Aber es entsteht ja nicht aus jedem Zapfen eine neue Kiefer«, gab Jana zu bedenken.

»Stimmt«, sagte Ulla.

»Schabbfä«, echote Emma und wiederholte das Wort wieder und wieder. Ließ es in ihrem Mund herumgleiten wie ein neues Bonbon, hörte es sich von allen Seiten an, prüfte sorgfältig, wie sich die Aussprache anfühlte – und verstaute es schließlich zufrieden in ihrem Wort-Schrank: schon wieder ein neues Exponat für ihre phonetische Sammlung. Zweijährige lernen über zehn Wörter pro Tag, hatte Jana irgendwo gelesen. Sie konnten zwar noch nicht perfekt sprechen, dafür aber schon perfekt verstehen.

»Die werden doch auch bestäubt …«, sinnierte Ulla.

»Wer?«, fragte Jana.

»Na, die Zapfen!«

»Aber wie denn? Und von wem?«

»Von den Bienen. Oder vom Wind. Ach, was weiß denn ich!«

»Ich google das nachher mal«, brach Jana die Diskussion ab und stellte ihre Kaffeetasse wie immer neben die Untertasse. Sie hasste Untertassen, weil die immer so ein nerviges Klirren verursachten, wenn man die Tasse auf ihnen abstellte. Außerdem fand Jana die kleinen Teller höchst spießig und überflüssig. In ihrer Wohnung hatte sie die Untertassen des Ikea-Geschirrsets deshalb gleich weggeschmissen.

Henrietta

Bewaffnet mit einem Serrano-Rucola-Ciabatta und einem Cappuccino to go nahm Henrietta auf Sitz 9a Platz. Sie saß im Flieger gerne möglichst weit vorne, weil Turbulenzen dort am wenigsten zu spüren waren. Henrietta mochte keine Turbulenzen. Ihr Leben war ein langer, ruhiger Fluss – und ihre Flüge sollten es möglichst auch sein.

Noch zwei Minuten bis zum Start. Es schien, als ob der Platz neben ihr unbesetzt bliebe, was Henrietta sehr freute. Sie hatte sich gerade bequem eingerichtet, ihre Utensilien auf dem Nachbarsitz verteilt und Cappuccino und Ciabatta auf dessen Tischchen geparkt, als in letzter Sekunde ein Mann in den Flieger hastete, suchend durch die Reihen eilte, bei ihr stehen blieb, ihr seine Bordkarte vor die Nase hielt und auf den Platz neben ihr deutete.

Verärgert räumte Henrietta den Sitz frei und verschüttete dabei etwas Cappuccino auf ihre schwarze Jil-Sander-Hose. So ein Mist! Hektisch rubbelte sie mit der Serviette auf ihrem Oberschenkel herum, wodurch sich dort ein weißer Papierfusselflaum bildete. Ihre Laune sank auf den Gefrierpunkt, während sie versuchte, die Katastrophe einzudämmen. »Entschuldigen Sie«, sagte eine angenehme Bassstimme neben ihr. »Darf ich Ihnen vielleicht helfen?«

Erstaunt schaute Henrietta in das lächelnde Gesicht ihres Sitznachbarn. Das war ausgesprochen attraktiv: klassisches Profil, markantes Kinn. Richtig hübsche Menschen hatten immer diese vorgezogene Nasenscheidewand. Die Nasenlöcher liegen dahinter etwas zurück – das hatte Henrietta im Laufe ihres Lebens beobachtet. Und dieser Mann hatte so eine Nase. Eine Gewinner-Nase!

Außerdem hatte er dichte braune Locken (wie konnte man so viel Haar haben?), und sein Lächeln war ausgesprochen charmant. Henrietta schätzte ihn auf höchstens Ende dreißig.

Lässig schüttete das Haarwunder mit der Barry-White-Stimme etwas Mineralwasser auf ein Stofftaschentuch und wischte mit gekonnten Bewegungen die weißen Papierfussel von Henriettas Hose. Nachdem er die Prozedur ein paarmal wiederholt hatte, war von dem Fleck kaum noch etwas zu sehen. Der Tag war gerettet, und Henrietta rätselte, wie das Eau de Toilette hieß, nach dem er duftete. Sie kam nicht drauf.

»Michael Wagner, angenehm«, sagte der Fleckentferner und reichte ihr die Hand.

»Henrietta Vossbach, freut mich«, erwiderte sie und ergriff die seine. Warm, trocken und weich fühlte sie sich an, das hatte sie in den drei Schüttel-Sekunden verblüffend genau wahrgenommen.

»Vielen Dank für Ihre Hilfe«, schob Henrietta nach. »Das war sehr nett!«

»Keine Ursache«, sagte Michael Wagner, klappte sein Laptop auf und vertiefte sich in seinen Bildschirm.

Henrietta hätte gerne noch ein bisschen mit ihm geredet, wollte ihn aber nicht stören, so in seine Arbeit versunken, wie er schien.

Ihre eigene Ruhe und Konzentration waren dahin. Sie hatte zwar jede Menge Statistiken und Exceltabellen um sich herum ausgebreitet, schaute aber den gesamten Flug über immer wieder kurz nach rechts rüber. Zu gerne hätte sie gewusst, was er arbeitete, wo er herkam, doch Michael Wagner war unablenkbar mit seinem Computer verschmolzen.

»Auf Wiedersehen«, nickte er ihr nach der Landung kurz zu, während er aufstand und sich gehetzt durch den Gang Richtung Ausgang drängelte. Henrietta konnte gerade noch einen Blick auf seine gute Figur in Jeans und beigem Sakko werfen.

Sie selbst ließ sich mit dem Aussteigen Zeit, denn sie hatte es schon immer unnötig gefunden, sofort nach der Landung aufzuspringen, nur um sich in der Menschenschlange eingeklemmt die Beine in den Bauch zu stehen, bis endlich die Türen zur Gangway aufgingen.

Davon abgesehen konnten die durchgeknallte Schauspielerin und ihre haifischartige Agentin ruhig etwas auf sie warten.

Ulla, Jana und Emma

Was machte man, wenn man nach langer Zeit zum ersten Mal wieder auf Sylt war? Man fuhr an den Strand! Und zwar möglichst schnell und möglichst direkt!

Genau deshalb brausten Jana, Ulla und Emma nun mit Janas Leihwagen durch die Lister Dünenlandschaft Richtung Ellenbogen. Jana war absolut fasziniert von dem wunderschönen Dünenpanorama, das sich vor und neben ihnen erstreckte, während sie über die mit tausend Schlaglöchern gespickte Straße hoppelten. Wie eine Mondlandschaft sahen die grünen, zum Teil mit lila schimmerndem Heidekraut übersäten Hügel aus, zwischen denen immer wieder weiße, wüstenartige Sandberge auftauchten. Fast unwirklich war es hier, außerirdisch, wie auf einem anderen Planeten! Oder als wären sie in eine Miniaturausgabe der Alpen gebeamt worden.

Warum war sie so lange nicht mehr hier gewesen? Jana war vollkommen erschlagen von der Natur, die sich ihr hier bot.

Sie parkten bei der Weststrandhalle und gingen den Holzsteg hinunter zum Strand. Nachdem Emma ein bisschen am Wasserrand geplanscht hatte, fielen ihr vor Müdigkeit fast die Augen zu, und Ulla trug sie zum Strandkorb, wo sie sofort in ihren Mittagsschlaf fiel.

Jana setzte sich zu ihr, während Ulla schwimmen ging.

Natürlich nackt. Auf Sylt durfte man quasi überall nackt baden. Niemand störte sich daran, und Ulla genoss immer mehr den Freigeist, der überall auf der Insel zu spüren war.

Auch Jana nickte ein, in den Tiefschlaf, hypnotisiert von der Brandung der Wellen und dem Kreischen der Möwen.

Ulla lag vor ihrem Strandkorb im Sand und las, als Emma und Jana wieder aufwachten. Es war schon fast sechs Uhr. Ulla musste noch einen Abendkurs geben, deshalb packten sie eilig ihre Sachen.

Sie war erstaunt, wie freudig Ulla auf dem Parkplatz von einigen Teilnehmerinnen begrüßt wurde. Auf dem Weg zur Toilette im Verwaltungsgebäude entdeckte Jana an der Pinnwand einen Aushang mit dem Foto ihrer Schwester:

»Meer Liebe auf Sylt – Yoga-Retreat mit Alexandra Reinhardt«

Alexandras Name war durchgestrichen und durch den von Ulla ersetzt worden. Der Nachname war gleich geblieben. Nach ihrer Heirat mit Ullas Sohn hieß Alex ja nun auch Reinhardt. Fasziniert las Jana den offenbar von Alexandra selbst verfassten Text:

»Atmen, lachen, leben, tiefe Entspannung erfahren und neue Energie für mehr Gelassenheit und Geschmeidigkeit im Alltag tanken. Das Achtsamkeits-Retreat mit Yogini Ulla Reinhardt bietet euch fünf ganz besondere Tage am Meer: Sanftes, Chakren-orientiertes Yoga, das eure Resilienz stärkt und euren Stresspegel senkt. Motto: ›Nichts müssen müssen, sondern sich auf sanfte und liebevolle Weise berühren lassen vom Wunder des Augenblicks.‹

Die Kurse finden, je nach Wetter, in freier Natur oder im Dünen-Seminarhaus statt. Im Rahmenprogramm werden Bewegung und Meditation in frischer Seeluft angeboten.«

Unter dem Text stand ein Zitat vom Dalai Lama:

»Wenn dir im Inneren etwas fehlt, nützt dir der größte äußerliche Reichtum nichts.«

Wie wahr, dachte Jana. Ob sie den Flyer mal Henrietta mitbringen sollte?

Sie beschloss, für die Dauer von Ullas Kurs einen Spaziergang mit Emma am Ellenbogen zu machen. Fasziniert stapfte Emma dort den überall grasenden Schafen hinterher, die natürlich sofort panisch flohen, sobald der Minimensch sich ihnen näherte.

Vor einem fast schwarzen Schaf blieb Emma erstaunt stehen. »Schaaf?«, fragte sie und zeigte auf das äsende Tier. »Ja, das ist auch ein Schaf. Es kommt aus Schafrika, deshalb ist es schwarz!«

Emma verstand nur Bahnhof, aber Jana musste über ihren Witz grinsen. Der eigene Humor war doch immer noch der beste!

Henrietta

Nora Uhlmann kaute Kaugummi und scrollte gelangweilt auf ihrem Handy herum, während Henrietta mit ihrer Hyäne von Agentin verhandelte. Charmant, souverän und mitreißend positiv, wie sie es sich im Laufe der Jahre durch etliche Coaching- und Körperspracheseminare perfekt antrainiert hatte, überzeugte sie die verhärmte Mittvierzigerin davon, dass ihr Schützling mit ein paar kleinen Photoshopmaßnahmen »absolut wundervoll« auf dem Cover der »Birgit« aussehen würde. Die Auflagenzahlen, die Henrietta gezielt beiläufig erwähnte, taten ein Übriges.

Nun ging es ans Interview: Natürlich wollte die Agentin, dass nahezu alles rausgestrichen wurde, was halbwegs interessant war. Aber als Henrietta auf mögliche Boulevardschlagzeilen verwies und den Spruch »Any promotion is good promotion« anbrachte, war sie auch hier zu erstaunlichen Zugeständnissen bereit.

Sie verabschiedeten sich wie alte Freunde und versprachen sich, »unbedingt bald wieder mal etwas zusammen zu machen«. Henrietta verdrehte innerlich die Augen. Wie ihr die verlogenen Floskeln der Branche doch auf die Nerven gingen.

Im Taxi auf dem Weg zum Flughafen klopfte sie sich auf die Schulter. Sie, das alte Printschlachtschiff, hatte es wieder mal geschafft: Kuh Nummer eins war vom Eis! Jetzt fehlte noch der bescheuerte Fotograf. Den würde sie morgen in Berlin verarzten.

Den Rückflug musste Henrietta leider wagnerlos absolvieren. Erst als der Flieger in die Luft stieg, gestand sie sich ein, dass sie in der Wartehalle unbewusst nach ihm Ausschau gehalten hatte. Über diesen Umstand verärgert, griff sie zur »ZEIT« und quälte sich zur Selbstbestrafung den Flug über mit der Lektüre dieser Bleiwüste. Im Grunde las sie ungerne – erst recht Politisches oder Intellektuelles. Die Frauenzeitschriftentexte, die immer möglichst lustig formuliert waren, lagen ihr wesentlich mehr.

Als sie um 20 Uhr zu Hause ankam, lag ein Zettel von Bernd auf dem Esszimmertisch: *»Bin im Atelier. Warte nicht auf mich.«* Daneben standen eine bereits entkorkte Flasche »Chasse Spleen« (ihr Lieblingsbordeaux, der vor dem Trinken immer etwas atmen musste), ein Salat mit Avocado, Huhn und Mango sowie ein Käseteller. Bernd war doch ein Schatz! Aber warum war er nicht zu erreichen? Schon wieder sprang nur seine Mailbox an, als sie versuchte, ihn anzurufen.

Stolz über ihren erfolgreichen Tag, rief sie Jana an, um zu hören, wie der Stand der Dinge in Kampen war. Ulla, Emma und Sylt kamen ihr unendlich weit weg vor, obwohl sie doch erst heute Morgen von dort gestartet war. Die Alltagsmühle hatte sie sofort wieder verschluckt.

Ulla, Jana und Emma

Irgendwie wusste Jana, dass die Flasche Bio-Fruchtessig, die sie, neben ein paar anderen Lebensmitteln, mittags auf dem Weg vom Flughafen nach Kampen noch schnell gekauft hatte, nicht lange bei ihr bleiben würde. Und tatsächlich nutzte das bockige Ding die erstbeste Gelegenheit, vorzeitig zu zerbersten und auf dem Küchenboden in tausend Teile zu zerfallen.

Emma betrachtete das Geschehen interessiert, und Jana hatte große Mühe, zeitgleich Emma davon abzuhalten, sich die Finger an den Scherben zu schneiden – und sie aufzufegen. So ein Kind war wirklich anstrengend. Ohne Unterlass musste man aufpassen, denn Emma hatte in Bruchteilen von Sekunden (sie beschleunigte schneller als ein Formel-1-Fahrer) wahlweise etwas Lebensgefährliches in der Hand – oder sich selbst in Lebensgefahr gebracht.

Ulla kam frisch geduscht in einem kaftanartigen Gewand in die Küche, erfasste die Situation und schnappte sich Emma, um sie von den Glasscherben fernzuhalten. »Soll ich uns einen Tee machen?«

»Ja, gerne«, sagte Jana, während sie den Essig vom Boden feudelte.

Ulla holte zwei merkwürdig aussehende, beigefarbene Knollen aus einem Korb und begann, sie zu schälen. Emma schaute ihr konzentriert dabei zu.

»Ämma auch!«

»Nein, Süße, das ist nichts für dich! Das ist Kurkuma, und das macht die Finger ganz gelb!«

Emma schaute noch interessierter.

»Kuuhhma!«

Ulla zeigte ihr ihre knallgelben Fingerspitzen.

»Die sind ein bisschen gefärbt von dieser Wurzel, guck mal!«

»Bisschen, bisschen«, schon wieder ein paar neue Worte für Emmas Sammlung.

Janas Handy klingelte. Es war Henrietta. Jana nahm ab und stellte auf laut.

»Hallo, mein Schatz! Wie läuft es bei euch?«

»OMAAAAAEDDAAAAA!!!«, brüllte Emma.

»Hallo, Mama. Gut. Hier ist alles okay.«

»Hallloooo!! Emmalein«, rief Henrietta. Jana hielt Emma das Handy ans Ohr. »Sag mal was, Emma.«

»Hallo, Emma! Hier ist Oma Edda«, rief Henrietta. Doch sie hörte Emma nur sprachlos ein- und ausatmen.

Jana legte das Handy wieder auf den Tisch. »Und wie geht's dir?«

»Auch gut! Das Cover ist gerettet. Nun muss ich morgen noch den durchgeknallten Emilio Nachos davon abhalten, die Modestrecke zu canceln. Wenn alles klappt, kann ich wahrscheinlich schon übermorgen zurückkommen. Ich habe mir zwei Wochen Urlaub genommen.«

»Toll«, sagte Jana und war sich gar nicht so sicher, ob sie das wirklich so toll fand.

Der Kurkumatee schmeckte seltsam muffig, war auch in der Tasse noch knallgelb, aber da er angeblich wahnsinnig gesund war, schluckte Jana das Gebräu tapfer runter.

Emma bestand darauf, während des Essens, das aus Salat, Lupinenbratlingen und mit Schale gekochten Kartoffeln bestand, auf Ullas Schoß zu sitzen und von ihr gefüttert zu werden. Als Ulla sie zum Schlafengehen in ihr Zimmer tragen wollte, forderte Emma hartnäckig Janas Support.

»Dandde Jana mit!«

Ergeben nahm Jana Emma auf den Arm. Die lachte sie an, und Jana hatte den Eindruck, als wenn aus ihren hellblauen Augen kleine Liebesblitze sprühten, die ihr direkt ins Herz schossen.

In Ullas Zimmer setzte sie sich neben das Bett, streichelte Emma über den Kopf und gab ihr einen Gutenachtkuss auf die Stirn. Dieser kleine Engel. Zu süß.

Später, in ihrem Zimmer, bemerkte Jana eine SMS von Ben auf ihrem Handy: *»Du fehlst mir!«* In Janas Magen zog es, als hätte sie Zahnschmerzen. Ohne zu antworten, schaltete sie das Handy aus.

Henrietta

Die Nacht war merkwürdig unruhig. Stundenlang wälzte sich Henrietta auf ihrer sündhaft teuren 7-Zonen-Gel-Kaltschaum-Matratze hin und her und konnte nicht einschlafen. Irgendwann hörte sie, dass Bernd nach Hause kam, und fiel in einen unruhigen Schlaf. Um fünf Uhr gab sie entnervt auf und brühte sich einen Espresso.

Dementsprechend übellaunig, ihre Augenringe hinter einer blickdichten Sonnenbrille verbergend, erschien Henrietta am nächsten Morgen am Flughafenterminal 2, wo sie sich mit Modechefin Babette Reichert und Art-Direktorin Maja Sharoni zum Flug nach Köln traf, um Fotograf Emilio Nachos zu ent-diven. Plan war, die exaltierte Tunte mit süßen Floskeln einzuschleimen und mit Komplimenten über seine Arbeit zu überhäufen und auf diese Weise zu besänftigen. Im Duty-free-Shop kaufte das Trio noch eine Flasche Veuve Clicquot Rosé als flüssige Friedenspfeife.

Nachdem Henrietta ihm drei große Strecken für die nächsten Ausgaben zugesagt hatte, hatte sich Nachos endlich beruhigt. Damit war auch Kuh Nummer zwei vom Eis. Sie stießen mit Champagner an, und Henrietta war sehr erleichtert, nun alle Probleme gelöst zu haben.

Den Rückflug trat sie alleine an. Reichert und Sharoni blieben in Köln, um dort irgendeine wahnsinnig wichtige Vernissage zu besuchen. Beschwipst und ziemlich stolz auf sich, setzte Henrietta sich vor dem Hilton, wo das Meeting mit Nachos stattgefunden hatte, ins Taxi Richtung Flughafen Köln/Bonn.

Ulla, Jana und Emma

Jana stand am Tresen des Grande Plage und nahm gerade ihren Cappuccino to go in Empfang, als ihr von hinten jemand auf die Schulter tippte.

»Ich wollte nur sagen: Ich gehe gleich – falls du mich noch kennenlernen wolltest!«

Verblüfft drehte Jana sich um und blickte in das grinsende Gesicht eines blonden Dreitagebartträgers.

»Nee, is klar«, sagte sie, schnappte sich ihren Pappbecher und ließ ihn stehen.

Ging es noch? Hatte der Typ noch alle Tassen im Schrank? Der Spruch war lustig, und der Typ sah auch gut aus, aber trotzdem: Wer war sie denn, dass sie sich am Tresen einfach so anquatschen ließ? So preisgünstig war sie nun auch nicht zu haben!

Der Top-Anmachtrick ihrer Teeniezeit fiel ihr wieder ein: Einen Finger in ein Glas Cola tunken, damit auf den Pulli des Angebeteten tippen und »Jetzt aber raus aus den nassen Klamotten« sagen. Jana musste grinsen.

Am Eisstand kaufte sie sich noch ein Dolomiti-Eis. Sie war süchtig nach den chemischen Geschmacksrichtungen ihrer Kindheit: Gummiteddys, Brausepulver, saure Zungen – alles möglichst bunt, möglichst künstlich und mit möglichst vielen Farbstoffen versehen. Sie mochte auch McDonald's, Pommes rotweiß und Thunfischpizza – allesamt absolute No-Gos in der modernen Ernährung. Stattdessen war in Berlin gerade Street-Food hip, vegane Pflanzenpower und komplizierte Edelburger aus dreimal um den Mond geflogenem Wagyufleisch. Auf jeden Fall musste alles bio sein – und über eine positive Energie verfügen.

Egal: Jana liebte den blumig-herben Waldmeistergeschmack des grünen Dolomiti-Eis-Endes, und auch die weißen Bergspitzen aus Zitrone und den rosafarbenen Mittelstreifen aus Himbeer mochte sie sehr. Schon als Kind dachte sie, irgendjemand hätte dieses Eis nur für sie komponiert.

Aber trotz ihres Faibles für ungesunde Sidekicks genoss Jana Ullas vegane Küche. Sie hatte nichts gegen gesunde Ernährung – im Gegenteil. Sie war nur meistens zu faul, sich darum zu kümmern. Die Tage mit Ulla würden deshalb eine Detoxkur für Leib und Seele sein.

Emma schlief noch, als Jana zurück zum Strandkorb kam. Puh, Glück gehabt! Der Vormittag, den sie alleine mit ihr verbracht hatte, weil Ulla Yogaseminare gab, war extrem anstrengend gewesen: Mit einem Leihfahrrad, an dem ein neongelber Kinderanhänger befestigt war, hatte sie ihre Nichte zum Strand gefahren. Immer wieder musste sie anhalten, weil Emma dauernd quengelte und sich aus dem Anhänger zu stürzen drohte. Ständig löste sie ihren Anschnallgurt und machte ein Riesentheater, wenn Jana ihn wieder einklicken wollte. »Eng! Eng!«, weinte sie, aber Jana, die mitten in der Dünenlandschaft stand, war nichts anderes übriggeblieben, als sie wieder festzuschnallen und mit der greinenden Emma, die sich in ihrer Plastikbox sehr leidtat und deshalb in einer Tour »Aaaamee Ämma« rief, weiterzuradeln. Offenbar hatte Emma ausgerechnet heute einen etwas schwierigen Tag, ärgerte sich Jana. Aber vielleicht hatte sich das Bezugspersonenkarussell in den letzten Tagen für die Kleine auch etwas zu schnell gedreht …

Am Strand hatte sich Emma wieder beruhigt. Mit Schaufel und Förmchen spielten sie lange zusammen im Sand, bis Jana ihr zum Einschlafen im Strandkorb die Geschichte von der Mücken-Sonnenbrillen-Erfinderin erzählt hatte, die Emma so liebte. Die ging so:

»Auf der ganzen Welt wissen nur wenige Menschen, dass Mücken ganz stark von der Sonne geblendet werden. Aber das Mädchen Maria Fee hatte es bemerkt und überlegt, was man wohl dagegen tun könnte. Sie hatte großes Mitleid mit den Mücken, weil die Armen ständig gegen Wände, Glasscheiben und Türen flogen, da sie so geblendet waren.

Eines Nachmittags hatte Maria Fee die rettende Idee und bastelte ihnen in ihrem Zimmer kleine Sonnenbrillen. Seitdem ist Maria Fee im Sommer das einzige Mädchen auf der Welt, das die Mücken nicht stechen. Sie hat nie einen einzigen Mückenstich.

Zum Dank sammelten ihr die Mücken außerdem aus Bröseln ein Sandwich zusammen – und summten zum Einschlafen stets ihr Lieblingslied für sie.«

Emma war schon während der Geschichte eingeschlafen. Jana hatte ein paar Minuten gewartet und sich dann auf Zehenspitzen davongeschlichen, um sich schnell einen Cappuccino zu holen.

Emma schlief immer noch, als der Typ, der sie im Grande Plage angesprochen hatte, an ihrem Strandkorb vorbeischlenderte. An seiner Hand lief ein etwa dreijähriger Junge.

Jana duckte sich, damit er sie nicht erkannte. Doch es kam, wie es kommen musste: Kaum war Emma wieder wach und spielte im Sand, rannte der kleine Junge zu ihr und fragte, ob er sich eine Schaufel ausleihen dürfe. Obwohl er durfte, blieb er und leistete Emma beim Sandkuchenbacken Gesellschaft, die ihn begeistert anstrahlte.

Es dauerte nicht lange, und der Typ kam, um ihn zu suchen. »Hi«, grinste er, als er ihn bei Jana und Emma entdeckte. »Ich bin Paul.«

»Jana. Hallo.«

»Deine Tochter?«

»Nichte«, antwortete Jana schmallippig.

»Dein Sohn?«, stellte sie die Gegenfrage.

»Ja.« Paul guckte stolz auf seinen Sprössling.

»Und wo ist seine Mama?« Das war Jana so rausgerutscht. Sie biss sich vor Ärger auf die Lippe.

»Neu verliebt«, antwortete Paul. »Ich erziehe Max alleine. Wir sind eine Zwei-Mann-Familie.«

Er tätschelte seinem Sohn den Kopf, der sich an sein Bein klammerte.

»Oh«, sagte Jana. Mehr fiel ihr nicht ein.

»Seid ihr morgen auch wieder hier?«, fragte Paul. »Wir müssen jetzt los, aber morgen könnten Emma und Max doch mal ein bisschen zusammen spielen.«

»Gerne«, sagte Jana und freute sich auf die Aussicht auf ein paar Minuten ohne Aufsicht.

»Cool«, sagte Paul und verabschiedete sich. Jana merkte erst später, dass sie lächelte.

Henrietta

Sie hatte die nächste Ausgabe so souverän gerettet, als hätte sie einen maroden Fußballclub ins Halbfinale eines wichtigen Turniers gecoacht. Henrietta war glücklich und stolz auf sich, doch die Abflugtafel des Kölner Flughafens bereitete ihrer Glückssträhne ein abruptes Ende: »Flight delayed« stand dort. Ihr Flug nach Hamburg würde sich um mindestens eine Stunde verspäten. Warum konnten die anderen nicht genauso professionell sein wie sie selbst? Verärgert setzte sie sich in eines der tausend Flughafenbistros, die alle gleich aussahen, und bestellte einen Espresso. Neben ihrem Tisch knitterte eine deprimierte Topfpalme vor sich hin, am Piano klimperte ein lustloser Klavierspieler, der immer wieder von Lautsprecherdurchsagen übertönt wurde und deshalb offenbar jeglichen musikalischen Ehrgeiz aufgegeben hatte.

Zumindest war der Espresso gut. Henrietta genoss den heißen Koffeinpush und überlegte gerade, sich einen zweiten zu bestellen, als sie drei Tische weiter ein bekanntes Gesicht entdeckte: War das nicht Michael Wagner – der knackige Fusselkiller aus dem Flieger? Genau in diesem Moment schaute er von seiner Zeitung hoch und blickte Henrietta an. Er lächelte ihr zu, und das Blut schoss ihr in die Wangen.

»Hallo«, krächzte Henrietta, obwohl er das ja gar nicht

hören konnte, winkte linkisch und fragte sich, wann in den vergangenen zehn Jahren sie sich wohl ähnlich unsouverän verhalten hatte. Jetzt stand dieser Wagner auch noch auf und kam auf sie zu. »Hallo, Frau Vossbach! Was für ein angenehmer Zufall! Darf ich mich zu Ihnen setzen?«

Ohne eine Antwort abzuwarten, zog er einen Stuhl heran, nahm Platz und schnippte nach dem Kellner.

»Darf ich Sie auf ein Glas Champagner einladen?«

Er durfte.

Dank des unerwarteten Nachschubs gewann ihr Alkoholpegel wieder die Höhe, auf die er nach dem Champagner im Hilton geschnellt war. Sprich: Sie war ziemlich rasant ziemlich beschwipst – und fand Michael Wagner ziemlich zügig ziemlich nett. Er hatte einen wunderbaren Humor, konnte toll erzählen, und Henrietta kam aus dem Lachen kaum noch heraus.

Sie erfuhr, dass er als freier Fotoreporter arbeitete, für mehrere Blätter schrieb und für seine Interviews und Reportagen um die ganze Welt reiste. Henrietta war beeindruckt und beschloss, ihn zu googeln, sobald sie zu Hause wäre. Er könne ja mal ein paar Artikel einreichen, offerierte sie ihm, durch den Schaumwein milde gestimmt, und sie tippten gegenseitig ihre Kontaktdaten in ihre iPhones.

Auch im Flieger setzten sie sich nebeneinander, bestellten noch mehr Schaumwein, und Henrietta hätte schwören können, dass Michael mit ihr flirtete. Er hatte auffallend schöne feingliedrige und gepflegte Hände, einen sinnlichen Mund, ein Grübchen im Kinn und strahlend weiße Zähne – Henrietta konnte gar nicht mehr weggucken. Ein kurzes Frustgefühl durchzuckte sie, als sie erfuhr, dass er 15 Jahre jünger war. Aber was soll's, dachte sie sich, er war ja sowieso nur eine charmante Rückflugbegleitung. Und wie hatte Ulla ihr doch geraten? Immer schön spontan sein! Nun war sie es mal – und es fühlte sich gut an.

Jana und Emma

»Nee, das muss da drinbleiben, weil ich hab' keine Lust, die Tasche zu tragen …«, erklärte eine hockende Frau sehr ernsthaft ihrem sich auf Augenhöhe befindlichen Kind in der Kinderkarre. Artig legte das Kind sein Spielzeug zurück. Offenbar war Jana soeben Zeugin einer wertvollen Erziehungsmaßnahme geworden. Sie selbst war in puncto Erziehung weniger erfolgreich.

Emma hatte schon wieder einen Neintag, war extrem quengelig, und nichts war ihr recht. Dauernd fing sie wegen irgendwas an zu heulen und drohte, irgendwo runterzufallen oder etwas runterzuschmeißen. Jana durfte nicht eine Sekunde unaufmerksam sein. Außerdem hatte sie Schnupfen. Der Schnodder lief ihr ununterbrochen aus der Nase, so dass Jana sie in einer Tour mit Taschentüchern abputzen musste. Sie konnte sich nicht erinnern, in den letzten Jahren jemals so angestrengt gewesen zu sein. Es war, als würde ihr dieses kleine Wesen sämtliche Energie rauben, um sich selbst damit zu stärken.

Wie hielten andere Mütter das bloß durch? Wahrscheinlich war sie nach 39 Jahren nur um sich selbst drehen einfach nicht dafür gemacht.

Schon das Frühstück war schwierig gewesen, da hatte allerdings Ulla den Part des Beaufsichtigens übernommen. Danach war sie zu Fuß zum Yogaseminar aufgebrochen, um sich »auch körperlich zu bewegen«. Jana hatte es nach zähen Verhandlungen geschafft, Emma, die partout nicht ins Auto wollte, im Kindersitz zu verstauen. Auf der Fahrt hatte Emma durchgehend gejammert und gequengelt – vielleicht auch, weil sie Schnupfen hatte. Oder sie kam in diese nervige, renitente Phase, über die Jana gelesen hatte, in der es nur »will nicht« und »nein« gab. Und in der die kleinen bockigen Dinger alles selbst machen wollten – essen, anziehen, die Treppe hochgehen –, egal, wie schwer sie dabei stürzten, sich bekleckerten oder aussahen.

Als sie auf dem Parkplatz vor der Sturmhaube geparkt hatte, kletterte Emma auf den Fahrersitz, betätigte alle möglichen Schalter und wollte nicht aussteigen. Auch am Meeressaum wollte sie unbedingt alleine laufen und hatte bereits nach zwei Sekunden eine nasse Hose, weil sie die Wellen nicht richtig einschätzen konnte.

Ein Wutanfall loderte in Jana hoch. Es machte sie aggressiv, ihre ganze Energie und Zeit zu opfern. Sie war sicherlich fix und fertig heute Abend. Das konnte Alex nicht von ihr verlangen – zumindest nicht länger als aller-, allerhöchstens eine Woche!

Emma drohte gerade, eine Feuerqualle zu streicheln, die auf dem Sand verendet war. In letzter Sekunde zog Jana sie weg und war froh, als sie Paul und Max neben einem Strandkorb entdeckte. Jetzt würde sich Emmas Aufmerksamkeitsbedürfnis erst mal auf Max konzentrieren, und sie hatte ein paar Minuten Ruhe.

Erschöpft ließ Jana sich neben Paul in den Sand fallen. »Wie hältst du das bloß durch?«, fragte sie ihn.

»Was?«, fragte der.

»Na, diese 24-Stunden-Kleinkind-Beaufsichtigung! Ich

bin nach zwei Tagen schon fix und fertig!« Jana streckte die Beine im Sand aus und gähnte.

»Keine ruhige Minute ist seitdem mehr für mich drin«, begann Paul zu singen. *»Und das geht so, wie ich vermute, bis ich hundert Jahre bin!«*

Er lachte. »Kennst du den Song von Reinhard Mey? Ist wirklich ganz cool …«

»Ja, den kenne ich«, antwortete Jana. »Aber im Ernst: Das kann man doch gar nicht dauerhaft schaffen, oder?«

Nie mehr durchschlafen? Dauernd erkältet? Keine Minute Ruhe mehr? Überall Babybrei in der Wohnung und auf den Klamotten? Und dazu noch diese unglaubliche Brutalität der Geburt, die die Komikerin Martina Hill mal treffend als »Stell dir vor, du müsstest eine Melone scheißen« beschrieben hat. Dazu die Merkwürdigkeit der Schwangerschaft, in der ein anderes Wesen im eigenen Körper lebt. Wozu das alles? Jana war all dies eigentlich schon immer absolut unreizvoll, mühsam und nicht erstrebenswert erschienen. Und die beiden Tage mit Emma hatten ihren Verdacht voll bestätigt.

»Natürlich kann Mann – und Frau auch«, sagte Paul. »Siehste ja an mir!«

Er goss Max und Emma Saft in zwei Pappbecher, den sie begeistert austranken, wobei sich Emma die Hälfte über ihren nackten Bauch kippte. Danach reichte er Jana einen Becher Kaffee aus einer Thermoskanne.

»Willst du?«

»Gerne!«

Der Himmel war heute bedeckt, es war mäßig warm und ziemlich windig. Morgens hatte es sogar geregnet – flüssige Sonne nannten das die Einheimischen.

Jana war dankbar für das dampfende Heißgetränk in ihrer Hand.

»Klar ist es total anstrengend«, setzte Paul ihre Unterhaltung fort. »Aber es ist auch total schön. Man muss sich eben ganz darauf einlassen.«

Jana nahm einen Schluck Kaffee. Tat gut.

»Ohne es zu verkitschen«, sagte Paul, »mit so einem Kind erlebst du ja eine noch komplett reine Seele. Siehst die Welt aus Kindersicht, erlebst totale Authentizität. Und die Erfahrung bedingungsloser gegenseitiger Liebe. Faszinierend finde ich auch diese unglaubliche Energie, die Max hat – und sein Lachen. So ein richtig freies, fettes, ehrliches Lachen ist das! Erwachsene können so gar nicht mehr lachen.«

Jana dachte an Emmas entzückendes glucksendes, perlendes Lachen, bei dem man automatisch fröhlich wurde und mitlachen musste. In diesem Punkt hatte Paul eindeutig recht.

»Wusstest du, dass Kinder rund 400-mal am Tag lachen – Erwachsene aber nur noch 15-mal?«, fragte Paul. Nein, das wusste Jana nicht.

»Und das Absurde daran ist«, fuhr Paul fort, »dass wir zum Lächeln nur 17 Gesichtsmuskeln aktivieren müssen. Um ein grimmiges Gesicht zu machen, brauchen wir mehr als doppelt so viele, nämlich 43!«

»Krass«, sagte Jana.

Paul ging zu Max und strich ihm übers Haar.

»Ach, man kann das nicht beschreiben … Wenn du ein Kind hast, wirst du Zeuge eines Wunders. Dadurch ändert sich deine Weltsicht komplett. Das Wunder befreit dich aus dem Daseinsmatsch.«

»Daseinsmatsch, wie lustig!« Jana musste grinsen. Hing sie auch darin fest?

»Leider nicht von mir«, gab Paul zu. »Hab ich neulich irgendwo aufgeschnappt.«

»Genial«, befand Jana.

Emma und Max schichteten gerade Sand zu einem großen Haufen auf. »Komm, wir bauen eine Sandburg«, rief Jana, sprang auf und griff sich eine Schaufel.

»Bloß nicht!«, warnte Paul. »Sandburgen bauen ist auf Sylt streng verboten!«

»Warum das denn?« Entgeistert ließ Jana ihre Schaufel sinken.

»Offiziell wegen des Küstenschutzes«, erklärte Paul und füllte feuchten Sand in eine grüne Plastikkuchenform. »Der eigentliche Grund ist aber wohl, dass die Burgen immer um die Strandkörbe herumgebaut wurden und die dann bei Flut eingespült und beschädigt worden sind.«

»Aha.«

»Es kann schnell mal tausend Euro kosten, wenn man trotzdem eine baut.« Das Förmchen war voll, und Paul strich mit der Hand den überflüssigen Sand ab.

»Und woher weißt du das alles?«

»Meine Familie fährt schon seit Jahrzehnten nach Sylt. Wir haben hier ein Ferienhaus.«

Paul klatschte die Plastikform auf den Boden, zog sie vorsichtig ab und enthüllte unter dem Gejohle von Max und Emma einen perfekten Sandkuchen.

»Aber nicht essen«, warnte er die beiden und rieb sich den Sand von den Händen.

»Es gibt ja jetzt diese Regretting-Motherhood-Bewegung«, kam Jana noch mal auf das Kind-oder-nicht-Thema zurück. »Hast du auch schon mal bereut, Max bekommen zu haben?«

»Nein. Noch nie! Max ist das Beste, was mir je passiert ist!« Verliebt schaute Paul seinen Sohn an.

»Was schreiben die denn so in dieser Bewegung? Ich

komme momentan nicht so viel zum Lesen.« Er schaute Jana entschuldigend an, zog dabei leicht die Schultern hoch und grinste.

»Das ist eine Studie einer israelischen Soziologin«, erklärte Jana, »in der es um Mütter geht, die ihre Mutterschaft bereuen, weil sie zu gar nichts mehr kommen, sich total unfrei fühlen, ihr eigenes Leben komplett aufgeben mussten und chronisch erschöpft sind. Das ging im letzten Jahr ziemlich durch die Medien, weil es ein totaler Tabubruch ist: Mütter, die sich dazu bekennen, dass sie lieber nicht Mutter geworden wären. Und ihre Kinder eigentlich doof finden.«

Paul musste lachen. »Ich finde Max nicht doof!«

»Nein, im Ernst. Es geht darin eben um die Kehrseite der Verherrlichung dieses ganzen Kinderkriegdings. Kannste im Netz mal googeln. Da findest du jede Menge Informationen.«

»Mal sehen«, sagte Paul. »Ich will das eigentlich gar nicht so genau wissen. Dieses ganze Gejaule dauernd, das ist doch Luxusjammern! Es wird ja niemand gezwungen, ein Kind zu kriegen. Ich genieße die Zeit mit Max jedenfalls sehr und möchte ihn niemals mehr missen.«

»Und wie machst du das mit der Arbeit?«

»Ich habe von Haus aus Geld«, sagte Paul leicht beschämt.

»Na dann«, sagte Jana. »Das erklärt natürlich vieles. Wenn du nebenher noch eure Existenz sichern müsstest, wärst du wahrscheinlich nicht so entspannt.«

»Vielleicht«, sinnierte Paul.

»Komisch«, dachte Jana. Sie saßen hier wie zwei Mütter auf dem Spielplatz, die sich über ihre Brut austauschten. Und tatsächlich kam ihr Paul eher wie eine gute Freundin vor als wie der attraktive Mann, der er ganz objektiv war. Obwohl er wirklich gut aussah, wie sie zugeben musste, fand sie ihn überhaupt nicht sexy. Warum bloß nicht? Waren Männer, die Kinder versorgten, automatisch unerotisch? War das dieses Muttertierding, das sogar Kerle zu Milchkühen degradierte?

Sie dachte an Ben. Daran, wie gut er küssen konnte. Und wie fantastisch er immer gerochen hatte. Sie vermisste ihn …

Henrietta

Es war nicht so, dass sie als Chefredakteurin besonders innovative Visionen hatte. Wie ein altgedienter Kapitän steuerte sie das Frauenzeitschriftschlachtschiff solide durch das sowieso nicht sehr unruhige Fahrwasser. Das Blatt hatte eine eindrucksvolle Stammleserinnenzahl und Abonnentinnen, die eh keine Veränderungen mochten. Bis auf ein paar kaum merkliche optische »Relaunches« hatte Henrietta deshalb kaum in das Erscheinungsbild eingegriffen. Visionäre Selbstverwirklichungen überließ sie gerne den jungen, wilden Blattmachern. Wozu hätte sie auch Ehrgeiz entwickeln sollen? Sie war ja schon ganz oben. Der Berg war bestiegen.

Satte 60 000 neue Leserinnen hatte sie der »Birgit« im Laufe der vergangenen drei Jahre beschert – in Medienkreisen eine absolute Sensation. Dass sie die Großzahl davon vermutlich den zwei Frauenzeitschriften verdankte, die letztes Jahr eingestellt wurden, musste ja nicht an die große Glocke gehängt werden.

Neugierig auf den Themen-Output ihrer Redaktion, wollte Henrietta am nächsten Morgen gerade die Konferenz zur Heftplanung eröffnen, als eine SMS auf ihrem iPhone aufploppte:

»Darf ich dich zu einem spontanen Mittagessen entführen? M.«

Ein Gänsehautschauer überlief Henrietta. Sie starrte auf

ihr Handy. Lange. Und merkte gar nicht, dass die gesamte Redaktion im Gegenzug sie anstarrte. Weil sie seit zwei Minuten bleich auf ihr Handy guckte, mit einem Lächeln auf den Lippen …

»Äh, Frau Vossbach?«, stotterte Beate Bricker, die Ressortleiterin des Reportteils.

»Ach so, ja«, schreckte Henrietta hoch. »Lassen Sie uns anfangen! Mögen Sie beginnen, Frau Bricker? Was haben Sie Schönes für uns für das Novemberheft?«

Es war erst Mitte Juli, aber die Hefte hatten wegen der aufwendigen Modefotoproduktionen stets Vorlaufzeiten von drei Monaten. Während Frau Bricker also ein Winterthema nach dem anderen referierte, schweifte Henrietta gedanklich immer wieder ab. Warum duzte dieser Wagner sie einfach? Das war ein frecher Sprung zu einer Intimität, die sie ihm gestern nicht angeboten hatte! Was wollte er von ihr? Brauchte er einen Job? Oder war er tatsächlich amourös an ihr interessiert? Henrietta war vollkommen aus der Übung, was Letzteres betraf. Sie konnte sich gar nicht mehr erinnern, wann sie das letzte Mal wirklich leidenschaftlich geknutscht hatte.

»Henrietta?«

Maja Sharoni, die als eine der wenigen Redaktionsmitglieder das Privileg hatte, Henrietta zu duzen, fragte sie bereits zum dritten Mal nach ihrer Meinung. »Jaja, finde ich gut«, sagte Henrietta schnell, ohne überhaupt richtig hinzusehen. »Mach das so, aber bring noch ein bisschen mehr Farbe rein!«

Das war ihre Lieblingsphrase, wenn sie mal wieder alles an sich vorbeiplätschern ließ. »Ein bisschen mehr Farbe« – das schadete nie. Und vermutlich setzte Maja diesen Befehl auch gar nicht um.

Direkt nach der Konferenz tippte Henrietta sieben Buchstaben auf ihr Handy: *»Ja, gerne«* – und war damit zum Lunch verabredet.

Dass sie direkt vor dem Ono einen Parkplatz für ihr viel zu großes Angeberauto fand, interpretierte sie als gutes Zeichen. Normalerweise kurvte sie immer mindestens dreimal um den Block, wenn sie im Ono essen gehen wollte, weil der Lehmweg, an dem Steffen Hensslers Restaurant platziert war, zu den beliebtesten Ausgehstraßen Hamburgs zählte und dementsprechend zugeparkt war.

Sie sah Michael schon von unten, als sie die Treppe zur Sommerterrasse hochstieg. Wie in einem Inga-Lindström-Film glänzten seine dichten, wetgegelten Locken in der Sonne, während er vor zwei beschlagenen Champagnergläsern auf sie wartete. Henrietta musste beinahe grinsen vor so viel Klischee. »Na warte, mein Lieber«, dachte sie, »so einfach kriegst du mich nicht.« Sie beschloss, die kühle Chefredakteurin zu geben. Sollte er ruhig ein bisschen irritiert sein.

Michael erkannte sie, winkte ihr zu und stand formvollendet auf, als sie am Tisch ankam.

Und egal, wie kühl Henrietta äußerlich scheinen mochte, die Intensität seines Blickes durchzuckte sie. Wie ein Raubtier witterte sie die Gefahr, die darin lag. Eine verlockende, Aufregung versprechende Gefahr, die Henrietta sofort mit einem großen Schluck Champagner kompensierte.

Warum sollte sie sich nicht ein bisschen amüsieren und Michaels Flirtversuche konsumieren wie einen guten Kinofilm oder ein exotisches Essen? Warum sollte sie sich nicht ein bisschen anhimmeln, sich ein bisschen anflirten lassen? Ihr Leben mit Bernd war so erdbebensicher einzementiert, da konnte ein kleines Spiel mit dem Feuer doch gar nicht gefährlich werden. Und wie hatte Ulla doch vorgestern so schön gesagt: Man kann gar nicht genug neue Erfahrungen machen, neue Synapsen knüpfen – sonst wird man unbeweglich. Sie war momentan äußerst flexibel, wie sie fand. Ulla wäre bestimmt zufrieden.

Im Grunde war das Geplänkel mit Michael wie eine ihrer Wellnessmassagen – nur für die Seele: wohltuend, stärkend und erfrischend – und nicht weiter ernst zu nehmen. Und wer weiß, vielleicht konnte sie sich ja für den Sex mit Bernd etwas Appetit holen? So machten es die Männer doch angeblich auch – bis auf Bernd …

Amüsiert vertiefte sie sich in die Karte und ließ sich auf das Date mit diesem Prachtexemplar, das ihr gegenübersaß, ein. Das Auge aß ja bekanntlich mit.

Wer mittags gemeinsam Alkohol trinkt, kommt sich automatisch näher. Michael war ein überraschend feinsinniger Beobachter und guter Erzähler. Sie lachten viel, und seine Komplimente entzückten Henrietta genauso wie die leckeren Sushirollen und Sashimifilets.

Zum Abschied hauchte Michael ihr sanft einen Kuss auf die Wange. Die Berührung durchfuhr sie wie ein Stromstoß, und der Duft, der ihr aus seinem offenen Hemdkragen in die Nase stieg, ließ sie innerlich taumeln. Denn diesmal war es kein Eau de Toilette. Diesmal war er es selbst.

Elektrisiert stieg sie in ihren Mercedes, öffnete das Sonnendach und drehte die Musikanlage auf. »Superstition«, der alte Funkknaller von Stevie Wonder, dröhnte aus den Boxen, und sie sang laut mit, während der Fahrtwind ihre offenen Haare zerzauste. Meine Güte, dachte sie, ich bin schon Großmutter und verhalte mich wie ein Teenager. So kenne ich mich gar nicht. Sollte ich nicht eigentlich in Gedanken bei Emma, Jana und Ulla sein? Sollte ich mir nicht permanent Sorgen um Alex machen, statt mich hier zu vergnügen? Entschlossen wischte sie die düsteren Wolken beiseite. »Könnte, sollte, hätte gehen jetzt auf Toilette«, erteilte sie sich selbst die Absolution. Auch ihr stand doch mal ein bisschen Spaß zu, oder? Und Alex würde sicher auch nicht schneller aus Amerika zurückkommen, wenn sie sich nicht mit Michael Wagner träfe.

Verblüfft guckten ihre Arbeitsbienen ihr nach, als sie bestens gelaunt, aber miserabel frisiert in die Redaktion zurückkam und über den Flur in ihr Büro stolzierte.

Den Rest des Tages verbrachte Henrietta in seltsamem innerem Aufruhr. Zu Geschmeicheltsein und Glücksgefühlen mischte sich eine Art von Angst, die ihr vollkommen unbekannt war, sich aber aufregend anfühlte.

Ulla, Jana und Emma

Jana dachte noch über das Gespräch mit Paul nach, als sie auf dem Parkplatz der Yoga-Akademie einfuhr, um Ulla abzuholen. Hatte sie mit ihrer Kinderlosigkeit vielleicht doch etwas verpasst?

Sie hatte sich jetzt fast 40 Jahre ausschließlich um sich selbst gekümmert. Könnte sie den Altruismus, den man für ein Kind brauchte, überhaupt noch aufbringen? Schon die beiden Tage mit Emma hatten ihr deutlich klargemacht, wie sehr sie es gewohnt war, dass ausschließlich ihre eigenen Befindlichkeiten und Bequemlichkeiten zählten. Sie hatte sich durchs Leben treiben lassen, ohne für irgendetwas Verantwortung zu übernehmen, hatte diverse Beziehungen, die dann aber doch nicht optimal waren, und die Kinderfrage stets auf später verschoben. Selbstverwirklichung war immer das Wichtigste gewesen, aber was würde jetzt eigentlich noch Überraschendes kommen? Die Hälfte ihres Lebens war ja schon vorbei …

Konnte die ausschließliche Befriedigung der eigenen Bedürfnisse die angeblich so existentielle, universelle Erfahrung, ein Kind zu bekommen und großzuziehen, ersetzen? Würde sie sich mit 50 ärgern, dass sie kinderlos geblieben war? Sie würde nachher mal Ulla dazu befragen, beschloss sie. Die hatte Marcus schließlich alleine großgezogen, und Jana war gespannt darauf zu hören, ob er tatsächlich die

Krönung ihres Lebens gewesen war oder ob sie ihre Entscheidung bereut hatte. Ulla war ehrlich genug, ihr die Wahrheit zu sagen, schätzte Jana.

Als Jana mit Emma an der Hand den Flur zum Seminarraum entlangging, wurde sie von einer offenbar sehr empörten Frau angesprochen, die gerade aus der Toilette kam.

»Gehörst du zur Ulla?«, fragte die Frau und war ganz rot im Gesicht. Ihre Augen funkelten Jana wütend an.

»Ja?«

»Also, ich muss des jäzza amal sagä, sons pladsch isch: Ich finds ächt foschtba, dass jäzza soga die Läschbä a jüngarä dä äldarä vorziehä!« Die aufgebrachte Frau schnaubte.

Jana verstand kein Wort. Herausfordernd, als wäre sie ein Boxer und wartete auf Janas Linke, schaute diese Frau sie an.

»Liebsch du die Ulla?«, fragte die Frau. Ihre Stimme überschlug sich.

»Äh …«, antwortete Jana irritiert.

»Na sieschtǃ«

Jana verstand gar nichts mehr. Emma jammerte und zog an ihrer Hand. Wie kam sie hier bloß wieder raus? Waren die alle irre?

»Die Ulla un die Henriedda waren so an schönes Paar!«

Allmählich fiel bei Jana der Groschen. Die Frau hier dachte offenbar, Ulla und ihre Mutter hätten eine Beziehung. Wie absurd!

»Die sind die Großmütter von Emma – kein Paar«, klärte Jana ihr zorniges Gegenüber auf.

»Jaja«, zwinkerte die ihr zu. »Isch waß B'scheid! Des erzählä sie allen, um sisch ned zu autä!«

Mit dem Zeigefinger zog sie ihr rechtes Augenlid herunter und sah Jana verschwörerisch an.

»Aba wir zwa wissä ja, das des gans un gar ned so is, gell?«

Hilfe, dachte Jana. Raus hier! Sie ließ die Frau stehen und eilte, Emma hinter sich herzerrend, zum Seminarraum.

Henrietta

Da sie am nächsten Tag zurück nach Sylt fahren wollte, hatte Henrietta in der Redaktion noch alles aufgearbeitet, was liegengeblieben war. Es war schon halb zehn, als sie nach Hause kam.

Bernd war noch nicht da. Wie immer warf Henrietta den Autoschlüssel in die kleine Schale auf der Kommode im Flur und streifte ihre Sandaletten ab. Sie genoss die Kühle der alten Fliesen unter ihren nackten Füßen und beschloss, auf der Terrasse einen Feierabendwein zu trinken.

Hochsommer in Hamburg: Die Vögel zwitscherten, Blütenduft lag in der Luft, und die untergehende Sonne färbte den Himmel langsam rosa. Lachende Menschen tummelten sich auf den Straßen und in den Restaurants, und die laue Sommerabendluft streichelte die Haut.

Kurz nachdem sie die Füße hochgelegt und einen ersten Schluck aus dem Glas genommen hatte, ploppte eine SMS von Michael auf ihrem iPhone auf: *»Du hast mich verzaubert. Ich will mehr von dir.«*

Grinsend wischte Henrietta die Nachricht weg. Auch wenn die SMS erschütternd kitschig war: In ihrem Magen fühlte es sich an, als hätte sie Brausepulver verschluckt.

Piep, Piep – noch eine SMS ploppte auf. *»Du hast das erotischste Lächeln, das ich jemals anschauen durfte.«*

Das innerliche Prickeln rutschte noch tiefer.

Henrietta leerte ihr Glas und beschloss, noch eine Dusche zu nehmen.

Mit geschlossenen Augen ließ sie das warme Wasser an sich herunterlaufen und summte dabei vor sich hin. Was war Wasser doch für ein tolles Element: weich, streichelnd – und nicht greifbar.

Nach dem Duschen wischte sie den beschlagenen Spiegel frei und schaute in ihr Gesicht. Ihre einst so vollen Lippen waren mit den Jahren immer schmaler geworden, ungewollte Begleiterscheinung ihres Ellenbogenjobs. Aber zu ihrem Erstaunen hatte sich der strenge Zug um den Mund etwas geglättet. Ihre Augen strahlten wie zwei Scheinwerfer, und das Grinsen, das sich auf ihrem Gesicht einzementiert hatte, ließ sich nicht mehr abstellen. Entzückt entdeckte sie zwei erotische kleine Falten, die sich an den Mundwinkeln bildeten, wenn sie lächelte. Vielleicht hatte Michael die gemeint. Und vielleicht hatte er ja recht: Vielleicht war sie trotz ihres Alters doch noch höllisch sexy …

Von ungewohntem neuen Selbstbewusstsein erfüllt, tänzelte sie ins Schlafzimmer. Zum ersten Mal seit Monaten kroch sie nackt unter die Decken und genoss die kühlen glatten Laken auf und unter ihrer Haut.

Gerade als sie das Licht löschen wollte, klopfte es an ihrer Tür, und Bernd trat ins Zimmer. »Hallo, Schatz«, begrüßte er sie und gab ihr einen Kuss. »Schön, dich endlich wiederzusehen! Wie geht's dir denn?«

»Ganz okay«, raunte sie.

Bernd schaute sie nachdenklich an. »Ist etwas los? Du wirkst irgendwie so verändert? Hast du schon wieder jemanden rausgeschmissen?«

»Nein, nein, alles gut«, beruhigte sie ihn. »Ich bin nur müde.«

Aber auch Bernd besaß den untrüglichen männlichen Urinstinkt, der instinktiv Rivalen wittert: Zum ersten Mal seit ewigen Zeiten machte er ihr ernsthafte, ja geradezu drängende Avancen, mit ihr zu schlafen. Sanft streichelte er ihren Nacken, während er ihre Schläfen küsste. Und der Hinweis in seiner Hose, den sie an ihrer Hüfte spürte, war eindeutig.

Verwirrt wehrte Henrietta ihn ab. Waren denn jetzt alle verrückt geworden? Sie brauchte dringend Ruhe!

Ulla, Jana und Emma

Ulla hatte wieder extrem lecker gekocht, und nachdem sie das Piep-Piep-Ritual absolviert hatten, war sogar Terror-Tag-Emma versöhnlich gestimmt. Schmatzend löffelte sie ihre Portion Kartoffel-Erbsen-Auberginen-Curry in Kokosmilch und sagte ab und an »Mhhhhmmmm … läckkaaah!«.

Satt und zufrieden saßen sie nach dem Essen noch auf der Terrasse zusammen. Emma war auf Janas Schoß eingeschlafen, den Kopf an ihre Schulter geschmiegt, den Daumen im Mund. Jana genoss die Wärme des kleinen Körpers auf ihrem und war gerührt von den ruhigen Atemzügen und dem vollkommen unschuldigen, schutzlosen Gesichtchen mit den geschlossenen Augen.

Um ihr eine entspannte Schlafhaltung zu ermöglichen, trug Jana Emma in Ullas Bett. Dabei wachte Emma kurz auf und klammerte sich an sie. »Danddäh Jana hierbleibäh!« Jana legte sich neben sie, wartete, bis sie eingeschlafen war, und ging dann wieder runter zu Ulla auf die Terrasse, die den Tisch abgeräumt und Tee gemacht hatte.

»Sag mal, Ulla. War Marcus eigentlich geplant?«

»Huch?«, antwortete Ulla überrascht. »Wie kommst du denn jetzt da drauf?«

»Ich wollte nur wissen, ob du damals ganz zielgerichtet ein Kind bekommen wolltest …«

»Warum möchtest du das wissen? Überlegst du etwa auch? Hat Emma dich inspiriert?«

Ulla lächelte, zwinkerte Jana zu und schenkte Tee ein.

»Nein, Marcus war nicht geplant. Ich habe damals diese neue Vaginalschleim-Verhütungsmethode ausprobiert …«

Jana wurde schlecht.

»… und da muss ich wohl irgendeinen Fehler gemacht haben …«

Ulla hielt kurz inne und schloss die Augen. Jana hätte gerne einen Schnaps gehabt.

»… aber als klar war, dass ich schwanger war, habe ich mich sehr gefreut! Man muss die Entscheidungen des Universums annehmen, weißt du?«

Sie nahm einen Schluck Tee.

»Und warum hast du dich dann sofort von seinem Vater getrennt?«

»Na, du willst aber viel wissen! Ich habe schnell gespürt, dass ich mir bei dieser existentiellen Erfahrung auf keinen Fall reinreden lassen wollte. Und ich wollte dieses schutzlose Wesen auch nicht von den bescheuerten patriarchalen Ansichten seines Vaters verbiegen lassen. Henning ist ein totaler Macho. Und außerdem war er sowieso nie mehr für mich als eine kurze Affäre …«

»Hattest du denn gar keine Angst, das alleine nicht zu schaffen?«

»Ich war ja nicht alleine. Die Landkommune, in der ich damals gelebt habe, hat mir sehr geholfen und mich unterstützt. Marcus hatte eher zu viele Mütter und Väter als zu wenige!«

Sie lachte.

»Und es waren jede Menge andere Kinder zum Spielen für ihn da. Ich habe ihn tagsüber kaum gesehen, er war immer draußen, immer mit den anderen Kindern unterwegs.«

»Hast du dir keine Sorgen gemacht, dass ihm etwas passiert? Dauernd so ohne Aufsicht?«

»Nein. So etwas ist doch Schicksal. Da hatte ich totales Urvertrauen!«

»Und vorher? Diese nervigen ersten zwei Jahre? Muss man nicht total uneigennützig sein, sich das anzutun? Sich komplett aufzuopfern und dann zurückzubleiben wie eine ausgelutschte Zitrone, wenn das Kind mit 18 auszieht?«

Ulla lachte.

»Du, da spüre ich aber grade ganz viel negative Vibrationen von dir! Ich fand die ersten Jahre gar nicht anstrengend. Die Kunst ist, beiden gerecht zu werden: dem Kind und dir selbst!«

»Ist dir das gelungen?«

»Teilweise. Schwierig wurde es, als ich aus der Kommune aus- und nach Berlin zog, damit Marcus dort auf die Waldorfschule gehen konnte, weil ich nebenbei arbeiten musste. Ich hatte ja kein abgeschlossenes Studium, keinen Beruf und habe deshalb gejobbt – meist sehr schlecht bezahlt. Ich selbst kam da oft erst ganz zuletzt. Du musst irgendwann aufpassen, deine eigenen Bedürfnisse überhaupt noch zu spüren. Dabei haben mir die verschiedenen Seminare, die ich belegt habe, sehr geholfen ...«

»Aber du warst erst 26, als du Marcus bekommen hast! Da hat man ja noch Kraft und Nerven. Ich fühle mich mit 39 fast schon zu alt.«

»Dafür bist du aber vielleicht gelassener. Hast nicht mehr so viel Angst, etwas zu verpassen ...«

»Ich hätte auch totale Panik, Fehler zu machen«, gab Jana zu. »An der Kinderpsyche unbeabsichtigt irgendwelche Verbrechen zu begehen, die mir dann ein Leben lang vorgeworfen werden.«

»Du kannst es nur so gut machen, wie du eben kannst. Da musst du dir selbst die Absolution erteilen«, sagte Ulla. »Die Wesen inkarnieren sich hier ja mit ihrem eigenen Karma. Du beherbergst sie einfach nur einige Zeit.«

»Kränkt es dich denn gar nicht, dass Marcus all deine Ideale verraten hat und knallharter Jurist geworden ist?«, fragte Jana. »Und sogar geheiratet hat?«

»Nein, ich finde das eher lustig«, lachte Ulla. »So ist das Leben halt.«

»Kleinen Kindern gibt man Wurzeln und großen schenkt man Flügel«, setzte sie nach.

Sinnierend schlürften beide an ihrem Tee.

Jana dachte an ihre Freundinnen mit Kind. Manche würden es immer wieder so machen – manche aber auch nicht. Mutterschaft wurde in ihrem Freundeskreis keineswegs glorifiziert.

Ihre Freundin Miriam zum Beispiel hatte sich im ersten Jahr oft schon morgens mit Rotwein betrunken, um ihre ewig brüllende Tochter nicht aus dem Fenster zu werfen (sie wohnte im fünften Stock). Die zermürbende Wiederholung des ewig gleichen Tagesablaufes aus Schreien, Windeln und Stillen und die Aussichtslosigkeit jeglicher Veränderung dieses Zustands, zumindest in naher Zukunft, hatten sie in kürzester Zeit in den Burnout getrieben. Wenn ihr Mann abends auch noch etwas von ihr wollte, zum Beispiel Sex, fing sie an zu weinen. Sie und ihr Körper konnten und wollten nichts mehr geben. Nach neun Monaten hingen ihre Augenringe tiefer als ihre vom ewigen Stillen gebeutelten Brüste, und die Ehe stand kurz vor der Scheidung.

Eine andere Freundin hatte neulich zugegeben, sich während der Erziehung ihrer beiden Kinder, die sie alleine großgezogen hatte, 20 Jahre lang wie im Gefängnis gefühlt zu haben. Jeden Abend alleine in ihrer Küche – das war für sie wie Einzelhaft gewesen, denn schnell hatten ihre Freundinnen keinen Bock mehr, ihr beim Kindersitten und Trübsalblasen Gesellschaft zu leisten, und amüsierten sich lieber in hippen Clubs und Restaurants. Für eine Beziehung hatte sie weder die Zeit noch die emotionale Kapazität gehabt, und ihre Karriere, die ziemlich vielversprechend begonnen hatte, konnte sie komplett an den Nagel hängen.

Jetzt waren die Kinder aus dem Haus, sie war alleine und ausgelaugt in der leeren Wohnung zurückgeblieben und hatte beruflich total den Anschluss verpasst. Aktuell hatte sie weder die Kraft noch die innere Stärke, ihn wieder aufzunehmen. Ganz schön selbstlos, das Ganze.

Eine andere alleinerziehende Freundin hatte das Kunststück vollbracht, trotz Kind Karriere zu machen. Das war allerdings nur mit Vollzeiteinsatz ihrer Mutter gelungen, und der Preis war, dass ihre Tochter 18 Jahre lang ihr einziger Sozialkontakt war – und ihre einzige Beziehung.

Auch bei Alex hatte Jana mitbekommen, wie hart das erste Jahr war: Emma schlief nie mehr als zwei Stunden am Stück, war dauernd erkältet oder bekam Zähne. Bis zu fünfmal pro Nacht wachte sie auf. Alex ging am Stock, magerte vollkommen ab, weil das Stillen sie buchstäblich aussaugte, bekam Rückenprobleme vom ständigen Babytragen und große Eheprobleme mit Marcus, weil der wegen seines Studiums nie da war und zu wenig mithalf. Alex mutierte zum zeternden vollgekotzten Muttertier, dem sämtlicher Sexappeal verlorenging. Und Marcus hatte sich daraufhin offensichtlich woanders Liebe gesucht. Na wunderbar! Und das sollte toll sein? 15 Jahre lang abends nicht mehr weggehen? In ständiger Sorge sein, und am Ende allein und ausgelaugt zurückbleiben?

Wozu das alles?, fragte sich Jana. Für das bisschen Kinderlächeln? Für die paar Male »Ich hab dich lieb, Mami«? Der Preis schien ihr viel zu hoch.

Was war der universelle Auftrag der modernen Frau? Selbstverwirklichung? Selbstfindung? Waren Kinder »Wellness-Schädlinge, die Mutti im Ichsein störten«, wie Jana neulich irgendwo gelesen hatte – oder waren sie der Sinn des Lebens, weil erst die selbstlose Verantwortung für ein anderes Wesen wahre Demut schenkt, Herzenswärme und Güte lehrt?

Als Mutter nimmt man sich selbst nicht mehr so wichtig – aber war das richtig? Wunder oder Wahnsinn – Jana würde es erst wissen, wenn sie es ausprobiert hätte. Manche Sachen konnte man nicht im Kopf aufschlüsseln. Schokolade konnte man nicht beschreiben – man musste sie essen.

»Na, du warst aber gerade weit weg«, holte Ulla sie aus ihren Gedanken. »Überlegst du denn tatsächlich, noch ein Kind zu kriegen?«

»Ich weiß nicht«, sagte Jana. »Überlegen schon, aber ich kriege irgendwie keinen eindeutigen Impuls.«

»Warte bloß nicht auf den richtigen Zeitpunkt«, riet Ulla. »Der kommt nie! Du musst es einfach machen, und ich schwöre dir, du wirst es nicht bereuen!«

Bereuen – das war genau der Punkt, bei dem Jana sich nicht so sicher war. Würde sie irgendwann bereuen, keine Kinder bekommen zu haben? Oder wäre es umgekehrt: Würde sie bereuen, Mutter geworden zu sein?

Volle Windeln und durchbrüllte Nächte würde es selbstverständlich auch in ihrem Leben geben, hatte Jana immer gedacht. Irgendwann. Später. Aber später war jetzt! Sie war 39, und ihre biologische Uhr tickte mittlerweile lauter als die gruselige Standuhr ihrer Uroma.

Natürlich könnte sie ihr Fortpflanzungsverfallsdatum hinausschieben und ihr Erbgut sichern, indem sie ein paar Eizellen einfrieren ließ, die dann irgendwann von einer luxuriös bezahlten Leihmutter im Ausland ausgetragen wurden. Aber ihrem Kind später erklären zu müssen, dass sein Dasein auf diesem Planeten bei minus 220 Grad in einer Tiefkühltruhe begonnen hatte, kam für Jana irgendwie auch nicht in Frage.

Und wenn ein Kind – dann mit wem? Mit Ben, der sie gerade mehrfach betrogen hatte? Oder mit Paul, weil der offenbar ein guter Vater war – und dazu noch reich? Mit einem Flirt aus der Kneipe? Oder von der dänischen Samenbank? Jana war ja der Meinung, dass das Sperma von Alphamännchen wie George Clooney, Brad Pitt oder Til Schweiger allen empfängniswilligen Frauen frei zugänglich sein müsste. Weil die Welt dann zwar nicht besser werden würde – aber zumindest hübscher.

»Ein Kind ist die größte Belastungsprobe für eine Beziehung«, hörte sie immer wieder. Das schien zu stimmen, denn fast alle ihre Freundinnen erzogen ihre Kinder allein. Doch wenn sogar vollkommen euphorische, glücklich verliebte Paare an der Hürde Kind scheiterten, wie sollte dann eine Beziehung die Belastung aushalten, die sowieso schon schwere Schlagseite hatte? Und bedeutete kein Ben automatisch kein Kind?

Sie könnte es natürlich auch alleine machen – wie Ulla und Paul. Es würde schon irgendwie gehen. Wo ein Wille ist, ist auch ein Kind. Aber das war ja genau das Problem: der Wille! Wollte sie überhaupt ein Kind? Wenn Mutter Natur bloß nicht so hetzen würde.

Ideal wäre es eigentlich, überlegte sie, gleich Großmutter zu werden und die Kinderphase komplett zu überspringen.

Was denn nun? Wollte sie »ich« bleiben oder »wir« werden?

»Ich glaube, ich habe einfach Angst«, gab Jana zu.

»Angst ist das Fehlen von Liebe«, sagte Ulla. »Wenn du liebst, verschwindet die Angst von selbst. Du musst also einfach nur mehr lieben, mehr Liebe und Wärme in dir entfachen!«

Hä? Spinnt die jetzt total? Jana verstand kein Wort. Mehr lieben?? Wen denn?? Ben? Ihr ungeborenes Kind? Das Leben? Sich selbst? Oder gar Ulla?

»Ach, Ulla ...«, seufzte Jana. »Wenn das alles so einfach wäre.«

»Es IST so einfach, Schatz«, lächelte Ulla. »Du musst es einfach nur tun.«

Ulla stand auf und nahm ihren Teebecher in die Hand. Offenbar wollte sie schlafen gehen.

»Gelassenheit, Großzügigkeit und Herzensgüte – in jeder Hinsicht. Das sind Werte, nach denen es sich zu streben lohnt, finde ich!«

Allmählich wurde Jana wütend über Ullas Esogesäusel. Sie klang ja wie ein Billigguru für Pauschaltouristen. Das war schließlich kein Tischerückenspiel für gelangweilte Hausfrauen. Jana musste entscheiden, ob sie den Rest ihres Lebens Mutter von jemand sein wollte, verflixt noch mal! Und woher sollte sie das bitte schön wissen? Sie war ja noch nie Mutter gewesen! Wie sollte jemand wissen, ob er für den Rest seines Lebens Himbeereis essen möchte, der noch nie Himbeereis probiert hatte?

Ziemlich unzufrieden über ihre Unentschlossenheit ging Jana in die Küche, um sich noch einen Becher Tee aufzugießen.

»Sei realistisch: Erwarte ein Wunder!«, stand auf dem Teebeutelfähnchen.

Henrietta

Am nächsten Morgen schien die Sonne von einem wolkenlos blauen Himmel – eine Seltenheit in Hamburg. War das Leben nicht wundervoll?

Blendend gelaunt absolvierte Henrietta ihre Morgenrituale und brauste anschließend, laut zum Radio mitsingend, auf der A7 Richtung Sylt.

Gerade als sie auf den Shuttle fuhr, klingelte ihr Handy: Michael! In ihrem Magen zuckte es. Das war zu schnell, zu nah. Sie wollte lieber noch in ihren ungefährlichen Rosamunde-Pilcher-Träumen schwelgen, die (noch) harmlose Verehrung genießen.

Einen kurzen Moment lang überlegte sie deshalb, nicht ranzugehen, doch dann siegte ihre Neugier, und sie nahm ab.

»Guten Morgen, wunderschöne Frau«, hörte sie Michaels tiefe Bassstimme, und sie musste lächeln. »Ich möchte nicht den Eindruck erwecken, dich zu stalken, aber ich bin heute Abend zu einer Gartenparty bei Freunden geladen. Das Anwesen liegt in Blankenese direkt an der Elbe und ist einfach ein Traum!«

Henrietta schluckte.

»Sie haben einen Koch aus dem Le Canard engagiert«, fuhr Michael fort, »das Menü wird also exzellent sein …«

Er machte eine Pause, in der Henrietta einen Begeisterungsschrei hätte ausstoßen können – was sie aber nicht tat.

»Würdest du mir die unendliche Freude machen, mich zu begleiten?«, schloss Michael.

Obwohl das Le Canard zu Henriettas Lieblingsrestaurants zählte und die Aussicht auf einen Sommerabend im Grünen verlockend war, beschloss sie, sein Angebot abzulehnen. Sie war auf dem Weg zu Emma, Ulla und Jana, und Michaels Tempo war ihr zu hoch.

»Tut mir wirklich leid«, antwortete sie deshalb, »aber ich bin schon verabredet.«

»Oh.« Michael klang ehrlich enttäuscht.

»Würdest du dann wenigstens einen Feierabenddrink mit mir einnehmen?«, fragte er. »Ich würde dich gerne sehen!«

Henrietta war geschmeichelt von Michaels Leidenschaft, aber gleichzeitig erschrocken über die Intensität seines Gefühls. Der Mann wollte offenbar keinen Job, sondern tatsächlich sie! Damit konnte sie nicht umgehen. Das Spiel wurde ernst – und genau deshalb würde sie es nun beenden müssen.

»Daraus wird leider nichts, mein Lieber«, sagte sie. »Ich bin auf dem Weg nach Sylt.«

»Nach Sylt?« Michael klang erstaunt und beleidigt zugleich.

»Ja. Ich mache dort Urlaub mit meiner Tochter und meiner Enkelin.«

Wumm! Das sollte gesessen haben, dachte Henrietta.

»Michael«, setzte Henrietta nach. »Ich möchte nicht, dass es zwischen uns Missverständnisse gibt.«

Am anderen Ende der Leitung blieb es still.

»Ich bin eine verheiratete Frau und möchte das auch bleiben.«

Immer noch Stille.

»Ich möchte nicht, dass du dich in irgendetwas verrennst …«

Michael räusperte sich. War sie zu hart? Unterstellte sie ihm Gefühle, die er vielleicht doch nicht hatte? Egal, sie musste klarstellen, was sie klarstellen wollte.

Sie fühlte sich gut. Sie hatte eine Grenze gesetzt und die Situation unter Kontrolle gebracht. Sylt war ihr Feuerlöscher …

»Okay.« Michael klang zerknirscht. Es schien, als wollte er etwas sagen. Doch Henrietta hatte keine Lust auf lange Debatten.

»Bis bald«, sagte sie deshalb bewusst barsch und legte auf.

Wie sagte eine Psychologin doch neulich in einem Artikel über den neuen Beziehungstrend ältere Frau/jüngerer Mann: »Es gibt für eine reife Frau kein schöneres Kompliment, als von einem jungen Mann begehrt zu werden.« Diese Aussage konnte Henrietta aus vollem Herzen unterschreiben. Michaels Aufmerksamkeit und Verehrung hatten ihr außerordentlich gutgetan. Auch den Verjüngungseffekt, von dem in dem Bericht die Rede war, hatte sie bei sich bemerkt.

Die Kunst war eben, die Sahne abzuschöpfen und sich nicht die Finger zu verbrennen. Henrietta hatte Michaels Komplimente und Gefühle genossen – aber nun hatte sie einen Schlussstrich gezogen.

Dementsprechend strahlend fuhr sie auf den Shuttle und öffnete weit das Sonnenverdeck.

Wie immer genoss sie es, auf dem Zug durch Felder und Wiesen zu fliegen und sich dabei auf Sylt zu freuen. Die Landschaft war gemalt in den Farben des Sommers, Windräder, aufgerollte Heuballen und grasende Schafe zogen vorbei. Die Bebauung wurde immer sparsamer, noch ein paar versprenkelte, einsam stehende Höfe aus rotem Backstein, und dann kam sie, die langgezogene Kurve auf dem Deich, die aufs Wattenmeer führte – oder vielmehr auf dem Hindenburgdamm durch es hindurch. Das Festland blieb zurück, und die Insel lag vor ihr. Wie immer hielt der Zug kurz in Keitum, und Henrietta surrte das Fenster hinunter und sog die geliebte Sylter Luft ein.

Henrietta, Ulla, Jana und Emma

Ein blondgelockter Tornado wirbelte ihr im Hausflur entgegen. Henrietta ging das Herz auf, ihre strahlende Enkelin wieder in die Arme schließen zu können. Atemlos berichtete die ihr, was ihr ein Baum Namens Milo gerade erzählt hatte.

»Woher weißt du denn, dass der Baum Milo heißt, Emmalein?«, fragte Henrietta und küsste sie zur Begrüßung.

»Saagt«, antwortete Emma.

»Der Baum hat dir gesagt, dass er Milo heißt?«

»Mmmja!«, sagte Emma in ihrem »genervter Personalchef«-Tonfall und lief rückwärts den Flur entlang Richtung Terrasse, wobei sie immer wieder rechts und links gegen die Wand prallte.

Ulla hatte in Rekordzeit ein Irrenhaus aus ihrer Familie gemacht. Henrietta musste innerlich darüber schmunzeln. Sollte sie doch! War eigentlich ziemlich lustig. Das idyllische »Heile Welt«-Kampen war Bullerbü, und Ulla hatte es in »Ullabü« verwandelt.

»Hallo, Mama! Schön, dass du da bist.« Jana kam aus dem Garten und begrüßte sie. Gut sah sie aus. Leicht gebräunt und nicht so angespannt wie sonst immer.

»Hallo, mein Schatz! Schön, dich zu sehen. Ist Ulla in der Yogaschule?«

»Ja. Bis um zwei. Wir wollen uns am Strand treffen. Ulla kommt direkt dort hin.«

»Prima«, sagte Henrietta. »Dann lass mich kurz auspacken, und danach geht's los!«

»Badäääh!«, rief Emma begeistert.

Als sie eine Stunde später im Strandkorb saß, bemerkte Henrietta verwundert, wie froh sie war, wieder auf Sylt zu sein. Irgendwie schien hier alles von ihr abzufallen. Sie entschleunigte und entspannte – ihr Wertesystem verschob sich. Sie freute sich sogar, Ulla zu sehen, als die um halb drei zu ihnen stieß.

Vital sah sie aus! Jung und gesund. Ihre Freiluftseminare am Strand hatten eine tiefdunkle, äußerst elegante Bräune auf ihre Haut gezaubert, die samtig schimmerte, wie Henrietta neidisch bemerkte.

Ulla war seltsam gut gelaunt und scherzte fast mädchenhaft mit dem wild zerzausten, graulockigen Strandkorbwart, der täglich ihre Tickets kontrollierte.

»Baguette, Suzette, Lunette«, sang Ulla, während sie dem tiefgebräunten Seebär die Belege überreichte, und zwinkerte ihm zu.

»Oh, tu parles français?«, fragte der schmunzelnd.

»Oui, un peu!«

»Formidable«, freute er sich. »Je m'appelle Pierre! Comment ça va?« Er reichte ihr die Hand. *(Toll! Ich heiße Pierre. Wie geht's?)*

»Bien«, antwortete Ulla, ergriff seine Hand und schüttelte sie. »Je m'appelle Ulla!«

»Ulla? Uh lalala …!!«

Er lachte und zwinkerte ihr verschmitzt zu.

»Merci«, sagte er und gab ihr die Tickets zurück.

»De rien«, rief Ulla fröhlich und verstaute die Belege in ihrem Rucksack. *(Schon gut.)*

»À bientôt!« Pierre verabschiedete sich winkend. *(Bis bald!)*

»À demain«, rief ihm Ulla hinterher. *(Bis morgen.)*

Pierre drehte sich im Weggehen noch mal um und lachte. »On verra!« *(Wir werden sehen!)*

Henrietta war fassungslos, dass Ulla so charmant und flirtiv sein konnte. So kannte sie sie gar nicht. Der Franzose war ja vollkommen verzaubert. Außerdem hatte sie nicht gewusst, dass Ulla Französisch sprach. Henrietta selbst hatte sich damals in der Schule für Latein entscheiden müssen, da ihre Eltern eine Laufbahn als Arzthelferin für sie vorgesehen hatten.

»Woher kannst du denn so gut Französisch?«, fragte sie die immer noch grinsende Ulla.

»Ich habe mal drei Jahre in einer Kommune in der Provence gelebt«, erklärte die. »Alles Aussteiger, die sich dort autark versorgen wollten.«

»Und?«

»Ich bin aus dem Aussteigen wieder ausgestiegen.«

In die Vergangenheit blickend, strich Ulla über den Sand. »Hatte verschiedene Gründe …«

»Komm«, sprang sie plötzlich auf. »Wir gehen schwimmen!«

Entschlossen zog sie Henrietta aus dem Strandkorb. »Das Meer ist heute so schön ruhig! Genau das Richtige für Schisser wie dich!«

Verdattert über Ullas energische Entschlossenheit, ließ Henrietta sich von ihr hochziehen.

»Wie bitte?«

Ulla lachte und gab ihr einen Klaps auf den Hintern.

»Komm schon! Los!«

Tatsächlich lag die Nordsee so brandungsfrei, klar und

grün vor ihnen, als wäre sie ein See – und nicht eines der gefährlichsten Meere dieser Welt.

»Los, Mama! Mach schon!«, feuerte Jana sie an, und auch Emma klatschte dazu begeistert in die Hände. »Oma Edda badää!«

Zögernd ließ Henrietta sich zur Wasserkante ziehen. Warum konnte sie nicht zugeben, dass sie Angst vorm Schwimmen hatte? Warum musste sie immer gewinnen? Immer besser sein als die anderen? War das nicht der komplett falsche Lebensansatz? »Ich habe ein bisschen Angst« – was war an diesem Satz so schwer? Und was würde passieren, wenn sie ihn aussprach? In Henrietta keimte der Verdacht, dass sie dadurch höchstens menschlicher wäre. Und dass die anderen ihr vermutlich helfen würden …

»Aber nackt!«, befahl Ulla.

»Spinnst du?«

»Nein!«

»Das mach ich nicht!«

»Doch!« Ulla lachte.

Warum eigentlich nicht, dachte Henrietta plötzlich. Sie wollte doch ab sofort jeden Tag etwas Neues ausprobieren. Verschämt zog sie ihren Badeanzug aus. Ulla nickte ihr zu und gab sich sichtlich Mühe, Henriettas nackten Körper nicht zu inspizieren bzw. dessen Formen nicht mit den ihren zu vergleichen. Henrietta honorierte Ullas Zurückhaltung. So viel Feingefühl hatte sie ihr gar nicht zugetraut.

»Oma Edda nackiii!!«, schrie Emma freudig aus dem Strandkorb und kam O-beinig zu ihnen gelaufen.

Abrupt drehte Ulla sich um und rannte, laut juchzend, ins Wasser. Henrietta tat es ihr gleich, wenn auch etwas zögerlicher. Jana und Emma kamen nun auch an den Meeressaum, wo Emma im Wasser planschte.

Henrietta tat ein paar vorsichtige Züge und achtete darauf, stets noch Boden unter den Füßen zu haben. Das Bad im Meer war fantastisch! Das kühle, weiche Wasser direkt auf der Haut zu spüren, nackt zu schwimmen, schenkte Henrietta ein vollkommen ungewohntes Gefühl von Freiheit. Sie fühlte sich jung, stark, glücklich – und ließ sich, genau wie Ulla, nass in den warmen Sand fallen, als sie aus dem Wasser kam.

Wie herrlich!, gab sie zu. Wie recht Ulla gehabt hatte. Warum hatte sie das nicht schon viel früher gemacht? Warum war sie so verdammt gefangen in ihren eigenen Mustern und Gesetzen?

Atemlos lag sie mit geschlossenen Augen im Sand, spürte die Wärme der Sonne und des Sands auf der Haut und fühlte sich zum ersten Mal seit langer Zeit wieder lebendig. Endlich!

Sie beschloss, von nun an alles anders zu machen und einfach alles auszuprobieren, was sich ihr bot. Das Leben war so kurz – worauf sollte sie noch warten? Wenn sie von einem 90 cm langen Maßband 59 Zentimeter abschnitt, hatte sie noch 31 Zentimeter in der Hand – den Rest ihres Lebens. Ein ziemlich kurzes Bändchen. Jetzt oder nie!

Vielleicht war 50 plus ja tatsächlich die beste Zeit des Lebens, wie viele behaupteten: Keine Verantwortung mehr für Kinder, profiliert im Job, schon ein bisschen weise, immer noch fit, immer noch attraktiv, aber mit genug Lebenserfahrung. Etwas ruhiger, aber immer noch hungrig. Souverän wie ein erfahrener Pokerspieler wusste sie mittlerweile um die Untiefen und Klippen des Lebens. Es war wie mit gutem Wein oder Käse: Je älter, desto besser wurde er. Sie war nicht mehr so gehetzt, getrieben, gestresst und verbissen, sondern viel gelassener und großzügiger mit sich und anderen als früher. »Me-Time« nannte man die Zeit, die man sich in diesem Alter für sich selbst nahm, neuerdings – und etliche Medien hatten die 50-plus-Generation bereits als lukrative Zielgruppe erspäht. Sollten sie doch. War doch toll, wenn genau ihr Alter plötzlich hip wurde.

Henrietta beschloss hier und jetzt, von nun an das Beste aus ihrem Leben herauszuholen und nur noch das zu machen, was sie wirklich wollte. Alles – außer einer Affäre mit Michael. Das ging dann doch zu weit!

Als sie zur Freiluftdusche am Dünenrand ging, um sich das Salzwasser von der Haut zu spülen, wurde sie von einem einzelnen Herrn angeflirtet, der sich seinen Strandkorb so gedreht hatte, dass er die Dusche voll im Blick hatte. Leider hatte er offenbar vergessen, dass er sich das Gesicht kurz zuvor mit zinkhaltiger Sonnenschutzcreme imprägniert hatte, so dass Henrietta aus einer kalkweißen Gespenstervisage gelbe Zähne anbleckten. Schnell drehte sie sich um.

Bestens gelaunt machte sich das Quartett nach dem Duschen auf zum Grande Plage, um einen Kaffee zu trinken und ein Eis für Emma zu erstehen.

Kurz vor dem Restaurant winkte Jana plötzlich einem blonden Mann zu.

»Wer ist das denn?«, fragte Henrietta verblüfft. Hatte Jana hier in kürzester Zeit mit einem neuen Lover angebändelt? War sie nicht in Berlin liiert? Wie hieß ihr Freund noch mal?

»Das sind Paul und Max«, sagte Jana und brachte damit keineswegs mehr Licht ins Dunkel.

»Kenne ich nicht!«

»Paul ist alleinerziehender Vater!«

»Oh …«

»Und Emma liebt Max.«

Henrietta und Ulla lächelten verzückt ihrer Enkelin hinterher, die nun zu dem kleinen Max stapfte, der begeistert »Emma, Emma« rief.

»Wir können Emma ruhig ein paar Minuten bei Paul lassen«, erklärte Jana.

»Und woher kennst du die beiden?«

»Die habe ich hier am Strand kennengelernt, weil Emma sich in Max verliebt hat«, grinste Jana. »Kommt, wir bestellen uns jetzt da oben einen Kaffee!«

Sprach's und stapfte zur Holztreppe des Grande Plage. Auf der Terrasse hatten sie Emma gut im Blick und bestellten Tee und Kaffee.

»Ich will euch mal eine Frage stellen«, sagte Ulla, während sie in ihrem Pfefferminztee rührte.

»Was liebt ihr?«

Jana und Henrietta sahen sie mit großen Augen an.

»Du fängst an, Jana!«

Jana dachte nach.

»Das Meer, die Natur, meine Familie, meine Freunde …«

»Und du, Henrietta?«

»Meinen Job, meine Kinder, Bernd, Emma, gutes Essen …«

»Interessante Reihenfolge«, schmunzelte Ulla. »Noch interessanter ist allerdings, dass ihr beide jemanden vergessen habt!«

»Wen denn?«, fragte Jana.

»Euch selbst!«

Am Tisch herrschte Verblüffung.

»Was willst du uns damit nun schon wieder sagen, Ulla?«, fragte Henrietta.

»Dass man erst mal mit sich selbst klarkommen muss, bevor man mit jemand anders klarkommen kann.«

»Und?«, fragte Jana. »Kannst du das?«
»Ich versuche es«, antwortete Ulla.
»Wärst du gerne mit dir selbst zusammen?«, fragte Jana.
»Ich weiß nicht«, sagte Ulla. »Du?«
»Wohl eher nicht …«, überlegte Jana.
»Warum nicht? Liebst du dich nicht?«
Darauf fiel Jana nichts ein.
»Also, ich fühle mich in meiner Haut auf jeden Fall viel wohler als mit 30 oder 40«, sprang Henrietta ihr zur Seite. »Ich habe gelernt, mich zu akzeptieren – und, ja, vielleicht auch zu lieben.«
»Ich möchte auch nicht noch mal 20 sein«, gab Jana zu.
»Findet ihr nicht auch, dass 50 – oder sogar, wie in meinem Fall, fast 60 – das neue 30 sind? Oder, um es in der Frauenzeitschriftensprache auszudrücken: das neue Black?«
»Kann sein«, sagte Jana. »Früher war 60 jedenfalls uralt. Heute heißt das ›Sexy Silver‹, und Frauen wie Susan Sarandon drehen noch mal so richtig auf und nehmen sich junge Lover …«
Henrietta musste schlucken.
»Aber 40 war doch schon das neue 30«, warf Ulla ein.
»Nein, 40 ist das neue 20«, korrigierte Henrietta.
»Und was ist dann 20?«, fragte Jana. »Das neue Sperma?«
Die Runde prustete vor Lachen.
»Vermutlich«, sagte Henrietta. »Fragt man sich nur nach dem Dresscode …«

Zu dritt lief die Zubereitung des Abendessens wie am Schnürchen: Ulla kochte, Jana deckte den Tisch, Henrietta spielte mit Emma. Sie zog gerade zum fünften Mal Emmas blonde Puppe aus und wieder an, als ihr iPhone klingelte: Alexandra. Ihre Stimme klang seltsam fest, als sie erzählte, dass sie sich von Marcus getrennt habe und der vorerst in Amerika bleiben wolle.

»Ja, aber was wird denn dann mit Emma? Und eurer Ehe?«

»Das werden wir sehen, Mama ...«

»Wann kommst du zurück?«

»Ich habe hier gestern einen unheimlich tollen Yogalehrer kennengelernt«, druckste Alexandra herum, »der mich beruflich enorm weiterbringen kann. Er gibt diese Woche ein sehr exklusives Seminar, deshalb würde ich gerne noch ein paar Tage bleiben. Meinst du, das geht?«

»Ja, klar«, sagte Henrietta und wunderte sich im Geiste etwas über ihre reflexartig schnelle Zusage.

Als sie Jana und Ulla beim Essen von Alexandras Plänen berichtete, schüttelte Ulla entrüstet den Kopf.

»Was ist bloß mit Marcus los? So kenne ich ihn gar nicht!«, wunderte sich Ulla.

»Wenn du einsam sein willst: Heirate!«, rief Jana.

»Meine Rede«, sagte Ulla.

»Hast du denn gar nicht versucht, ihn zu erreichen?«, fragte Henrietta.

»Doch natürlich. Ständig! Aber er geht nicht ran.«

»So ein Biest«, sagte Jana und zwinkerte Ulla zu.

»Wie sagt man doch: Mädchen bringen nach Hause, Jungs tragen weg«, seufzte Henrietta und schenkte sich ein Glas Rotwein ein. »Da hilft vermutlich nur loslassen.«

»Ich bringe Emma ins Bett«, sagte Henrietta etwas später, nachdem Emma wie ein Eichhörnchen zusammengerollt auf ihrem Schoß eingeschlafen war. »Ihr habt sie ja schon den ganzen Tag versorgt.« Ulla und Jana widmeten sich in der Küche dem Abwasch, deshalb hörte Ulla zu Henriettas großer Erleichterung nicht, dass Emma dreimal »Omaulla mit!« rief.

Es dauerte drei Bilderbücher und vier Lieder lang, bis Emma endlich schlief – und auch Henrietta fielen daraufhin erschöpft die Augen zu.

Ulla unternahm einen Meditationsspaziergang ans Watt, auf dem sie erspüren wollte, was in ihrem Sohn vorging – und Jana sinnierte auf der Terrasse über Kinder und die Unzuverlässigkeit von Beziehungen.

Gerade als sie ins Bett gehen wollte, ploppte auf ihrem Handy eine SMS auf:

»Ich glaube, ich habe einen furchtbaren Fehler gemacht, Schatz! Erst, seit du weg bist, weiß ich, wie sehr ich dich liebe. Du fehlst mir ganz schrecklich! Bitte gib mir, gib uns noch eine Chance!«

Ben. Immer wieder Ben. Er dachte in diesem Moment offenbar genauso an sie wie sie an ihn. Aber konnte aufgewärmte Liebe funktionieren? Waren die Chancen vielleicht sogar größer, weil man sich in- und auswendig kannte? Aber wie kam man über Verletzungen hinweg?, fragte Jana sich. Wie schaffte man wieder Vertrauen und Arglosigkeit? Der Trick war vermutlich, alles nicht so ernst zu nehmen. Auch die Liebe nicht.

Ernst wurde es dagegen in Henriettas Bett: Emma donnerte ihr ständig ihre Ellenbogen oder Füße ins Gesicht und wühlte sich wie ein Drehkreisel durch Kissen und Laken. Es war nicht zum Aushalten. Entnervt nahm Henrietta ihre schlafende Enkelin auf den Arm und klopfte an Ullas Zimmertür.

Keine Antwort.

Nach dreimaligem Klopfen öffnete Henrietta und fand das Zimmer zu ihrer großen Erleichterung leer vor. Vorsichtig legte sie Emma in Ullas Bett.

Ulla hatte ja bereits jede Menge Erfahrung mit ihr, sollte die doch jetzt übernehmen. Für Schlaflosigkeit war Henrietta eindeutig nicht altruistisch genug.

Über Nacht war Wind aufgekommen, der sich im Laufe des Vormittags zu einem soliden Sturm entwickelte. Jana und Ulla, die heute Seminarpause hatte, beschlossen, dass dies genau das richtige Wetter war, um in die Strandsauna zu gehen und sich danach in die tosende Brandung zu werfen. Henrietta willigte ein, derweil auf Emma aufzupassen – auf der sicheren Terrasse des Grande Plage, wo auch die Sauna untergebracht war.

Der Sturm brüllte, der Sand peitschte über den Strand, die Wellen bäumten sich wild auf und fielen schäumend übereinander her, die Gischt flog in flockigen Miniwolken durch die Luft, und Henrietta war heilfroh, im sicheren Innenraum des Grande Plage hinter Glas zu sitzen, Emma Bücher vorzulesen und heißen Kakao zu trinken.

Sie blätterten sich gerade zum dritten Mal durch die Abenteuer von Tranquilla Trampeltreu, der von Michael Ende erfundenen Schildkröte, als sie Ulla und Jana nackt über den Strand Richtung Meer rennen sahen.

Ohne zu stoppen, sprintete Ulla in die wilde Brandung und pflügte sich mit rudernden Armen durch die Wellen, die brodelnd über ihr zusammenschlugen. Immer wieder tauchte sie lachend aus den weißen Schaumkronen auf und arbeitete sich durch die fliegende Gischt weiter vor. Henrietta war tief beeindruckt von ihrer Furchtlosigkeit. Jana stand noch am Rand, zauderte und schlang fröstelnd ihre Arme um sich.

Schnell hatte Ulla den Wellenbereich hinter sich und schwamm weiter hinaus, wo das Meer etwas ruhiger wurde. Henrietta konzentrierte sich auf ihre Tochter. Konnte die Memme jetzt nicht endlich auch mal ins Wasser gehen? Was sollte Ulla denn denken? Dass ihre Familie ausschließlich aus Weicheiern bestand? Am liebsten wäre Henrietta aufgesprungen und hätte Jana wie ein empörter Fußballtrainer brüllend zu mehr Leistung angetrieben.

Jana planschte sich bis zur Hüfttiefe vor, schien aber Respekt vor den – zugegeben – beängstigend hohen Wellen zu haben. Aber wo war denn jetzt eigentlich Ulla? Henrietta sah sie nicht mehr. Oder doch? Ah ja, da tauchte ihr Kopf auf. Aber er verschwand gleich wieder. Was war da los?

Nun winkte Ulla hektisch und ging dabei immer weder unter. Erschrocken sprang Henrietta auf und rannte zum Tresen. »Hilfe! Meine Freundin ertrinkt! Sie müssen etwas tun! Da!«, rief sie und deutete aufs Meer.

In diesem Moment sah sie Pierre, den wild zerzausten Strandkorbwart, zum Wasser rennen. Im Laufen zog er sich das T-Shirt über den Kopf und schleuderte es weg, genau wie die Flipflops von seinen Füßen. Im Sprint köpfte er in die Wellen und kraulte Sekunden später in Richtung Ulla.

Auch ein Bademeister hatte die Situation nun erspäht und rannte mit Rettungsring und Sicherungsleine Richtung Meer.

Doch Pierre schien Ulla bereits erwischt zu haben. Mit

den Wellen kämpfend, sah Henrietta ihn rückwärts zurückschwimmen, vor sich Ulla, die er professionell im Kinngriff zog.

Als wäre die ganze Situation eine Kitschfilmkulisse und nicht erschreckende Realität, trug Pierre die nackte Ulla auf seinen Armen durch die Gischt und legte sie in den Sand. Henrietta sah, dass der Bademeister sich über sie beugte und auch Jana nun neben ihr kniete. Um Himmels willen, was war da los?

Eine Frau rannte zu dem kleinen Grüppchen und brachte Bademäntel und Decken.

Zu Henriettas großer Erleichterung löste sich die Versammlung nach kurzer Zeit wieder auf, Ulla erhob sich, gestützt von Pierre und Jana, und ließ sich von ihnen Richtung Grande Plage schleppen.

Henrietta bestellte heißen Tee, und unter dem Beifall des ganzen Restaurants kamen die drei, mittlerweile in Bademäntel und Decken gehüllt, durch die Tür.

»Ulla, was ist denn bloß passiert?«, fragte Henrietta, während sich alle setzten.

»Tja, ich hab mich wohl ein bisschen verschätzt«, murmelte Ulla, noch sichtlich unter Schock.

Pierre nahm Ullas Hände, die ganz blau waren, und rubbelte sie, um sie zu wärmen. »Wahrscheinlich hat dich ein Trecker erwischt!«

»Ein Trecker?« Verständnislos guckte Ulla ihn an. »Im Meer?«

Pierre lachte. »Als Trecker bezeichnet man die gefährlichen Sylter Unterströmungen, die einen aufs Meer hinausziehen.«

»Aha …«

»Wenn du noch mal in so etwas reingerätst, solltest du

versuchen, parallel zum Strand zu schwimmen oder dich auf dem Rücken treiben zu lassen, bis der Sog nachlässt. Wenn man dagegen anschwimmt, erschöpft man sich und gerät dann in Panik …«

»Ist gut«, flüsterte Ulla sichtlich erschöpft und sah nicht so aus, als wäre sie in naher Zukunft besonders scharf auf eine weitere Trecker-Kollision.

»Die Strömung ist heute viel zu stark«, sagte Pierre sehr ernst. »Habt ihr denn die rote Fahne dort hinten nicht gesehen?«

»Welche rote Fahne?«, fragte Jana.

»Na die, die an dem Mast der Badeaufsicht hängt! Rot bedeutet absolutes Badeverbot, weil dann Lebensgefahr besteht.«

»Oh«, sagte Jana.

Pierre pustete seinen warmen Atem auf Ullas Hände.

Ulla wirkte verwirrt und verlegen. Das eine wegen des anderen?, fragte sich Henrietta. Die Verwirrung wegen der Verlegenheit? Oder war das alles immer noch der Schock?

»Am besten geht ihr noch mal kurz in die Sauna, um euch aufzuwärmen«, empfahl Pierre. »Das entspannt und beruhigt. Und danach ab ins Bett!«

»Danke, dass du mich gerettet hast«, murmelte Ulla. »Das war sehr nett!«

»Gerne«, sagte Pierre, lächelte sie an, strich sanft über ihre nassen Haare und stand auf. »Und jetzt ab ins Warme!«

In ihren Bademänteln schlurften Ulla und Jana artig Richtung Sauna. Pierre ging an den Tresen und holte sich einen Pastis. »Den brauche ich jetzt«, lachte er.

»Danke für alles«, sagte Henrietta noch mal, als er zurück an den Tisch kam. »Wenn Sie nicht gewesen wären …«

»Dann hätte Björn sie gerettet«, brach Pierre Henriettas düstere Gedanken ab. »Der war ja auch schon auf dem Weg.«

Henrietta merkte erstaunt, dass sie zitterte. Es hätte ihr schon zugesetzt, wenn Ulla etwas passiert wäre, musste sie sich eingestehen. Seltsam …

Henrietta, Ulla und Jana standen immer noch unter Schock, als sie eine halbe Stunde später zurück in ihr Haus im Börderstich fuhren, wo Ulla sich sofort ins Bett legte. Der Tag heute würde sehr ruhig werden, beschlossen Jana und Henrietta. Jana übernahm Emma, während Henrietta sich auf den Weg machte, um den Einkauf fürs Abendessen zu erledigen.

Henrietta

Die dunklen Locken kamen ihr seltsam bekannt vor.

Henrietta blieb vor Verblüffung der Mund offen stehen, als bei Feinkost Meyer plötzlich Michael vor ihr stand.

»Was machst DUUU denn hier?«, stotterte sie verwirrt.

»Dich suchen«, lächelte er.

Henrietta guckte, als wäre sie gerade gegen eine Tür gerannt.

»Aber damit kann ich ja jetzt aufhören«, sagte er. *»Sie haben Ihren Zielort erreicht* – um es mit meinem Navi zu sagen.«

Er strahlte sie an. Siegessicher. Selbstbewusst. So wie Ronaldo vor einem Fußballspiel.

»Und woher wusstest du, dass ich hier bin?«, fragte Henrietta. »Also dass ich jetzt gerade hier einkaufe?«, verbesserte sie sich.

»Das wusste ich natürlich nicht, meine Schöne! Ich bin vor zwei Stunden auf der Insel angekommen und wollte mir einfach nur ein bisschen was zu essen kaufen.«

Unverschämt gut sah er aus. Er trug ein weißes T-Shirt und enge Jeans, und Henrietta war beeindruckt von dem perfekten Körper, der sich darunter offenbar verbarg.

»Und dass ich dich gleich getroffen habe, interpretiere ich als Vorsehung. Es sollte wohl so sein …«

Henrietta fixierte angestrengt den Gemüsestand. Sie

wollte ihn nicht angucken, um seine selbstgebastelte Überzeugung nicht auch noch zu bestätigen.

»Trinkst du ein Glas Wein mit mir?«, fragte er.

»Jetzt?«

»Ja. Glücksmomente soll man ja bekanntlich auskosten. Und ich finde, wir sollten unser unverhofftes Wiedersehen feiern!«

Nach dem Ulla-Schock am Vormittag und diesem hier jetzt konnte Henrietta ein bisschen Alkohol gut gebrauchen. »Schön«, willigte sie deshalb ein.

Michael kaufte eine gekühlte Flasche Wittmann Riesling und zwei Gläser. Zu Fuß gingen sie von Feinkost Meyer Richtung Strand, und Henrietta erzählte ihm von der Beinahkatastrophe am Vormittag. »Man darf die Sylter Brandung nicht unterschätzen«, wusste auch er. »Die Wellen haben eine enorme Unterströmung, die einen aufs Meer hinaus ziehen kann. Vor allem bei Ebbe.«

»Genau das ist passiert«, nickte Henrietta.

Sie erklommen die Holztreppe, die auf den Dünengürtel vor dem Strand führte, und schlenderten den Holzsteg Richtung Wonnemeier entlang. Die Aussicht auf das tosende Meer war umwerfend. Der Wind hatte sich gelegt, und die Luft war lau.

Henrietta kannte diesen Weg, hatte ihn aber nie als so wunderschön und bezaubernd wahrgenommen wie in diesem Moment: Die Brückenkonstruktion schlängelte sich elegant durch die grünen Dünentäler und am Klippenrand entlang. Die Sonne stand schon tief, und der Abend versprach, sehr romantisch zu werden – mit einem spektakulären Sonnenuntergang. Es war kurz vor Vollmond, und milchiges, diesiges Licht ließ die Landschaft wie mit Weichzeichner bearbeitet erscheinen.

In kurzen Abständen befanden sich – wie Parkplätze an der Autobahn – kleine Buchten im Steg, in denen Bänke verzauberte Spaziergänger dazu einluden, sich angesichts des fantastischen Anblicks des Meeres und der Dünenlandschaft zu setzen und innezuhalten.

Die Menschen, die Michael und ihr entgegenkamen, lächelten sie selig an, genau wissend, dass es ein besonderes Glück war, heute hier an diesem magischen Ort sein zu dürfen.

Sie setzten sich auf eine Bank, und Michael goss ihnen den kalten Wein in die Gläser. Mit einem wohligen Seufzer streifte er seine Flipflops ab und stieß sein Glas an Henriettas. »Zum Wohl, meine Schöne! Auf unser Wiedersehen!«

Henrietta nahm einen sehr großen Schluck und hoffte, Michael würde nicht bemerken, dass ihr Glas danach schon halb leer war. Ihr Blick blieb an seinen nackten Füßen hängen. Schön waren die. Gepflegt und mit akkurat geschnittenen Zehennägeln – eine Seltenheit bei Männern.

Der Wein tat gut, Henrietta entspannte sich zusehends und lachte über Michaels lustige Anekdoten.

Umso verblüffter war sie, als er plötzlich seinen Arm um ihre Schultern legte, sie an sich zog – und sie küsste. Einfach so.

Und wie!!

So einen Kuss hatte Henrietta noch nie bekommen. Sanft, wild, weich – und gut schmeckend wie Erdbeeren. Michaels Lippen waren wie samtige Kissen, die auf ihren wie Schokolade schmolzen.

Henrietta erschrak. Ihre Lippen schienen direkt mit ihrem Unterleib verbunden. In ihrem Inneren prickelte es wie das Krisseln des Fernsehbildes, wenn man keinen Kanal fand. Solche Gefühle hatten sich seit Jahren nicht mehr in ihr geregt.

»Ich begehre dich wahnsinnig«, raunte Michael mit rauer Stimme in ihr Ohr. »Ich möchte mit dir schlafen, bis wir ohnmächtig werden!« Seine Pupillen waren ganz dunkel vor Begehren.

Hektisch sprang Henrietta auf und guckte auf ihre Uhr, deren Zifferblatt sie in ihrer Panik kaum erkannte. »Um Himmels willen«, rief sie. »Es ist ja schon fast neun! Ich komme viel zu spät!«

Sagte es, drehte sich um und rannte im Eilschritt davon. Barfuß, mit den Flipflops in der Hand.

Was hatte sie bloß getan?? Wie konnte das passieren?? Im Auto atmete sie erst mal durch. Dann startete sie den Motor, gab Gas und machte sich auf den Heimweg.

Henrietta fand die drittklassigen Sätze von der Schundromanstange, die Michael in ihr Ohr geraunt hatte, zwar lächerlich – dennoch kamen sie an. Erschreckenderweise. Liebe machen bis zur totalen Erschöpfung – wann war ihr das das letzte Mal passiert? Und wie Michael wohl nackt aussah? Was er für einen Schwanz hatte? Sie schlug sich im Geiste auf die Finger.

Die Situation war außer Kontrolle geraten. Sie hatte ihre Gefühle – und vor allem ihren Unterleib – nicht mehr im Griff.

Ein verschollenes, schon lange nicht mehr erlebtes Gefühl der Unruhe, der Beunruhigung, kreiste in Henriettas Kopf und ihrem Magen. Das Gefühl war nicht angenehm, denn es hatte mit Angst zu tun.

Schnell analysierte sie sich: Es war die Ahnung, dass Michael nicht nur ein Sex Toy, nicht nur eine Affäre für sie sein könnte. Die Ahnung, dass sie sich verlieben würde. Rettungslos.

Und das war etwas, was sie auf keinen Fall wollte. Sie wollte sich nicht die Finger verbrennen, sondern ihr ruhiges Leben, ihr sicheres Fahrwasser, ihre angenehme Ehe mit Bernd behalten. Ja, sie hatte sich geschworen, künftig mehr auszuprobieren – aber das bedeutete ja nicht, sich sehenden Auges in den Abgrund zu stürzen.

Konfus, fahrig und zerstreut bog sie auf die L24 Richtung Kampen ein. Rosa gesprenkelte Heckenrosenwälle, grüne Wiesen und gelbe Kornfelder flogen vorbei.

Henrietta drosselte das Tempo und parkte mit Warnblinker auf dem Seitenstreifen. Hupend rasten die Autos an ihr vorbei. *»Ich kann nicht – und ich will nicht. Fahr bitte wieder zurück nach Hamburg«*, schrieb sie Michael per SMS, warf das iPhone auf den Beifahrersitz und scherte wieder auf die Fahrbahn ein.

Sie war stolz, die Gefahr abgewendet und das aufkeimende Gefühl für Michael rechtzeitig abgewürgt zu haben. Wie hieß es doch: *You have to take control of your feelings – before they take control of you*! Es war tatsächlich möglich: Sie konnte ihre Verliebtheit runterschlucken wie eine bittere Medizin.

Henrietta, Ulla, Jana und Emma

Als sie, immer noch sehr aufgewühlt, zurück in das Kampener Reihenhaus kam, saßen Ulla und Jana in der Küche. Ulla hatte ein schmerzverzerrtes Gesicht und hielt sich ein mit Eiswürfeln gefülltes Geschirrhandtuch an die Backe. Die Küche roch penetrant nach Nelken. Emma saß seltsam still auf Janas Schoß.

»Was ist denn hier los?«, fragte Henrietta. »War es dir im Meer noch nicht kalt genug?«

»Sie hat Zahnschmerzen«, erklärte Jana. »Starke!«

»Oma Ulla aua!«, erklärte auch Emma mit ernstem Gesicht.

»Du musst zum Zahnarzt!«, befahl Henrietta und kam sich mit dieser Erkenntnis nicht besonders intelligent vor. Darauf waren die beiden anderen sicher auch schon gekommen.

»Ach was, Mutti!«, sagte denn auch Jana. »Das Problem ist nur, dass Ulla nicht krankenversichert ist!«

»Ach du meine Güte!« Was für ein Horrortag, dachte Henrietta und ging zum Kühlschrank, um sich ein Glas Weißwein einzuschenken. Erst das gerade noch verhinderte Ertrinken, dann Michaels Knutschattacke – und nun noch ein Zahnschmerzdrama …

»Mutti, könntest du nicht …?«, fragte Jana.

»Könnte ich was?« Henrietta verstand nicht.

»Na, ihr deine Versicherungskarte geben! Ulla könnte doch so tun, als wäre sie du!«

Hätte Henrietta nicht so ein schlechtes Gewissen wegen ihres Fremdknutschens gehabt, hätte sie sich vermutlich nie auf den Deal eingelassen. Nun aber hörte sie sich zu ihrer eigenen Überraschung »Meinetwegen!« sagen. Wie war das noch mal? Großzügigkeit und Herzensgüte? In Ullas Wertesystem war sie dadurch vermutlich ganz nach oben geschnellt und verhielt sich gerade zum ersten Mal vorbildlich.

»Wirklich?« Ulla schaute sie ungläubig und dankbar an.

»Aber dann musst du auch so aussehen wie ich!«

»Was heißt das?«

»Wir machen dich morgen flott«, lachte Henrietta. »Jetzt haben ja schon alle Praxen zu, und die Notfallambulanz würde ich mir an deiner Stelle nicht antun.«

Ulla nickte.

»Warum riecht es hier eigentlich so penetrant nach Nelken?«, fragte Henrietta.

»Nelken wirken schmerzlindernd«, erklärte Ulla.

»Wie man sieht«, murmelte Henrietta und kramte in ihrer Handtasche.

»Hier hast du drei Ibuprofen, damit müsstest du durch die Nacht kommen – und morgen früh fahren wir zum Zahnarzt nach Westerland.«

Der Nassrasierer musste alles geben, um Ullas Waden von ihrer üppigen Behaarung zu befreien. Ullas Verwandlung von der Ökofrau zur Femme fatale machte Jana und Henrietta immer mehr Spaß. Es war, als ob sie unter einem schlichten Gemälde plötzlich einen Rembrandt freilegten. Als wenn aus einem Stein plötzlich ein glitzerndes Juwel wurde. Aus Lehm Gold, aus Linsen Kaviar.

Sorgfältig brachte Jana Ullas Kurzhaarschnitt mit Conditioner in Form, so dass ihre Frisur schließlich so gewollt-verstrubbelt-verwegen aussah wie die von Ines Pohl, die attraktive Exchefin der *taz*, die Henrietta mal auf einem »Female Leaders«-Meeting internationaler Chefredakteurinnen kennengelernt hatte.

Henrietta gab sich größte Mühe beim Schminken und zauberte Ullas Gesicht rund 15 Jahre jünger. Ullas warme Haselnussaugen bekamen ein ganz neues Strahlen.

Dank ihrer guten Figur waren Ulla Henriettas Kleider viel zu groß, aber mit Gürtel und Sicherheitsnadeln bekamen sie das Outfit schnell in Form.

Der Rest war ein Kinderspiel: Ulla hatte zum Glück Henriettas Schuhgröße, ein bisschen Parfum und eine Handtasche – fertig war die neue Ulla alias Henrietta Vossbach.

Das Ergebnis war umwerfend: Aus Aschenputtel war eine strahlende Königin geworden – wenn auch mit einer dicken Backe. Ulla war eine wirklich schöne, äußerst attraktive Frau, wie Henrietta neidvoll anerkennen musste. Und ihre braune Samthaut das Tüpfelchen auf dem i. Wenn sie sich doch bloß öfter mal so zurechtmachen würde …

Auch Ulla schien über ihr Spiegelbild positiv erstaunt »Ich wusste gar nicht, dass ich so aussehen kann«, murmelte sie überrascht.

Der Zahnarzttermin war um 15 Uhr, und Henrietta, Jana und Emma lieferten Henriettas Doppelgängerin pünktlich vor der Praxis in der Friedrichstraße ab. »Viel Glück!«, rief Henrietta ihr hinterher, als sie die Eingangstür des Gebäudes öffnete. »Und merk dir mein Geburtsdatum!«

Emma, Henrietta und Jana warteten im Café gegenüber.

Es dauerte fast anderthalb Stunden, bis Ulla wieder vor die Tür trat.

»Ich hatte eine Wurzelbehandlung«, wisperte sie, als sie sich zu ihnen setzte. Sie sah noch etwas benommen aus.

»Und ist es jetzt besser?«, fragte Jana.

»Auf jeden Fall. Aber ich soll den Zahn im Auge behalten. Falls es wieder weh tut, muss ich noch mal hin.«

»Lasst uns im Wonnemeyer etwas essen«, schlug Henrietta vor. »Da ist auch ein toller Spielplatz für Emma.«

Sie parkten in Wenningstedt auf dem Parkplatz vor dem Dünengürtel und erklommen die Holztreppe – genau wie Henrietta es am Tag zuvor mit Michael getan hatte. Als sie auf dem Steg an der Bank vorbeikamen, auf der Michael sie gestern geküsst hatte, zog es kurz in Henriettas Magen. Zum Glück waren Bänke sehr verschwiegen …

Michael hatte auf ihre SMS nicht geantwortet. Ob er tatsächlich abgereist war?

Ulla schien es sekündlich besserzugehen. Das Abebben des Schmerzes schien das Aufleben ihrer guten Laune zur Folge zu haben. Leichtfüßig tänzelte sie die Treppe zum Wonnemeyer hinunter.

Sie steuerte gerade zielstrebig einen frei gewordenen Tisch auf der Terrasse an, als sie gegen den Rücken eines Mannes prallte, der in diesem Augenblick aufstand. Der Mann war Pierre.

»Uh lalala, Ullah!«, rief er überrascht und vollkommen entgeistert. »Wie siehst du denn aus?«

Er nahm sie zur Begrüßung in die Arme, gab ihr links und rechts einen Kuss auf die Wangen und hielt sie dann wieder von sich weg, um sie genau zu betrachten – so wie man seinen Blick über ein leckeres Gericht streifen lässt, bevor man es genussvoll verspeist.

»Du bist ja eine rischtisch schöne Frau!«

Henrietta hätte schwören können, Amors Pfeil mit einem fetten »Smash!« in seinem Herzen eintreffen zu sehen. Den hatte Ulla »im Sack«, wie man so schön sagte. Und auch Ulla schien ihrem französischen Lebensretter gegenüber sehr aufgeschlossen.

»Komm, ich lad dich zum Essen ein«, sagte sie. »Du hast ja noch etwas gut bei mir.«

Zu fünft setzten sie sich an einen Tisch mit Blick aufs Meer und sahen den unermüdlichen Wellenreitern zu, die sich an der sanften Brandung versuchten.

Emma war begeistert von Pierre, der ihr Zaubertricks vorführte, immer wieder Münzen aus ihrem Ohr holte und Servietten verschwinden ließ. »Mal! Mal!«, rief sie stets aufs Neue – und Pierre wiederholte mit Engelsgeduld seine Tricks.

Nach dem Essen unterhielten sich Pierre und Ulla angeregt auf Französisch, und Ullas Wangen röteten sich dabei zusehends.

»Stellt euch vor, Pierre lebt schon seit über 20 Jahren hier auf Sylt«, erzählte sie den anderen, als Pierre eine neue Flasche Rotwein holte. »Wir reden noch ein bisschen über die Provence. Geht ruhig schon mal vor, wenn ihr müde seid. Pierre bringt mich nachher nach Hause.«

»Ihr kommt doch auch?«, fragte Ulla, als sie am nächsten Morgen um kurz nach neun Uhr aus dem Haus ging.

»Ja klar«, rief Jana. »Bis nachher!«

Heute Abend sollte eine Strandparty der Yogaschule steigen, als Highlight und Abschluss der Seminarwoche. Schon seit sechs Uhr hatte Ulla dafür in der Küche gewerkelt und Salate, Bratlinge und alle möglichen Dips vorbereitet.

»Wann ist Ulla gestern eigentlich nach Hause gekommen?«, fragte Jana Henrietta, die im Garten mit Emma gerade großer Frosch und kleiner Frosch spielte und dazu auf allen vieren über den Rasen hüpfte.

»Ich weiß nicht«, japste sie atemlos. »Ich habe sie nicht gehört.«

»Da geht doch was«, grinste Jana und nahm einen Schluck Kaffee.

Liebe war so schön. Jana verspürte plötzlich eine große Sehnsucht nach dem Gefühl, das einen umhüllte wie eine warme, weiche Decke. Sollte sie Ben vielleicht doch auf seine SMS antworten?

Den Tag verbrachten Emma, Jana und Henrietta wie immer am Meer, und Jana war überrascht, wie selbstlos ihre Mutter sich mit ihrer Enkelin beschäftigte. Es schien, als wäre ihr kein Schnodder zu eklig, kein Sand-Saft-Gemisch an Händen, Hosen und Pulli zu schmierig und kein Spiel zu mühsam, um Emma glücklich zu machen.

Henrietta war erstaunt, wie sehr hier am Strand alles von ihr abfiel. Das Leben bestand nur noch aus Sonne, Sand und Meer. Mittlerweile hatte sie sich angewöhnt, sich nackt zu sonnen und auch zu schwimmen, und genoss das Gefühl, unbekleidet und frei zu sein, unbeschreiblich.

Mittags schlenderten sie oben ohne am Meeressaum zur Buhne 16. Der Wind streichelte ihnen dabei über die Haut wie ein besonders sanfter Liebhaber.

Die Besitzer der Buhne 16 hatten frische Makrelen gefangen, die sie draußen auf dem Außengrill zubereiteten. Dazu gab es selbstgemachten Kartoffelsalat mit Erbsen, Äpfeln und Lauchzwiebeln. Beides war unbeschreiblich köstlich. Henrietta pulte das Makrelenfleisch mit den Fingern von der Hauptgräte und konnte gar nicht genug bekommen von dem festen Fleisch mit dem leicht tranigen, thunfischartigen Geschmack, der krossen Haut und dem eiskalten Bier, das sie aus der Flasche dazu trank. Auch Jana war restlos begeistert, und Emma manschte glücklich in ihren mit Biohuhn gefüllten Tomatenravioli.

Nach dem Essen schob Henrietta den Teller von sich und nahm erstaunt zur Kenntnis, dass ihre verschmierten Fischhände sie gar nicht störten. Im Gegenteil: Sie fühlte sich dadurch ungewohnt ursprünglich und archaisch.

Zurück an ihrem Strandkorb, fiel Emma sofort in den Mittagsschlaf. Jana las, und Henrietta streckte sich auf ihrem Handtuch aus, schaute in den azurblauen Himmel, und es kam ihr vor, als schwebte sie durchs All, schwerelos fliegend in diesem nie endenden Blau.

Schnell war sie dank des hypnotischen Rhythmus des Brandungsrauschens eingeschlafen.

Gegen sechs brachen sie auf, um in die Yoga-Akademie zu Ullas Sommerfest zu fahren.

Als sie durch den Dünengürtel an den Strand kamen, war die Party schon in vollem Gang: Laute 70er-Jahre-Musik wummerte aus einem altmodischen, aber erstaunlich stimmgewaltigen Ghettoblaster, eine Tanzfläche war mit Blumen abgesteckt. Unter einem weißen Stoffhimmel stand das Buffet mit einer üppigen Auswahl aus tausenderlei Schüsseln, und auf zwei Grills brutzelten vegane Würstchen und Steaks.

Die Luft war milchig von der Gischt, türkise und purpurne Streifen am Horizont tauchten alles in pastellfarbenes Licht. Rosa Farbe tropfte vom Himmel auf die Dünen, hinter denen ein riesiger honiggelber Vollmond wie eine gigantische Laterne aufstieg.

Die gutgelaunten Yogafrauen lachten, unterhielten sich im Stehen, saßen auf Decken und Kissen rund um die Tanzfläche, wippten im Takt der Musik mit den Füßen und tranken Dosenbier oder Rotwein.

Ein beschwingter Mix aus Grillschwaden, Meeresrauschen, Gelächter, Stimmengewirr und Musik schwirrte durch die Abendluft.

»Juchuuu, da seid ihr ja endlich!«, begrüßte Ulla sie stürmisch, nahm sie der Reihe nach in die Arme und versorgte sie mit Getränken. »Guck mal, was ich für dich habe, meine Süße«, sagte sie zu Emma, nachdem sie mit Jana und Henrietta angestoßen hatte, und zauberte einen Haarkranz aus Blumen hervor. Stolz ließ Emma sich ihn aufsetzen.

»So, jetzt muss die Party aber abgehen«, rief Ulla und klatschte animierend in die Hände. »Los, Mädels! Tati, dreh die Musik lauter!«

Tati tat wie geheißen, »September« von Earth, Wind & Fire groovte aus den Boxen, und Ulla eröffnete die Tanzfläche mit einem beeindruckenden Ausdruckstanz, der aussah wie das Stammesritual eines afrikanischen Medizinmannes. Teilweise sah es auch so aus, als hätte sie in die Hose gemacht und würde trotzdem breitbeinig und mit winkenden Armen ein Flugzeug einwinken.

Nach und nach erhoben sich etliche andere Teilnehmerinnen und taten es ihr gleich.

»She's a Lady«, ölte Tom Jones, und auch Jana stieg beduselt mit ein und zog die sich vergeblich sperrende Henrietta mit auf die Tanzfläche.

Henrietta fühlte sich zunächst schrecklich staksig. Ungelenk, linkisch. Sie wagte gar nicht, vom Sandboden hochzugucken, weil sie annahm, dass alle sie beobachten würden. Die anderen überboten sich an Unverkrampftheit, während Henrietta verlegen von links nach rechts tapste, als würde sie Wasser treten. Sie kam sich furchtbar verklemmt vor. Ganzkörper-verspannt. Wie man tanzt, so ist man auch im Bett, sagte man doch. Dann war ihre Performance hier ein absolutes Armutszeugnis – und bei Ulla und Jana ging die Post ab.

Wann hatte sie eigentlich das letzte Mal getanzt? Es war bestimmt 40 Jahre her. Und warum, verflixt, kriegte sie ihren Kopf nicht ausgeschaltet?

»Tanze, als ob dir keiner zusieht! Mach einfach die Augen zu«, rief Ulla ihr zu, die ihre Unsicherheit offenbar bemerkt hatte.

»Oder tanz so blöd, wie du kannst!« Um es zu verdeutlichen, machte sie es vor, hob theatralisch ihre Arme, ließ sie wild kreisen, schüttelte mit weit gespreizten Beinen ihr Becken, stieß seltsame Brunftlaute aus, schwenkte dazu ihren Hintern und bekam schließlich einen Lachkrampf.

Emma machte es ihr kreischend und juchzend nach. Ulla klatschte Beifall, und Emma drehte sich angespornt im Kreis.

Auch Jana stieg mit ein.

Henrietta nahm einen sehr großen Schluck Rotwein und schloss die Augen.

Es war herrlich, sich einfach unkontrolliert zu bewegen, ganz egal, wie es aussah. Sie schwang die Hüften, warf ihre Arme umher, spürte den warmen Sand unter ihren Füßen und tanzte sich allmählich warm. Himmel, war das ein tolles Gefühl!

»Let Your Love Flow«, ertönte aus den Boxen, und Henrietta legte beim Tanzen lachend noch eine Schippe drauf.

Atemlos ließ sie sich nach dem Song in den Sand fallen.

Sie musste erst mal Luft schnappen und wieder zu sich kommen.

Wann hatte sie sich das letzte Mal so lebendig gefühlt?

Wann hatte sie das letzte Mal bewusst Meeresluft eingeatmet? Die Wellen gespürt? Ein Kinderlächeln so genossen?

Wann hatte sie zum letzten Mal Dreck unter den Fingernägeln gehabt? Einen Tag nicht geduscht? Ein Dosenbier so genossen?

Und wie sinnlos daran gemessen ihr Beruf war ...

Zur Hölle mit Foie gras und Wagyu-Carpaccio! Das ganze Chichi konnte ihr gestohlen bleiben! Sie war noch nie glücklicher gewesen als jetzt, genau hier, mit Dosenbier und einem Stück Baguette in der Hand, Wellenrauschen im Ohr und das kräftige Pumpen ihres Herzens in ihren Adern, die Sonnenwärme des Tages am Meer noch auf der Haut spürend, das Salz noch in den Haaren. Sie fühlte sich absolut lebendig! Zufriedenheit, Glückseligkeit konnte man nicht kaufen – egal, wie viele Gänge man im 5-Sterne-Restaurant aß ...

»Du, Henri, darf ich disch mal etwas fragä?« Unbemerkt hatte sich »die Gudrun« neben sie gesetzt und legte nun unangenehmerweise den Arm um ihre Schultern.

»Ja klar«, japste Henrietta immer noch atemlos. Der Schweiß lief ihr das Gesicht herunter.

»Also isch steig da jetzt gar ned meha duach! Habt ihr jetzt a offänä Beziehung, oder was? Is des so a Dreia-Kischtä?«

»Wie?«, fragte Henrietta verwirrt. Wovon redete die Frau?

»Na, vor ein paar Tagä war die Ulla noch mit dem jungen Ding da beim Semina«, Gudrun deutete auf Jana, »und jetscha bisch du wieda hieä!«

»Ja, weißt du, Gudrun«, sagte Henrietta, die nun endlich begriffen hatte, worum es ging. »Die Liebe ist ein Kind der Freiheit!«

Damit stand sie auf und ging nacheinander zu Jana und Ulla, um ihnen jeweils einen Kuss auf die Wange zu geben. »Die Gudrun« blieb sichtlich verwirrt zurück.

Von einem seltsamen Freiheitsgefühl durchströmt, machte Henrietta sich auf den Weg durch die Dünen zur Toilette. Der Sonnenuntergang hatte den Himmel purpurrot gefärbt, und sie dachte an Michael.

In den vergangenen Nächten hatte sie extrem lustvolle erotische Träume gehabt – auch, aber nicht nur von ihm –, aus denen sie mit Herzklopfen und deutlicher Erregung aufgewacht war. Sie hatte gar nicht gewusst, dass sie noch so realistisch träumen konnte. Das war ihr zuletzt mit Anfang 20 passiert, als sie noch »voll im Saft« war, wie man so schön sagte.

Worum ging es im Leben? Was war das Wichtigste? Was blieb? Nur die schönen Erlebnisse, Erinnerungen an Glück – und Liebe!

»Das Leben ist kurz. Brich die Regeln, vergib schnell, küsse langsam, liebe wahrhaftig, lache unkontrolliert, tanze, als wenn niemand zusieht – und bereue nichts!« Diesen Spruch hatte neulich eine Freundin in ihrem WhatsApp-Status gehabt.

Aber auch die E-Mail, die ihr kürzlich eine Kollegin geschickt hatte, kam ihr in den Kopf: *»Das Leben sollte keine Reise sein mit dem Ziel, attraktiv und mit einem gut erhaltenen Körper an unserem Grab anzukommen. Wir sollten lieber seitlich hineinrutschen, Schokolade in einer Hand, Martini in der anderen, unser Körper total verbraucht, schreiend: ›Wow, was für ein Ritt!‹«*

Sie hatte sich doch geschworen, nichts mehr zu versäumen. Verlockungen nachzugeben. Sie wollte nicht mit 80 sagen: »Hätte ich doch.« Warum es dann nicht auch mit Michael probieren? Die Verlockung, das Wilde, die Aufregung ließen sie doch sowieso nicht mehr los.

Mit der selbst erteilten Absolution schickte sie ihm eine SMS: *»Alles gut bei dir?«*

Sofort kam seine Antwort: *»Bin noch auf der Insel. Abendessen?«*

Henrietta erschrak, weil ihre Träumerei nun sehr real wurde. Was sollte sie antworten?

»Komm schon!«, setzte Michael ungeduldig per SMS nach. *»Nur eine Stunde in einem Restaurant deiner Wahl.«*

Henrietta zögerte noch ein paar Sekunden, doch dann siegten Sehnsucht, Begierde und Neugier: Sie hatte ein Date für den nächsten Abend in der Käpt'n Selmer Stube des Fährhaus Hotels in Munkmarsch.

Michael war zwar 15 Jahre jünger, dachte Henrietta, als sie aufgeregt zurück zur Party ging, aber das war ja gerade modern. Cougars nannte man in Amerika Frauen, die deutlich jüngere Männer hatten. Die Parallele lag im silbrigen Fell der Pumas, analog zur Haarfarbe einiger älterer Frauen.

Warum sollte so etwas eigentlich nicht gutgehen? Ein jüngerer Mann an der Seite einer reiferen Frau war schließlich schon lange kein No-Go mehr. Wie hatte Madonna noch gesagt? »Ich bevorzuge junge Männer. Sie wissen zwar nicht, was sie tun – aber sie tun es die ganze Nacht.« Ein erotischer Schauer durchlief sie bei dem Gedanken, und sie bekam eine Gänsehaut.

Zurück auf dem Fest, schnappte sie sich einen Becher Rotwein und setzte sich auf ein Kissen bei der Tanzfläche.

»Du, wenn ihr da jetzta so offä seid, vielleicht häddschd

dann ja auch mal Luscht, mit mir …« Sichtlich angesäuselt hatte »die Gudrun« sich schon wieder neben sie gesetzt und ihr zärtlich den Arm um die Hüften gelegt. Herausfordernd schmunzelte sie sie nun an.

»Äh …«, sagte Henrietta. Die ersten Töne von »Shame, shame, shame« erklangen, und sie eilte mit den Worten »Da muss ich hin« auf die Tanzfläche. »Die Gudrun« kam ihr nach und tanzte auffordernd um sie herum. Henrietta fühlte sich bedrängt, musste aber verblüfft zugeben, dass »die Gudrun« sich erstaunlich gut bewegen konnte. Wie war das noch mit der Parallele der Tanz- und Horizontalqualitäten? Wie es sich wohl anfühlen würde, mit einer Frau zu schlafen? Henrietta grinste in sich hinein. Dieser Abend überstieg allmählich ihr erotisches Fassungsvermögen.

Als Nächstes wummerte »We are family« von den Pointer Sisters aus den Boxen, und Ulla und Jana kamen herbeigetanzt, um Henrietta in die Arme zu nehmen.

»Wo ist denn Emmalein?«, fragte Henrietta atemlos. »Die schläft da hinten beim Feuer«, sagte Jana.

Henrietta sah die blonden Korkenzieherlocken unter einer Decke hervorblitzen, Emmas schlafendes Gesichtchen orange angestrahlt vom Flackern des Feuerkorbes. Sie setzte sich zu ihr und gab ihr einen Kuss. Der kleine Engel.

Henrietta

Henrietta und Jana schliefen fast bis mittags, während Ulla mit Emma im Garten spielte. Den Nachmittag verbrachte das müde gefeierte Quartett am Strand.

Am Abend verabschiedete sich Henrietta unter dem Vorwand, ein geschäftliches Meeting im Hotel Stadt Hamburg in Westerland zu haben. Zwei Verlagschefs wären auf der Insel, um neue Strategien mit ihr zu besprechen, log sie.

Michael erwartete sie bereits auf der Terrasse mit Blick auf den Yachthafen an einem Tisch, als Henrietta ihren Wagen vor dem Hotel Fährhaus parkte. Als sie zu ihm hochging, war sie aufgeregt und unsicher und hatte Bernd, Jana und Ulla gegenüber ein furchtbar schlechtes Gewissen.

»Hallo, schöne Frau!« Galant stand Michael auf und begrüßte sie mit Küsschen links und rechts. In seinem Blick lag etwas von einem Raubtier kurz vor der Fütterung. War sie das Frischfleisch, auf das er sich demnächst stürzen würde?

Mit einem Gänsehautschauer setzte sie sich. Michael orderte Champagner und ließ die Karte kommen. Sie schaute ihn an, während er das Angebot studierte: gegelte Locken wie Vito Schnabel, Jeans und – Sylter Dresscode – ein rosafarbener Kaschmirpulli, den er um die Schultern geknotet hatte. Braun war er in den zwei Tagen geworden. Seine schlanken, feingliedrigen Hände kontrastierten reizvoll mit seinem weißen Hemd.

»Weißt du schon, was du nimmst?«, fragte er, als er Henriettas Blick bemerkte.

»Ich habe keinen besonders großen Hunger«, sagte Henrietta. Und das stimmte tatsächlich. Sie war viel zu aufgeregt. »Ich nehme erst mal sechs Sylter Royal auf Eis«, verkündete sie. Die Austern kamen direkt von den Zuchtbänken vor der Küste und waren deshalb so frisch wie sonst nirgends auf der Welt. Henrietta fand die Nordseesorte absolut köstlich. Sie liebte die cremige Konsistenz und den Geschmack nach Salz und Meer. Sie schmeckten so unglaublich gesund.

Michael schien ihre Vorliebe zu teilen und schloss sich ihrer Bestellung an. Sie stießen nochmals an, und Henrietta versuchte, sich zu entspannen, indem sie eine unverfängliche Unterhaltung begann. »Wie waren deine Tage auf der Insel?«, fragte sie.

»Ziemlich einsam ohne dich«, antwortete Michael und versenkte seinen Blick erst in ihrem Dekolleté und dann in ihren Augen.

Die Austern wurden serviert. Kaum standen die Teller, auf dem die geöffneten, grauen Muscheln auf einem Eisbett lagen, vor ihnen, schlürfte, saugte und leckte Michael an ihnen herum, als wären sie überdimensionierte Lollis, und schaute Henrietta dabei lüstern und herausfordernd grinsend an. Ganz offensichtlich war seine Performance darauf ausgerichtet, dass sie damit assoziierte, er würde zwischen ihren Beinen liegen und sie oral verwöhnen. Seine Austern-Schlürf-Darbietung sollte hemmungslos und leidenschaftlich wirken und seine Qualitäten als Liebhaber unterstreichen. Das fand Henrietta nun schon wieder doof. Bei Schauspielern nannte man das »Over-acted« – übertriebener Einsatz nonverbaler Ausdrucksmittel.

Demonstrativ aß Henrietta ihre Austern mit der kleinen Gabel, die dazu gereicht worden war, und vermied jedes Verzehrgeräusch.

Wie der Abend enden würde, war beiden von vornherein klar gewesen, deshalb hielten sie sich nicht mit weiteren kulinarischen Highlights auf, sondern orderten Espresso und die Rechnung.

Michael logierte im Hotel und musste sie nicht lange überreden, ihn auf sein Zimmer zu begleiten.

Den Weg zum Fahrstuhl gingen sie eng umschlungen, und als die Türen zugingen, begann Michael, sie leidenschaftlich zu küssen. Henrietta musste zugeben, dass sie zusehends erregter wurde.

Wild knutschend schob er sie in sein Zimmer und begann, sie auszuziehen. Henrietta war hin- und hergerissen. Auf der einen Seite loderte wilde Lust in ihr hoch, anderseits war sie bemüht, den Staudamm nicht brechen zu lassen.

Michael raunte ihr sein Begehren ins Ohr, machte ihr Komplimente (»Dein Duft macht mich wild«) und handhabte sie äußerst gekonnt und professionell.

Je mehr ihrer Kleidungsstücke auf den Boden fielen, desto mehr Komplexe stiegen in Henrietta auf. Würde ihr alter Körper ihm genügen? Ihre Cellulitedellen, ihre Fettrollen und die hängenden Brüste? War es glaubhaft, dass er sie begehrte – oder sah er nur höflich über ihre anatomischen Altersbeweise hinweg, weil er sie erobern wollte?

Er hob sie aufs Bett.

Würde ihr sexuelles Fachwissen ausreichen? Sie hatte in ihrer über 30-jährigen Frauenzeitschriftenkarriere zwar über jedes noch so abwegige Sexthema rauf und runter berichtet und in der Theorie gab es dementsprechend fast nichts, was sie nicht kannte – in der Praxis sah das jedoch ganz anders aus. Ihr letzter Sex war Monate, wenn nicht Jahre her. Weihnachten war öfter. Sie war vollkommen aus der Übung.

Henrietta verspürte plötzlich starke Bedenken. Michael entstammte einer viel jüngeren Generation – und die Zeit hatte sich in den letzten Jahrzehnten rasant entwickelt. Vermutlich konnte er vollkommen innovative Sachen, war viel freier und unverklemmter …

Nackt lag er nun neben ihr, und sie war beeindruckt von seiner Schönheit. Wie gemeißelt sah er aus – und auch sein Schwanz war schön. Nicht zu groß, gerade, gebräunt und vor allem – beschnitten.

Aber musste das Licht unbedingt so gleißend sein? Dadurch sah jede ihrer Cellulitedellen aus wie ein Meteoritenkrater, jede Falte wie der Grand Canyon und ihre Speckrollen über den Hüften wie Fett-Tsunamis.

Henrietta wagte nicht, Michael zu bitten, das Licht zu dimmen oder am besten ganz zu löschen. Das hätte er sicher verklemmt gefunden.

Um ihn von ihrem Körper abzulenken, versuchte sie sich an einem Blowjob, bewegte sich dabei furchtbar ungelenk und schämte sich für sich selbst.

Sie hatte das »Blasen« im Laufe ihres Sexuallebens äußerst selten praktiziert und deshalb im Grunde nicht die geringste Ahnung, wie man das männliche Geschlechtsteil fachgerecht handhabte. Sie hatte sich nie die Mühe gemacht, Bernd zu fragen, wie er es gerne mochte, und sich stattdessen lieber selbst verwöhnen lassen.

Bernd! Bei dem Gedanken an ihn durchzuckte sie ihr schlechtes Gewissen. Doch genau in diesem Moment zog Michael ihren Kopf zu sich hoch und schlängelte sich geschickt zwischen ihre Beine.

In Rückenlage, mit ausgestreckten Armen, das wusste sie, sah sie einigermaßen passabel aus. Deshalb blieb Henrietta so eisern in dieser Position liegen, als sei sie am Laken festgeklebt. Durchgehend zog sie den Bauch ein und versuchte, nicht zu heftig auszuatmen, weil sie nicht sicher war, ob sie Mundgeruch hatte.

Durch ihre verstockte Atmung und das Baucheinziehen bekam sie Magenschmerzen. Michael verwöhnte sie oral, und sie war sich nicht sicher, welche Reaktion er dabei von ihr erwartete. Viel zu verkrampft, um irgendetwas zu fühlen, und viel zu konzentriert darauf, keine Blähung entweichen zu lassen (wie entsetzlich wäre das, wo er gerade mit dem Gesicht zwischen ihren Beinen lag?), wand sie sich gespielt wollüstig hin und her und stieß unkoordinierte kleine Seufzer aus.

Sie konnte den Sex überhaupt nicht genießen.

Erst als sie versehentlich mit der Hand an den Lichtschalter kam und das Zimmer schlagartig komplett dunkel wurde, konnte sie sich gehen lassen und Michaels strammen Körper, seinen Duft und seine Ausdauer genießen. Michael streichelte sie gekonnt an ihrer intimsten Stelle, doch seine Berührung war seltsam lieblos. Es war, als würde ein Arzt sie untersuchen. Fachkundig, aber vollkommen unemotional.

»Sag mir, wie ich's dir machen soll, du Luder«, raunte Michael in ihr Ohr.

»Genau so«, krächzte Henrietta hilflos. Eine bessere Antwort fiel ihr nicht ein.

»Gib's mir, du böses Mädchen«, rief Michael und drehte Henrietta auf seinen Bauch, so dass sie auf ihm saß. Sie kam sich in dieser Position furchtbar verloren vor. Und ihr wurde kalt. Mit einem Arm hielt sie ihre über Michaels Gesicht vor und zurück schwenkenden hängenden Brüste fest, mit der anderen stützte sie sich auf der Matratze ab.

Michael stöhnte übertrieben laut und rief dauernd »ja, geil« und »schneller«. Immerhin konnte sie den Rhythmus vorgeben, tröstete sich Henrietta auf ihrem einsamen Ritt.

Michael warf sie wieder herum und übernahm die Führung. Irgendwann hatte sie sogar einen kurzen Orgasmus, aber er war mühsam erarbeitet, herausgepresst – und fühlte sich eher wie Schluckauf an denn wie eine Entladung. Dass sie, obwohl Michael auf und unter ihr professionell wie ein bezahlter Gigolo agierte, überhaupt zum Höhepunkt kam, erklärte sie sich damit, dass ihr letzter Sex schon so lange zurücklag.

Es dauerte ewig, doch irgendwann bäumte Michael sich auf und kam schließlich brüllend.

Desillusioniert blieb Henrietta im Bett liegen, als er auf die Toilette verschwand. Sie hatte ein seltsam schales Gefühl, fühlte sich ihm, obwohl sie sich gerade vereinigt hatten, überhaupt nicht nah. Es kam ihr vor, als wäre eine schillernde Seifenblase geplatzt. Hier lag einfach eine erschöpfte alte Frau, die mit ihrem jungen Lover nicht Schritt halten konnte.

Das Liebemachen mit ihm hatte nicht das Geringste mit Liebe zu tun gehabt. Für Michael war es vermutlich eher ein Workout gewesen, eine Fitnessübung. Und sie war das Trainingsgerät.

Henrietta spürte das typische Ziehen eines aufkommenden Weinkrampfes in den Wangen.

Sie fühlte sich gedemütigt. Unter Preis verschenkt. Wo war ihr Stolz geblieben? Wo ihre Moral?

Die Schmerzen in ihrem Bauch wurden allmählich unerträglich. Was machte Michael bloß so lange auf der Toilette? Wenn sie sich nicht bald Luft machen könnte, würden ihre Blähungen sie vermutlich platzen lassen. Vorsichtig ließ sie einen leisen Wind entweichen. Was für eine Erlösung! Henrietta klemmte die Bettdecke um sich fest und verschaffte ihrem gequälten Darm nach und nach Erleichterung.

Gut gelaunt kam Michael zurück ins Bett, schaltete das Licht an und schenkte zwei Gläser Weißwein ein.

Der Alkohol tat Henrietta gut, die nicht nur ihre Blöße verkrampft unter der Bettdecke verhüllte. Hoffentlich roch Michael nichts von ihren gasigen Entgleisungen. Offenbar nicht, denn ungefragt dozierte Michael über seine Faszination für ältere Frauen:

»Ich kann mit 30-Jährigen nichts anfangen. Ich mag Frauen, die wissen, was sie wollen. Die haben eine viel erotischere Ausstrahlung und können mehr genießen. Frauen denken immer, dass es ums Aussehen und ums Alter geht, aber wir Männer gucken anders. Ich sehe das Ganzheitliche, der Körper ist ja nur eine Komponente.«

Wie um seine Worte zu beweisen, stellte er sein Glas ab und begann, Henrietta leidenschaftlich zu küssen. Ganz eindeutig wollte er noch mal Sex. Henrietta fühlte sich gestresst. Das, was sie hier gerade veranstaltete, war es eindeutig auch nicht. Er schlüpfte unter ihre Decke, und Henrietta hoffte inständig, dass der üble Geruch, den sie so konzentriert verbreitet hatte, mittlerweile verflogen war.

Hilfe! Wo war hier der Notausgang?, fragte sich Henrietta. Sie brauchte dringend einen Sexit!

Schon lag Michael wieder auf ihr, und Henrietta lieferte die bislang eindrucksvollste schauspielerische Leistung ihres Lebens, indem sie ihm einen theatralischen Orgasmus à la Harry und Sally vorspielte. Sie wollte Michael dazu bringen, den Akt so schnell wie möglich zu beenden – und ihre Finte funktionierte: Selbstzufrieden grunzend rollte er sich kurze Zeit später auf die Seite.

Es war vier Uhr morgens, als Henrietta im Dunkeln ihre Klamotten zusammensuchte und auf Zehenspitzen aus dem Hotelzimmer schlich.

Während er im Tiefschlaf vor sich hin schnarchte, hatte sie kein Auge zugetan. Sie fühlte sich gerädert – und irgendwie beschädigt. Im Hotelflur zog sie ihre Hose an und knöpfte ihre Bluse zu. Dann ordnete sie mit den Händen ihre Haare und ging zum Fahrstuhl.

War es das, was sie gewollt und gesucht hatte?, fragte sie sich auf der Fahrt nach Hause. Madonna hatte mit ihrer Lobpreisung auf die Steherqualitäten junger Männer recht gehabt: Michael konnte tatsächlich erstaunlich lange – aber was nützte das, wenn er nichts konnte?

Und vor allem: Wenn sie sich dabei nicht wohl fühlte?

Michael war heiß, aber kein bisschen warm …

Müde und enttäuscht trat sie aufs Gas.

Henrietta und Jana

»Guck mal«, sagte Jana und streckte Henrietta ihr gerötetes Dekolleté entgegen. »Meinst du, das ist ein Sonnenbrand?«

Statt eine Antwort zu geben, verdrehte Henrietta die Augen. Sie war schon immer der Meinung gewesen, dass Jana entschieden zu viele »Meinst du?«-Fragen stellte. »Meinst du, der hat das so und so gemeint, als er das und das gefragt hat?«, »Meinst du, es war ein Fehler, nicht zum blabla zu gehen?« oder »Meinst du, ich sollte ...?«

Andauernd nervte ihre Tochter sie mit solchen Fragen. Laut eigener Aussage neigte sie dazu, Entscheidungen, die sie getroffen hatte, wenig später wieder zu bereuen, weil sie sich nie sicher war, ob sie richtig waren.

Ent-Scheidung – das Wort sagte ja schon alles: Scheidung – man ging getrennte Wege. Ein Weg blieb damit ungegangen. In Henriettas Augen machte es nicht besonders viel Sinn, sich immer wieder zu fragen, wie der wohl gewesen wäre.

Als Jana klein war, hatte Bernd ihr mal ein zu der Zeit sehr innovatives Kinderbuch geschenkt. Es erzählte die Abenteuer eines Seeräuber-Katers, und jedes Kapitel endete mit der Frage, was der Kater nun machen solle. Je nachdem, für welche Antwort Jana sich entschied, musste sie auf einer bestimmten Seite weiterlesen. Und was hatte ihre entscheidungsneurotische Tochter gemacht? Sie hatte ALLE

Seiten gelesen, weil sie nichts verpassen wollte. Aber hatte sie dadurch nicht auch gleichzeitig erfahren, wie bunt das Leben ist?, überlegte Henrietta in einem plötzlichen Anfall von Altersweisheit.

»Ben hat mich betrogen«, riss Jana sie aus ihren Gedanken.

»Was?« Henrietta schaute Jana erstaunt an.

»Zwischen uns ist es aus«, ergänzte Jana.

»Nein!«, rief Henrietta entsetzt. »Das ist ja furchtbar!«

Jana erzählte ihr von Bens Tinderaffären – und auch von seiner Reue.

»Meinst du, ich sollte ihn mal anrufen?«

Henrietta dachte nach.

»Oder eine SMS schicken?«

Henrietta schien gedanklich meilenweit weg.

»Halloo??? Erde an Mama!! Jemand zu Hause??«

»Ach Mensch, das ist mir doch völlig egal!! Mach doch, was du willst! Du machst ja sowieso immer was anderes, als ich dir rate!«

Henrietta stand auf und stapfte zum Meeresrand. Fassungslos schaute Jana ihr hinterher. Was war denn nun los? Hatte sie etwas Falsches gesagt?

Es stimmte. Sie machte es letztlich IMMER anders, als alle ihr rieten. Grundsätzlich. Aber das war doch kein Grund, so auszuflippen.

Jana rappelte sich von ihrem Handtuch hoch und ging ihrer Mutter hinterher.

Henrietta stand am Ufersaum, ließ ihre Füße von der Brandung umspülen und starrte Richtung Horizont.

»Mama, du weinst ja!« Erschrocken schaute Jana sie an. Emotionale Ausbrüche waren bei Henrietta so selten wie Schneestürme in der Wüste.

»Ich habe Bernd betrogen«, brach es aus Henrietta heraus.

»Waaaass??«

Jana schluckte.

»Mit wem denn??«

»Kennst du nicht.«

»Aha.«

»Und läuft das noch?«

»Ich weiß nicht …«

»Ist es überhaupt ein ›er‹?«, fragte Jana, der gerade die bizarre Unterhaltung mit der Frau im Yogaseminar eingefallen war.

»Spinnst du?« Empört unterbrach Henrietta ihren Heulkrampf. »Natürlich! Aber er ist 15 Jahre jünger«, setzte sie hinterher.

»Na prima!« Verärgert schaute Jana einem Pärchen nach, das eng umschlungen an ihnen vorbeischlenderte. »›Milf‹ nennt man Frauen wie dich neuerdings. Wusstest du das?«

»Nein. Was soll das denn heißen?«

»Mom, I'd like to fuck – Mutter, die ich gerne ficken würde.«

»Jana, also bitte!« Henrietta war entsetzt.

»Bist du in ihn verliebt?« Jana scharrte bockig mit ihrem Fuß im Sand.

»Nein.«

»Hast du es Bernd schon gesagt?«

Henrietta schüttelte stumm den Kopf.

»Du musst es ihm sagen!«, rief Jana vehement.

»Warum?« Henrietta schaute ihre Tochter verwundert an.

»Nur so hat er die Entscheidungsfreiheit, wie er damit umgehen will.«

»Okay«, sagte Henrietta gequält und starrte traurig in die Wellen. Jana nahm ihre Hand.

»Liebst du Bernd noch?«, fragte Jana mit weicher Stimme. Wer war sie denn, ihre Mutter zu verurteilen?

»Ich weiß nicht …«, flüsterte Henrietta. »Liebst du denn Ben noch?«

»Keine Ahnung«, sagte Jana und zuckte mit den Schultern.

»Na, wir sind ja ein Dream-Team!« Lachend nahm Henrietta Jana in die Arme.

Selten hatte sich Jana ihrer Mutter so nah gefühlt. Aber irgendwie hatte sie sich in der letzten Zeit auch deutlich verändert. War Sylt daran schuld? Die Zeit mit Emma und Ulla? Oder ihre Affäre?

Arm in Arm gingen sie zurück zum Strandkorb, wo Emma, wie immer, ihren Mittagsschlaf hielt.

Nach den Tagen mit ihrer süßen, aber oft auch sehr anstrengenden Nichte konnte Jana viel besser verstehen, warum ihre Mutter sich damals vor der Ganztagesbetreuung gedrückt hatte. Warum sie sich geweigert hatte, ihr eigenes Leben aufzugeben.

Aber sie hatte es immerhin geschafft, einen anderen Menschen dazu zu bringen, diesen Part zu übernehmen und ihr den Rücken zu stärken. Das war eigentlich ziemlich cool – und auch Bernd erschien ihr plötzlich in neuem Licht. Vielleicht brachte es ja doch nicht so viel, immer nur zu hadern und beleidigt zu sein. Verzeihen und verstehen fühlte sich viel besser an.

Jana fiel ein Spruch ein, den sie neulich auf Facebook gelesen hatte: »Vergib anderen! Nicht, weil sie die Vergebung verdient haben, sondern weil du inneren Frieden verdient hast.«

War es wirklich so simpel? Musste sie auch Ben einfach nur vergeben, damit Liebe und Wärme sich wieder in ihr ausbreiten könnten? War sie dafür großzügig genug?

Ein entspannendes Leichtigkeitsgefühl breitete sich in Jana aus, als sie sich auf ihrem Handtuch ausstreckte. Sie beschloss, Ben später eine SMS zu schicken.

Henrietta, Ulla, Jana und Emma

»Wo ist eigentlich Ulla?«, fragte Jana, als sie aus der Dusche kam. Es war schon nach sechs Uhr, und Ullas Yogakurse gingen heute nur bis vier.

»Die geht bestimmt noch am Strand spazieren«, sagte Henrietta, die mit Emma auf dem Wohnzimmerteppich ein rosa-kitschiges »Hello Kitty«-Puzzle legte.

In dem Moment öffnete sich die Haustür, und Ulla trat herein. Schräg grinsend und schielend vor Glück. Über ihren nackten, tief gebräunten Beinen trug sie ein hellblaues Männerhemd, das ihr viel zu weit war.

Mit großen Augen starrten Jana und Henrietta sie an. Das Grinsen in ihrem Gesicht stand ihr ausnehmend gut. Emma sprang auf ihren Arm.

»Ich bin verliebt!«, sang Ulla und drehte sich mit Emma im Kreis.

»Faahliiiibt!«, echote die.

»Nein!«, riefen Jana und Henrietta synchron.

»Doch!«, lachte Ulla.

»Wie toll!«, freuten sich Jana und Henrietta und nahmen sie in den Arm.

»Pierre, oder?«, fragte Jana sicherheitshalber nach.

»Ja klar! Wer denn sonst?«, lachte Ulla und ließ sich im Wohnzimmer auf die graue Lounge-Couch fallen. »So viel Auswahl habe ich ja nun auch nicht mehr.«

»Ich habe übrigens einen Bärenhunger«, sagte sie. »Habt ihr schon etwas vorbereitet, oder wollen wir gemeinsam kochen?«

»Jaja, die Liebe zehrt …«, wusste Henrietta. Zwinkerte Ulla zu und rappelte sich ächzend vom Teppich hoch. »Kommt, lasst uns in die Küche gehen!«

»Mit!« Emma nahm entschlossen Janas Hand.

»Geh mit Oma und Oma schon mal vor, Emmalein«, sagte die. »Ich muss noch mal kurz meine E-Mails checken.«

Emma malte auf ihrem Kinderstuhl konzentriert auf einem Block und sah ab und an hoch, um interessiert zu beobachten, wie Henrietta Möhren schnibbelte und Jana tränenüberströmt drei Zwiebeln kleinhackte.

Ulla rührte am Herd derweil das vegane Hack an.

Zwanzig Minuten später standen Spaghetti mit köstlich duftender veganer Bolognese auf dem Tisch.

»Ich hatte gestern übrigens auch Sex«, gestand Henrietta plötzlich unvermittelt zwischen zwei Gabeln Pasta.

»Was?« Erstaunt ließ Ulla ihre Gabel sinken. »Mit wem denn?«

»Kennst du nicht.«

»Warst du nicht gestern auf einem Meeting?« Ulla schaute sie mit großen Augen an.

»Das war nur eine Ausrede.« Henrietta schenkte sich Mineralwasser nach.

»Hui!« Ulla grinste. »Du bist ja richtig ausgefuchst!«

»Ach Quatsch! Ich habe im Flieger neulich einen jungen Kerl kennengelernt, den ich hier auf Sylt zufällig wiedergetroffen habe.«

»Zufällig«, rief Ulla spöttisch. »Alles klar!«

»Nein, wirklich! Das ist nicht gelogen.«

»Na gut.« Ulla schob sich grinsend eine Gabel Pasta in den Mund.

»Wir waren gestern essen und sind dann im Bett gelandet.«

»Hui! Henri!« Ulla warf ihr einen anerkennenden Blick zu. »Und wie war es?« Sie schmunzelte, während sie Spaghetti aufwickelte.

»Ich habe kaum geschlafen«, antwortete Henrietta ausweichend.

»Uh lala!«, schnalzte Ulla. »Ich finde es vollkommen verständlich, dass du lieber einen jungen Kerl mit Potenz und Fantasie im Bett hast als einen alten Hängehodenträger mit zu viel Haar im Ohr!«

»Ulla!! Sag mal!« Jana prustete vor Lachen.

»Ehrlich gesagt war es gar nicht so toll ...« Henriettas Stimme klang kleinlaut.

»Wieso denn nicht?«, fragte Jana überrascht. »War doch bestimmt nett, mit so ’nem knackigen Toy Boy ...« Sie zwinkerte ihrer Mutter zu.

»Ach, er ist da mit mir rumgeturnt, und ich habe eigentlich überhaupt nichts gefühlt ...« Henrietta sah traurig aus.

»Das erste Mal mit jemand Neuem ist immer schwierig«, gab Ulla zu bedenken.

»Ja, aber er war irgendwie so kalt. Ich fühlte mich überhaupt nicht gemeint ...«

»Das ist doof«, gab Jana zu.

»Und außerdem«, Henrietta nahm einen tiefen Schluck Rotwein, »war ich vollkommen verspannt. Ich bin, glaube ich, absolut kein One-Night-Stand-Typ.«

»Ich auch nicht«, sagte Ulla. »Frauen brauchen doch immer das Gefühl von Nähe, um sich wirklich einlassen und fallen lassen zu können, oder?«

»Manche angeblich nicht«, warf Jana ein. »Sonst würde so etwas wie Tinder ja nicht funktionieren.« Der Gedanke an die Sexplattform und Bens Seitensprünge versetzten ihr wie immer einen Stich.

»Was würde nicht funktionieren?«, fragte Ulla verständnislos.

»Tinder! Das ist eine One-Night-Stand-App!«

»Vergiss es, Jana«, lachte Henrietta. »Ulla weiß doch noch nicht mal, was eine App ist. Oder, Ulla?«

»Doch, Hase«, sagte Ulla. »Das weiß ich zu deiner Überraschung sehr wohl! Es gibt nämlich ganz tolle Vegan-Apps!«

»Oh«, sagte Henrietta. »Du verblüffst uns immer wieder, Ulla.«

»Du fühlst dich nach deiner heißen Nacht also echt gar nicht belebt und euphorisiert, Mama?«, hakte Jana noch mal nach.

»Nee. Ganz im Gegenteil. Außerdem zwickt mich mein Gewissen wegen Bernd …«

»Führt ihr denn eine offene Beziehung?«, fragte Ulla.

»Nein.«

»Und nun?«

»Ich weiß nicht.« Henrietta schob ihren Teller beiseite.

»Kommt, wir gehen auf die Terrasse und trinken dort noch einen Tee«, rief Ulla, sprang auf und begann, die Teller abzuräumen.

»Ich geh noch mal raus«, sagte Henrietta und nahm sich ihre Jacke von der Garderobe. Plötzlich war ihr seltsam klar, was sie zu tun hatte: Sie musste die Geschichte mit Michael beenden. Sofort. Im Stundentakt hatte er sie mit SMS drangsaliert und wollte sie wiedersehen. Sie hatte zögerlich und mit Ausreden geantwortet. Sie fühlte sich bedrängt – und überhaupt nicht verliebt.

Was wäre das auch für ein Irrsinn, an seiner Seite ständig mit Jüngeren konkurrieren zu müssen und sich alt zu fühlen! Dazu noch der mechanische, gefühlsamputierte Sex. Nein, das war überhaupt nicht das, was sie sich davon versprochen hatte. Und ganz bestimmt nicht das, was sie brauchte.

»Lass uns aufhören, bevor es richtig angefangen hat«, sagte Henrietta zu Michael am Telefon, kaum dass sie außer Hörweite des Hauses war. »Ich bin einfach noch nicht frei.«

»Ist vielleicht auch besser so«, antwortete er nach kurzer Pause leise. »Ich nämlich auch nicht.«

»Wie meinst du das?«

»Ich bin verheiratet.«

Henrietta war sprachlos.

»Und lebt ihr nicht zusammen?«

»Ja«, sagte Michael. »Nein. Teilweise ...«

»Ja, was denn nun?«

»Marcheline lebt in Frankreich. Wir haben zwei Kinder.«

Ohne ein weiteres Wort knallte Henrietta den virtuellen Hörer aufs Telefon.

Als sie zurück ins Haus kam, saßen Ulla und Jana in Wolldecken gewickelt auf der Terrasse. Emma lag längst im Bett.

Henrietta schnappte sich eine Decke, setzte sich dazu, schlang den Wollstoff um sich und legte die Beine auf einen Stuhl. Es war kühl, die Sonne war hinter grauen Wolken untergegangen, und Regen lag in der Luft. Die Kerze auf dem Tisch flackerte, und aus den Teebechern stieg Dampf auf.

Schweigend hing jede ihren Gedanken nach.

Irgendwann stand Jana auf und gähnte. »Ich geh ins Bett, Mädels!«

»Schlaf gut!«, rief Henrietta ihr hinterher und schenkte sich Tee nach. Von der Seite schaute sie dabei Ulla an, die in ein Buch vertieft war. Gebräunt, mit Lachfalten um die Augen und ihrem typischen konzentrierten, neugierigen Ullablick. Wie lieb sie sie doch in diesen paar Tagen gewonnen hatte …

»Ich wollte dir mal sagen, dass es schön mit dir ist, Ulla«, sagte Henrietta. »Ich hab dich richtig ins Herz geschlossen.«

»Huch?« Verlegen schaute Ulla sie an. »Ich dich auch!«

»Warum warst du am Anfang eigentlich so verbissen?« Henrietta lächelte. »Du warst so streng und missionarisch. Ich habe nicht geglaubt, dass wir miteinander auskommen würden.«

»Ich war total angespannt«, gab Ulla zu. »Ich hatte einfach Angst, mich mit meinen Lebensprinzipien nicht gegen euch durchsetzen zu können. Ökospinner werden ja gerne verarscht.« Sie lachte.

»Nerven dich deine ganzen Überzeugungen eigentlich nicht?«, fragte Henrietta.

»Nein. Nerven dich deine?«

»Ich weiß nicht. Ich stelle sie ja gerade irgendwie alle in Frage.«

»Hm …« Ulla schaute sie nachdenklich an.

»Du isst nichts mit Augen – ich nichts mit Kalorien«, sagte Henrietta. »Im Grunde sind wir doch beide bescheuert. Warum kasteien wir uns so?«

»Du willst dich verbessern – ich die Umwelt. Ist doch schön, dass wir Ziele und Ideale haben«, sagte Ulla. »Und so etwas wie Moral.«

Henrietta fühlte eine leichte Röte in sich aufsteigen. Mit ihrer Moral war es ja gerade nicht so weit her.

»Woran denkst du?«, fragte Ulla, die ihre Gedanken offenbar bemerkt hatte.

»An Bernd.«

»Liebst du ihn noch?«

»Ich weiß nicht.«

»Manchmal wird einem erst durch eine Nacht mit jemand anderem klar, an wem wirklich das Herz hängt«, gab Ulla zu bedenken.

Henrietta nickte nachdenklich.

»Hast du das Gefühl, er erfasst dich?«

»Nein, und das ist mir auch egal. Ich fühle mich wohl mit ihm, das war für mich immer das Ausschlaggebende.«

»Sich mit jemandem wohl zu fühlen ist schon ganz schön viel«, sinnierte Ulla.

»Aber er ist mir gegenüber so gleichgültig geworden«, ergänzte Henrietta. »Er hat nur noch seine Kunst im Kopf.«

»Hmm ...« Ulla dachte nach.

»Und im Bett ist er total verklemmt.«

»Ich möchte dir das mal kurz spiegeln«, sagte Ulla und lehnte sich auf ihrem Stuhl zurück. »Was Peter über Paul sagt, sagt bekanntlich mehr über Peter als über Paul.«

»Wie?« Henrietta verstand nicht.

»Na, was du über Bernd sagst, sagt mehr über dich als über Bernd!«

Darüber musste Henrietta erst mal nachdenken. Hatte Ulla recht? Musste sie das, was sie Bernd vorwarf, eigentlich sich selbst vorwerfen? War sie nicht eigentlich die Verklemmte, wie sich gestern gezeigt hatte? Und war sie nicht auch diejenige, die lieblos und kühl war und für die immer nur der Job zählte?

»Und du und Pierre?«, erkundigte sich Henrietta und füllte den Kocher mit Wasser, um sich einen Instant-Espresso zuzubereiten. »Was geht da?«

»Wir werden sehen«, strahlte Ulla. »Im Moment ist es einfach nur schön. Pierre ist ein ganz toller Mann ...« Träumerisch verlor sich ihr Blick nach innen.

Henrietta

»Hallo, Bernd. Wir müssen reden.«

Henrietta hätte nie gedacht, dass sie diesen Satz von der Stange mal aussprechen würde. Klischeehafter ging es nicht. Und doch war es unumgänglich.

Sie saß auf einer Bank mit Blick über das Watt. Es war gerade tiefste Ebbe. Nach einer schlaflosen Nacht, in der sie sich unruhig hin- und hergewälzt hatte, war sie in der Morgensonne in der Braderuper Heide spazieren gegangen, um in Ruhe über ihre emotionale Verwirrung nachzudenken. Dann hatte sie zu ihrem iPhone gegriffen und Bernds Nummer gedrückt.

»Oha, wenn du mich mit Vornamen ansprichst, ist es vermutlich ernst«, lachte Bernd. Das Lachen würde ihm gleich vergehen, dachte Henrietta traurig und räusperte sich.

»Ich habe dich betrogen!« Jetzt war es raus.

Am anderen Ende der Leitung herrschte Stille. Nur das Rauschen des Windes in den Kornähren und fernes Lerchengezwitscher drangen in Henriettas Ohr.

»Ich hab mir so was schon gedacht«, sagte Bernd schließlich leise. »Du warst so anders in letzter Zeit …«

»Wir haben uns kaum gesehen, Bernd. Du warst nie zu erreichen …« Henrietta strich mit der linken Hand eine Bank-Holzplanke glatt, die schon vollkommen glatt war.

»Ich bereite die Ausstellung vor. Das weißt du doch!«

Er klang müde. Und schwieg.

Henrietta versuchte horchend herauszubekommen, was gerade in ihm vorging.

»Ist es was Ernsthaftes?«, fragte er schließlich.

»Das ist unerheblich, Bernd. Denn die eigentliche Frage ist doch: Ist es noch etwas Ernsthaftes mit uns?«

Bernd schwieg.

»Willst du dich von mir trennen?«, fragte er schließlich. Seine Stimme klang ängstlich.

»Ich weiß es nicht.« Henrietta atmete seufzend aus. »Ich brauche ein bisschen Zeit.«

»Dann ruf mich an, wenn dein Hirn wieder funktioniert«, rief Bernd nun wütend und brach das Gespräch ab.

Na prima. Nun war sie innerhalb von 24 Stunden zwei Männer los. Da konnte man ja nur gratulieren. Voller Selbstmitleid wischte sie sich ein paar Tränen aus dem Gesicht.

Alle

Pierre hatte einen Kutter in Hörnum liegen, mit dem er ab und an aufs Meer fuhr, um Makrelen zu angeln. Heute allerdings würde der alte Kahn zum Ausflugsboot umfunktioniert werden, von dem aus Pierre Ulla, Jana und Emma die Sehenswürdigkeiten der Insel zeigen wollte. Henrietta hatte ihre Teilnahme abgesagt, weil ihr auf Booten immer schlecht wurde. Außerdem fühlte sie sich, als hätte sie sich eine Erkältung eingefangen.

Entscheidend für ihren Entschluss, lieber zu Hause zu bleiben, war aber eigentlich, dass sie es kaum ertragen konnte, wie verliebt Pierre und Ulla waren. Mit Sternchenaugen strahlten die beiden sich an, grinsten wie Honigkuchenpferde, schielten vor Glück und planten bereits ihre gemeinsame Zukunft: Ulla wollte ihren Job im Berliner Bioladen kündigen und zu ihm auf die Insel ziehen. Pierre hatte schon eine Anstellung im Braderuper Körnerladen für sie organisiert.

Nachdem das lärmende, lachende Quartett mit einer Tüte voller Stullen und großem Trara endlich aufgebrochen war, verkroch Henrietta sich wieder in ihr Bett. Sie war furchtbar erschöpft, niedergeschlagen und traurig, fast deprimiert. Sie hatte ihre vielleicht größte Liebe verspielt …

Nachdem sie sich den gesamten Vormittag unter ihrer

Bettdecke verkrochen hatte, rappelte sie sich nachmittags auf, um spazieren zu gehen. Nachdenklich schlenderte sie den Fennenweg entlang und schaute wehmütig einem Paar zu, das sich an einer Treppe selbstvergessen küsste.

Sie hatte alles in den Sand gesetzt. Ihren geliebten Mann tief verletzt und verprellt – für ein äußerst schales Abenteuer. Hätte sie es ihm bloß nicht erzählt. Aber ihn zu belügen war auch keine Option gewesen. Ehrlichkeit war immer schon die Basis ihrer Beziehung gewesen.

Er hatte sich nach ihrem gestrigen Gespräch noch nicht wieder gemeldet. Und Henrietta musste sich eingestehen, dass ihr diese Tatsache unerwartet weh tat.

Sie setzte sich auf eine Bank. Bernd war immer eine Selbstverständlichkeit für sie gewesen. Nie hatte sie sich damit auseinandergesetzt, wie es wäre, ihn zu verlieren. Der Schmerz, den der Verlust verursachte, war wie ein Schock für sie.

Plötzlich vermisste sie Bernd und seine ruhige, warme Nähe furchtbar.

Wieder zu Hause, legte sie sich weinend mit einem heißen Becher Tee ins Bett. Was war bloß los mit ihr? Sie war emotional vollkommen durcheinander. Dünnhäutig wie chinesisches Pergamentpapier. So kannte sie sich gar nicht und fühlte sich den dunklen Wolken und der sie überflutenden Traurigkeit hilflos ausgeliefert.

Die Türklingel riss sie aus einem unruhigen Schlaf. Waren die vier schon wieder zurück? Hatten sie ihren Schlüssel verloren? Verärgert rappelte sich Henrietta aus dem Bett hoch, stolperte die Treppe hinunter und öffnete die Tür.

Bernd!!!

Mit ernstem Gesicht stand er vor ihr – ihr geliebter

Mann! Henrietta konnte es gar nicht glauben und fiel ihm spontan um den Hals. Wie gut er doch roch.

Doch plötzlich erstarrte sie, als sie hinter ihm einen großen Anhänger entdeckte, der an seinem Auto hing. Eine schmerzhafte Ahnung durchschoss sie wie Zahnschmerz.

»Bist du ausgezogen?«, fragte sie ihn ängstlich. »Sind das deine Möbel?«

»Nein«, lachte Bernd.

»Das ist eine Überraschung für dich. Warte einen Moment.«

Bernd ging zum Anhänger und bat Henrietta, die Augen zu schließen.

Er rollte die Plastikplanen von dem Anhänger herunter und führte Henrietta anschließend an der Hand vom Haus auf die Straße.

Henrietta durfte ihre Augen wieder öffnen – und traute ihnen kaum: Vor ihr, auf dem Anhänger, stand die schönste Statue, die sie je in ihrem Leben gesehen hatte. Die Figur stellte eine Frau dar und hatte einen unfassbaren Zauber. Es war, als würde sie von innen heraus strahlen und leuchten.

»Wer ist das, Bernd?«, fragte Henrietta vollkommen fasziniert.

»Das bist du«, sagte er. »Ich habe drei Monate lang Tag und Nacht daran gearbeitet.«

Die lebensgroße Figur, gefertigt aus goldbrauner, glänzend polierter Bronze, stellte Henrietta dar – nackt und mit allen Fettröllchen. Und die sahen überraschend schön aus, denn jeder so hingebungsvoll gemeißelte Millimeter bewies Bernds Liebe.

Henrietta fiel ihm erneut um den Hals. Die Tränen liefen ihr die Wangen hinunter und tropften auf seine Schulter.

»Aber warum hast du das gemacht?«

»Ich habe gespürt, dass ich dich verliere, und wollte irgendetwas tun, das dich von meiner Liebe für dich überzeugt«, sagte er mit belegter Stimme. Auch seine Augen waren gerötet.

»Und die hast du extra hierhergeschleppt? Auf dem Shuttle?«

»Ja.«

Henrietta war so gerührt, dass sie in ihrem kleinen Schlafzimmer sofort auch ihren »echten« Körper Bernds Künstlerhänden überließ. Sie liebten sich, und es war so schön wie nie – weil echte Liebe, und nicht nur Anziehung, Begehren oder gespielte Leidenschaft, im Spiel war.

Der Sex war aufregend nah und die Wärme zwischen ihnen um ein Vielfaches befriedigender als die gespielte Leidenschaft, die sie bei Michael über sich hatte ergehen lassen müssen. Sie fühlte sich gemeint, im wahrsten Sinne des Wortes geliebt.

Henrietta hatte zwar schon Höhepunkte erlebt, aber noch keinen wie den, der nun vollkommen unerwartet in ihr anrollte. Wie eine Welle, eine tosende Brandung, die sie einfach wegriss – und sie gab sich dem Gefühl hin, ließ sich fallen und schwamm, schwamm, schwamm … Mit einem Schrei, der vermutlich noch im Nachbarhaus zu hören war, krönte sie ihre Wiedervereinigung.

»Ich liebe dich!«, sagte Bernd, als sie nackt, zerzaust und mit hochroten Wangen wenig später am Küchentisch saßen und ein Glas Wein tranken.

»Das kannst du nicht ernst meinen«, erwiderte Henrietta und meinte es sehr ernst. »Ich bin eine egozentrische, emotional retardierte Narzisstin und Emotions-Terroristin. Und ich habe dich betrogen!«

»Wenn ich dich zurückkriegen kann, liegt der Himmel für mich auf Erden.«

»Aber warum??«, rief Henrietta.

»Ich weiß es nicht«, sagte Bernd leise. »Du machst mich ganz. Wenn du bei mir bist, bin ich auch da.«

»Was ist denn das für eine coole Figur da draußen auf dem Anhänger?« Lärmend und lachend polterten Jana, Ulla und Emma zur Tür herein und trauten ihren Augen kaum, als sie Bernd, nur in einen Bademantel gehüllt, am Küchentisch entdeckten.

»Das ist deine Mutter«, grinste Bernd verpeilt, und Jana wunderte sich sehr über seine zerzausten Haare und seine roten Wangen. Henrietta nahm seine Hand und schaute ihn liebevoll an.

»Wow!«, staunte Jana sprachlos.

»Die hast du gemacht, Bernd?«, fragte Ulla, an einer Mohrrübe kauend.

»Ja«, beschämt guckte Bernd zu Boden.

»Wunderschön!«, befand Ulla. »Dabei fand ich dich eigentlich immer doof ...«

»Ich dich auch«, lachte Bernd und prostete ihr zu.

»Und ich dachte immer, du magst meine Rundungen nicht.« Schmunzelnd setzte sich Henrietta auf seinen Schoß.

»So kann man sich irren«, murmelte Bernd und gab ihr einen sanften, langen Kuss. »Wisst ihr denn nicht, dass Männer eine ganz andere Vorstellung von weiblichen Idealmaßen haben als ihr selbst? Für uns darf eine Frau viel runder und fülliger sein, als ihr denkt. Ich habe viel lieber ordentlich was in der Hand, als mir an einem zähen, ausgezehrten Knochengerüst einen Splitter zu reißen! Außerdem fühlen sich durchtrainierte Frauen furchtbar hart an!«

»Hört, hört!«, die Frauen applaudierten lachend.

»Dieses Runde muss jetzt ins Eckige«, sagte Henrietta plötzlich und stand auf. »Oder anders gesagt: Ich geh ins Bett! Und du, mein lieber Mann, kommst mit!« Lachend zog Henrietta Bernd vom Stuhl und die Treppe hoch hinter sich her.

Die goldene Figur im Vorgarten, deren pralle Formen an die bunten Plastiken von Niki de Saint Phalle erinnerten, sorgte für viel Aufsehen in Kampen. Immer wieder blieben Passanten stehen, um sie zu bestaunen.

Henrietta überlegte, ob sich wohl eine Ausstellung für Bernd auf der Insel organisieren ließe. Immerhin lockte das Exponat erstaunlich viele begeisterte Bewunderer an. Und, so überlegte sie weiter, vielleicht wäre es auch für ihre Beziehung ganz gut, Bernd würde jetzt mal im Rampenlicht stehen – und sie würde hinter ihm zurücktreten. Würde nur noch die wohlproportionierte, glückliche Frau an seiner Seite sein. Und Oma.

Sie lächelte bei dem Gedanken.

»Jetzt ist die Zeit, du selbst zu sein: glücklich und großzügig«, hatte heute Morgen auf ihrem Teebeutelfähnchen gestanden.

Janas Urlaub ging zu Ende. Es war Sonntagabend. Am nächsten Morgen würde sie zurück nach Berlin fliegen und ihren Arbeitsalltag wieder aufnehmen. Vielleicht würde sie wieder mit Ben zusammenkommen – vielleicht auch nicht. Aber wenn sie jemals wieder mit ihm schlafen sollte, dann ohne zu verhüten, hatte sie sich vorgenommen. Man musste dem Schicksal eine Chance geben. Sollte doch das Universum entscheiden, ob sie Mutter wurde oder nicht.

Ben hatte immer gesagt, dass er gerne Kinder hätte. Ob er auch ein guter Vater wäre, würde man dann sehen. Garantien gab es ja sowieso keine.

»Du kleiner Frech-Max!« Gespielt empört rannte Jana hinter Max durch den Flur, der ihr eine Sandale geklaut hatte. »Gib mir sofort meinen Schuh wieder!«

»Ich hab dich!« Sie schnappte sich den vor Lachen kreischenden kleinen Kerl und wirbelte ihn durch die Luft. Doch Max zappelte und wand sich so geschickt, dass sie ihn wieder runterlassen musste. Giggelnd verschwand er mit seiner Beute im Garten, und Emma verfolgte ihn watschelnd. Jana gab auf und ließ sich, nur einfüßig beschuht, in einen der Terrassenstühle fallen.

Max hatte Emma, in die er laut Paul heiß verliebt war, einen Besuch abgestattet. Die beiden amüsierten sich schon seit über zwei Stunden bestens, aber bei den Erwachsenen war die Stimmung gedrückt. Viel zu schön war die Zeit gewesen – und viel zu schnell war sie vergangen.

Als Paul Max abholte, tauschte er mit Jana Kontaktdaten, und sie versprachen sich, sich im nächsten Sommer unbedingt wiederzusehen. Oder auch mal zwischendurch, wenn Jana in Frankfurt oder Paul in Berlin wäre.

Es klingelte, als Pierre, Ulla, Bernd, Henrietta, Jana und Emma gerade beim Essen saßen. Ulla erhob sich, um die Tür zu öffnen. Hatte Paul noch etwas vergessen? Oder wer mochte das sonst sein? Sonntagabend um halb neun?

»MAAAAAAAMMAAAAA!!«

Emma sprang von Janas Schoß auf, rannte – außer sich vor Freude – durch den Flur und warf sich in Alexandras Arme.

»Meine Süße!!! Mein Herz!!« Alexandra weinte und konnte gar nicht mehr aufhören, ihre Tochter zu küssen.

»Alex, mein Schatz! Was machst du denn hier?« Henrietta eilte zu ihrer Tochter und nahm sie in die Arme. »Warum hast du uns denn nicht gesagt, dass du heute kommst?«

»Es war alles etwas chaotisch, Mama.« Sie lächelte matt. »Und ich wollte euch überraschen.«

Müde sah sie aus. Ausgezehrt. Und erst jetzt fiel Henrietta der langhaarige Mann auf, der hinter Alexandra verlegen im Türrahmen stand. Er trug einen weißen Kaftan und sah aus wie Michael Otto, der Bruder des Hamburger Versandhausmilliardärs.

»Das ist Swami Günther«, stellte Alexandra ihn vor. »Der Yogameister, von dem ich euch erzählt habe.«

Nachdem sich alle ausgiebig begrüßt hatten und Emma wie festgetackert auf Alexandras Arm klebte, verschwanden Alexandra und ihr Begleiter im Souterrain, um sich ein bisschen frisch zu machen.

Ulla legte noch zwei Gedecke auf.

»Swami Günther hat sich hingelegt, um sich vom Jetlag zu erholen und seine Seele hinterherreisen zu lassen«, verkündete Alex, als sie eine Viertelstunde später geschminkt, frisiert und neu gekleidet wieder am Tisch erschien. »Aber sonst isser ganz nett!«

Sie verdrehte die Augen und schmunzelte.

»Ist er dein neuer Freund?«, erkundigte sich Ulla.

»Nein. Ich hänge noch viel zu sehr an Marcus!« Alexandra lächelte Ulla an.

»Aber wir wollen versuchen, gemeinsam etwas aufzubauen. Günther hat sehr gute Kontakte zu einem Yogazentrum in Hamburg.«

Alexandra setzte sich.

»Wie herrlich es ist, wieder bei euch zu sein«, strahlte sie und erhob feierlich ihr Glas. »Ich möchte mich aus tiefstem Herzen bei euch allen bedanken, dass ihr mir so selbstlos geholfen und Emma so wundervoll betreut habt.«

Gerührt stieß die Runde mit ihr an. Verlegene Floskeln wie »gerne gemacht«, »selbstverständlich« und »jederzeit wieder« flogen durch die Luft.

Ulla servierte Falafelbällchen mit Krautsalat und Tomaten, und Alexandra fiel so ausgehungert darüber her, als hätte sie seit Wochen nichts Richtiges zu essen bekommen.

»Hat die Zeit mit Emma euch eigentlich irgendwas gebracht – außer Mühe und Kraft zu kosten?«, fragte sie, als sie ihren Teller satt und zufrieden von sich wegschob und sich wohlig in ihrem Stuhl zurücklehnte. »Was hat die kleine Prinzessin euch beigebracht?«

»Vielleicht auch noch Mutter zu werden.« Jana lächelte ihre Nichte an.

»Wow«, riefen alle begeistert.

»Im Moment zu leben! Alles genau anzugucken und zu fühlen«, sagte Henrietta und nahm Bernds Hand. »Mein Herz aufzumachen und endlich aufzuhören, mich um meine Figur zu sorgen! So was von unwichtig, Mannomann!«

Sie lachte.

»Cognac zu trinken – mit vollem Genuss«, sagte Ulla. »Und nicht so verbissen zu sein. Ich allein kann die Menschheit eh nicht retten.«

»Helau!« Die Runde stieß an.

»Außerdem habe ich kapiert, dass Geld mich nicht reich macht«, sagte Henrietta. »Ich war noch nie so glücklich wie mit euch hier.« Voller Liebe schaute sie jedem Einzelnen in die Augen.

»Und dass es sich lohnt, hinter die Fassade zu gucken«, ergänzte sie sinnierend. »Du hast mein Leben ganz schön von unten nach oben gewirbelt, Ulla!« Henrietta lächelte sie an. »Drei Wochen braucht man angeblich, um Strukturen und Denkmuster zu ändern. Du und Emma habt es in zwei Wochen geschafft, Ulla! Ich bin ein neuer Mensch – und tausendfach glücklicher als vorher!«

Henrietta legte einen Arm um Ullas Schultern, zog sie an sich und gab ihr einen zarten, langen Kuss auf die Wange.

»Mir geht es auch besser«, sagte Ulla verlegen.

»Aller guten Omas sind zwei«, rief Alex und erhob ihr Glas.

»Die Zeit mit Emma hat mich Achtung vor Müttern gelehrt«, sagte Jana. »Auch vor meiner.« Sie lächelte Henrietta an. »Und auch vor dir, Bernd!« Sie nickte ihm zu, was er mit einem Luftkuss erwiderte.

»Und natürlich vor allem vor Alleinerziehenden wie dir, Ulla! Ihr habt echt alle einen toughen Job gemacht!«

Auch Ulla hauchte nun einen Kuss in Janas Richtung.

»Mich hat die Zeit gelehrt, wie sehr ich meine Familie liebe«, sagte Alex.

»Und mich, wie sehr ich meinen Mann!« Henrietta küsste Bernd auf den Mund.

»Vor allem aber Emma!«

»Ja genau! Emmalein! Du geliebtestes Wesen von allen!« Ulla stand auf und herzte ihre Enkelin, die mit großen hellblauen Augen und roten Wangen selig auf Alexandras Schoß saß.

Die anderen taten es ihr nacheinander gleich, bis Emma vor Glück heller strahlte als ein Flutlichtscheinwerfer im Fußballstadion.

»Emma gut – alles gut«, sagte Jana.

»Für Emma und ewig!«

ENDE

Ich danke …

… zuallererst meiner weisen, lebensklugen, großzügigen, bescheidenen, tapferen, so liebevollen und herzenswarmen Schwester Lara-Maria und ihrem Mann Thies für die »Auf-die-Welt-Bringung« von Lini-Bini-Krötilein, dem wundervollen Knaller-Wesen Anna Lina Marie. Absolute Lieblingsnichte und Quell nie versiegender Inspiration und unendlicher Liebe!

… danach diesmal sofort Susanna – für Support, Geduld, Motivation, unerschütterlichen Glauben, nie endende Unterstützung und dauerndes Probelesen.

… meiner Mutter Gisela und meiner Schwester Julia für das Gleiche. Ich hab euch unendlich lieb!

… meinem Vater Klaus für Mut, Tapferkeit, Vaterliebe und das Alphatier-Gen. Und dafür, dass ich für ihn immer »Claudilein« bleiben werde, egal, wie alt ich bin.

… meiner Cousine Kerstin fürs beinharte »An-mich-Glauben« und das erste Probelesen.

… meinen Tanten Lore, Frauke und Barbara dafür, dass sie meine geliebten Tanten sind.

… meiner geliebten Oma Anne-Marie.

… meinen Cousinen und Cousins Anja, Jan, Stefan und Nina und deren »besseren Hälften« Christian, Viola, Heike, Olli und Ingo – einfach fürs Da-Sein.

… den zahlreichen Nichten und Neffen um die Ecke: Ben, Maria-Fee, Theresa, Antonia, Alena, Julian, Tom, Laurin und Julian No. 2.

… Christine und Franz – für das Zuckerzwergi.

… Elisabeth und Heinz – ebenso.

… meinen Schwestern Katharina, Alexandra und Friederike und deren Kinder-Horden sowie Roswitha.

… meiner Lieblingsleserin Renate und Lina-Opa Michael.

… meinen geliebten Freunden Dorothee und Hubertus.

… meinen geliebten Freundinnen Karen, Nicole, Astrid, Julie, Katja, Simone und Kerstin.

… der großartig-genialen Wiebke Lorenz für ihr Quote.

… der großartigen Käthe Lachmann für schwäbische Sprachhilfe – und ihr tolles Quote ebenso.

… der großartigen Regina Först, genialste Coaching-Frau ever und Herzensfreundin, ebenso.

… Almut und Richard für Sylt.

… Julia Eichhorn, der besten Agentin der Welt.

… Wiebke Bolliger und Claudia Winkler vom Ullstein-Verlag für die großartige, angenehme und produktive Zusammenarbeit.

… Ingola Lammers für das wie immer tolle Lektorat.

… Jörg Auf dem Hövel von Rock Lobster Webdesign (www.rocklobsterweb.de) für die geniale Gestaltung und perfekte Wartung meiner website www.claudiathesenfitz.de.

… Wiebke, Dany und Manfred vom Grande Plage für wundervolle Stunden auf der Terrasse.

… Elke Wenning für die tollen Lesungen im Kursaal Hoch 3.

… Isabell Gugel vom Arosa Sylt.

… Dominik Acquistapace für die großzügige Möglichmachung vieler inspirierender Aufenthalte.

… Constanze Höfinghoff für mentale Unterstützung und Freundschaft. Und du wirst doch noch Bundeskanzlerin!;-)

… Andrea und Axel Kirchner für Freundschaft und immer wieder köstliche Bewirtung.

… Petra Hinteneder für visuelle Pläne und Motivation.

… James – geschoren jetzt in noch »pantheriger« und hübscher.

… dem grünen Meer vor Sylt für die berauschenden Wellen.

Am Ende ist alles gut – und wenn es nicht gut ist,
ist es auch noch nicht das Ende.

»Es gibt nichts Schöneres, als geliebt zu werden,
geliebt um seiner selbst willen oder vielmehr:
trotz seiner selbst.« (VICTOR HUGO)